文春文庫

へぼ侍

坂上泉

文藝春秋

目次

単行本　二〇一九年七月　文藝春秋刊
文庫化にあたり、加筆・修正しました。

へぼ侍

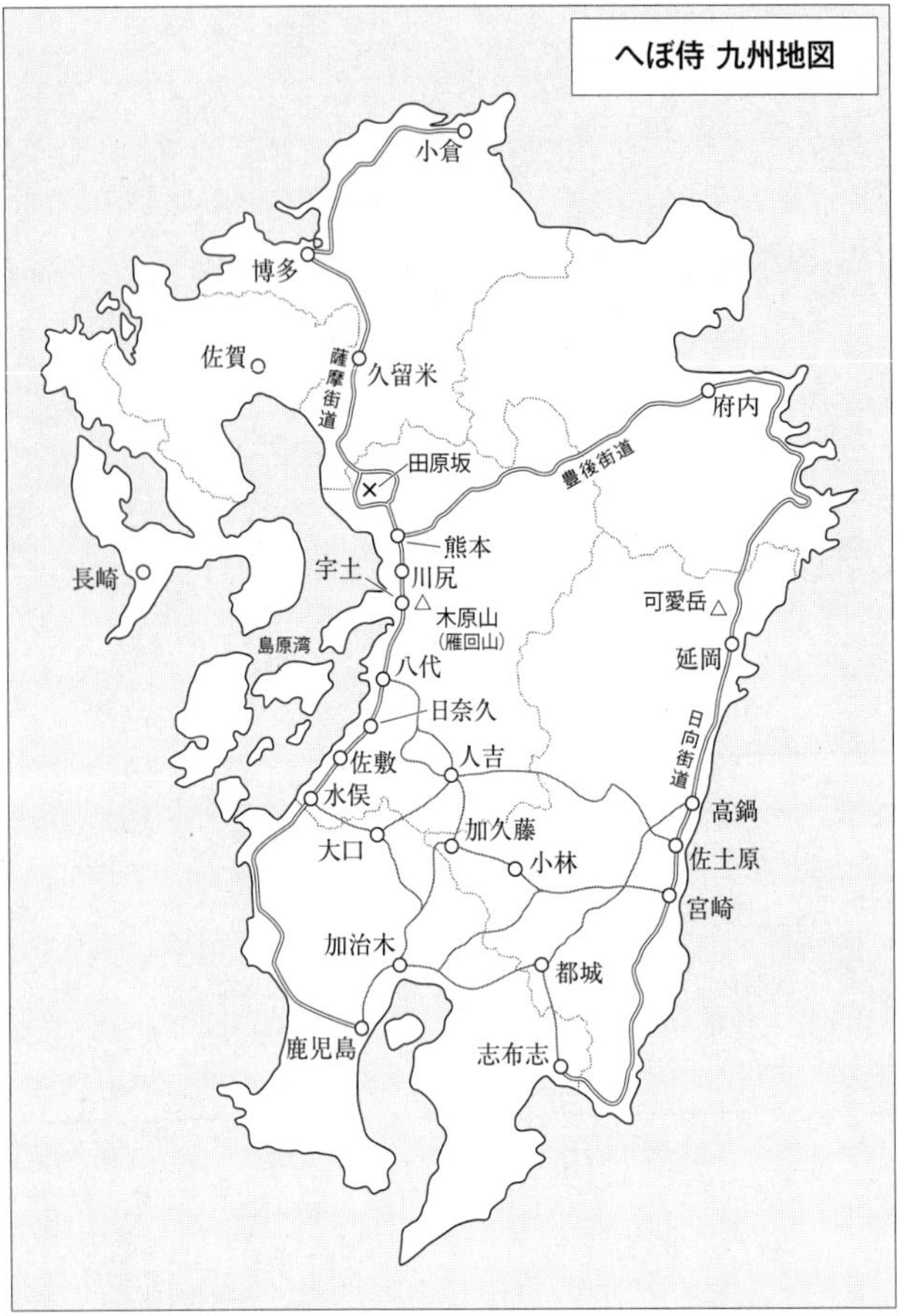
へぼ侍 九州地図
小倉
博多
佐賀
久留米
薩摩街道
府内
田原坂
豊後街道
熊本
宇土
川尻
長崎
木原山
（雁回山）
可愛岳
島原湾
延岡
八代
日奈久
日向街道
人吉
佐敷
水俣
高鍋
加久藤
大口
小林
佐土原
宮崎
加治木
都城
鹿児島
志布志

制作　トリロジカ

また負けたか八《や》聯隊《れんたい》
それでは勲章九《く》聯隊《れんたい》
敵の陣屋も十《と》聯隊《れんたい》
大阪鎮台へぼ鎮台

壱之章　道修町のへぼ侍

「今般遊撃別手組並遊撃壮兵募集被仰出候。就テハ当府貫族並寄留ノ輩、士族平民ヲ不論、従前旧藩々ニ於テ軍務ニ服セシ者、年齢四十歳以下十七歳以上ニシテ志望ノ者ハ、履歴書相添ヘ、来ル廿日迄ニ当府庁ヘ可願出、此旨管内無洩至急相達候事。

丁丑参月七日　大阪府」

「へぼ侍やともう言わせへん！」

興奮して上ずった声が、春先のまだ肌寒い空気を震わせる。声の主は勢いあまって、渡されたばかりの布令《ふれ》の写しをくしゃりと握りつぶした。

大阪城の北西、大川（淀川）に架かる天満橋を北に渡った一角にある、古びた剣術道場。夕暮れ時の薄暗い道場には、川の冷えた風が玄関や格子窓から中へ吹きすさぶ。

にもかかわらず、木綿の道着を纏《まと》った五尺三寸（約一六〇センチ）は上気している。竹刀《しない》を先ほどまで振り回していたからだけではないだろう。

「我ら徳川方に武士の面目があると示す、千載一遇の好機やないか！」

「はあ、さいでっか」

予想もしない大声で迎えられた大阪府の中年の吏員は、呆気にとられて気の抜けた返事をする。その言い草が気に入らなかった若い男は、背丈の合わない古着の紋付を着た吏員を睨《にら》みつける。

「あんた、これはえらいことやで。わしのような徳川方の力を、政府がお呼びっちゅうことや。それほどの一大事や……鹿児島の叛乱ちゅうのは、さぞ激しい大戦《おおいくさ》なんやなあ」

だが怒りもそこそこに、最後は己に言い聞かせるように、首を軽く振る。

満で十七となる少年の溢れる感慨に、吏員は付き合う気はないようだ。

「ま、そういうことなんで、おたくの門下にもよう言うて、ひとりでも多くの志願をお願いしたいんだす。まあ、貴方《あん》さんは若《わ》こうおまっさかい、兄弟子さんに声をかけてもろたら、と思てます。ほな、わてはまた配るところがありますよってに、よろしゅう頼んます」

そう言い、足早に玄関から立ち去ろうとした吏員の裾を、竹刀で鍛えた節くれだった手がむんずと摑んだ。振り返った吏員は「へえ」と間抜けな声を漏らす。構わず少年は、ぎょろりとした目でまっすぐ見据え、不敵な笑みを浮かべて言い放った。

「士錬館《しれんかん》師範代、志方錬一郎《しかたれんいちろう》、これより単騎、官軍に馳《は》せ参じてござる！」

○

明治十年（一八七七）。

徳川二百七十年余の治世が崩れ落ちた「御一新」、あるいは徳川恩顧の者が「瓦解」と呼ぶ、あの大動乱からわずか十年。

王政復古の大号令の下、文明開化の音頭と共に、世の中は目まぐるしく作り替えられていった。

それは、新しい時代への希望や期待だけでなく、失望も生んだ。変化についていけず、かつての世を忘れられぬ者の怨嗟《えんさ》は次第に大きくなり、御一新を成し遂げた官軍側の士族すら叛乱を起こす始末だった。

そしてこの年の一月末、薩州は鹿児島県で不平士族が官軍の弾薬庫を急襲、これを機に南九州全域を巻き込む大叛乱に発展した。

首魁《しゅかい》は御一新の立役者にして陸軍大将、西郷隆盛。これに率いられしは、幕末御一新を戦い抜いた薩摩隼人。

明治になって最大のこの動乱、世は西南戦役と名付け、固唾《かたず》を呑んで行く末を見守った。

さて、いざ戦が始まると、官軍はひとつの問題に直面した。明治六年（一八七三）の徴兵令制定以来、官軍は薩長土肥の士族からなる軍隊をやめ、四民平等と相成ったすべての民からの徴兵に切り替えつつあった。それは武士の特権を奪い、新たな近代国家の下で富国強兵を成し遂げるには不可欠だった。しかし近代軍はいまだ建設途上で、数年来勃発している各種の叛乱や戦役では、お役御免にした士族を幾度も徴募して戦ったのが現実だった。

そして此度《こたび》、戦慣れした鹿児島士族たちに立ち向かうには、官軍の徴兵平民たちは質量ともにまだ脆弱だった。近代化を是とする新政府は、自己矛盾を抱えながらも、かつて戊辰の動乱を戦った士族たちを「壮兵」として徴募するに至った。

その布令は、近畿の軍事行政を司る大阪鎮台から大阪府を通じ、かつて大坂東町奉行所の剣術指南として御城下と大坂三郷に名を轟かした、志方家の士錬館道場にも届けられたのだった。

○

東の日本橋と並んで街道の起点となっていた大阪船場《せんば》の高麗橋《こうらいばし》は、明治三年（一八七〇）に洋式鉄橋に生まれ変わり、商都大阪の中心に文明開化の風を届けていた。

その高麗橋の西詰に道修町《どしようまち》がある。江戸日本橋本町と共に日本中の漢方薬が集った薬問屋町で、抹香のような独特の匂いが充満する。

「旦《だん》はんにも、番頭はんにも、長《な》ごうお世話ンなりました」

天保年間から道修町にある山城屋の板間で、錬一郎は当代山城屋久左衛門《きゆうざえもん》と、番頭の浅井政吉に、商人口跡（商人言葉）で深々と頭を下げた。

布令を手にした翌日、常の商いが一段落した夕方のことである。

「わては志方の坊《ぼん》をひとかどの商人《あきんど》にと思とったんやがなあ」

隠居間際の久左衛門は着物の懐に手を入れ、ぽりぽり腹を掻きながら苦笑いした。丁稚《でっち》として山城屋へ来る遥か以前、赤子の頃から見知った錬一郎を温かな目で見つめる。

「こないなモンを拾うてもろた、旦はんにも番頭はんにも、恩義しかあらしまへん。それを返せぬままの不義理、お許し下さい」

志方家は三河以来の徳川家臣だ。大坂東町奉行所与力として数代前から土着し、御役目をこなす傍《かたわ》ら、武士や町人に剣術を指南する道場を営んできた。祖父の代には大塩平八郎の乱の鎮圧で武功を挙げるなど、商都大坂にあって珍しく尚武の家柄であった。

だが武門の誉れゆえに、最後の将軍・徳川慶喜公が大政奉還をし、大坂の幕臣が無血開城を受け入れるなか、錬一郎の父・英之進《ひでのしん》は鳥羽伏見の戦いに身を散らす道を選んだ。

当代不在で御一新の混乱を迎えた志方家は、かつての与力・同心が市中の行政や治安維持の任務を続行するなか、当面は得られたはずの役目も秩禄も失った。代々営んできた由緒ある剣術道場からはひとりまたひとりと門下生が遠のき、一年後には誰も残らなかった。

ただでさえ旧幕臣が生きづらい当世、一族や門下の支えも当てにならず、かつては家格を示した家屋敷は維持費が重荷にしかならず、母の佐和《さわ》は心労で病気がちになる始末。

弱り目に祟《たた》り目の志方家に、錬一郎を奉公させないかと申し出たのが久左衛門だった。久左衛門は、錬一郎の祖父が健在の時に道場で剣を習い、その縁から士錬館門下への軟膏商いを引き受けており、志方家との交流も深かった。

「他のモンに示しが付かんよって」と部屋住み丁稚ではあるものの、久左衛門の末娘と同じ寺子屋にも通わせてもらい、商人として最低限の知恵を仕込まれてきた。

丁稚入りして十年、簡単な商売なら任される手代に引き立てられたのが昨年のことだ。母屋は近頃、東京から派遣されてきた新政府の役人に貸しながらも、母が住む離れと錬一郎が木刀を振る道場を守っている。

志方家が、これほど真っ当な生活と体面を保てていることは奇跡に近いし、ひとえに久左衛門の恩義ひとつによるものだ。

久左衛門の傍《そば》に控える、四十がらみの番頭の政吉が呆れたように溜息をつく。

「ホンマお前《ま》はん、よう言わんで。確かにお前はんはもう年季奉公でもないよって、やめるのはいつでも勝手や。せやけども、所詮《しょせん》はへぼ侍やないか。そない粋がるモンとちやうで」

へぼ侍というのは、丁稚奉公に来たばかりの頃、久左衛門の末娘の時子《ときこ》が錬一郎に付けた仇名だ。

ある時、寺子屋で他愛もない言い合いが高じて錬一郎と喧嘩となった時子が、顔中を墨塗《まみ》れにして言い放った「あんたなんか、棒切れ振り回しとるだけの、へぼ侍やんか」という言葉が、山城屋の丁稚や手代にまで広まったのだ。

武家を有難がらぬ大阪の船場の商家の片隅で、師範もいないのにひとりで剣など振り回していても、阿呆のなすことやと言われるばかり。笑われた錬一郎がむきになって棒きれで殴りかかっても多勢に無勢、年上に逆らって生意気だと痛めつけられ、ますますへぼ侍扱い、と悪循環だった。

「鹿児島の戦の話は、錦絵やら新聞に仰山《ぎようさん》出とる。塩野はんや武田はんの店が二月からこっち、えらい人の出入りが激しなっとると、わての耳にも入っとる。西洋薬を扱《あつこ》うとるとこの卸相場、一気に跳ね上がっとるどころか、品自体が払底してもとる」

漢方薬商いを生業《なりわい》とする道修町でも、塩野義三郎《しおのぎさぶろう》商店（後の塩野義製薬）や武田長兵衛の近江屋《おうみ》（後の武田薬品工業）などの大店《おおだな》で、西洋薬の取り扱いが増えた。競合相手の動きに商人は目ざとい。

「軍が薬をかき集めるほどに、怪我人がようけ出とるいうことやぞ。よう分からんと棒切れ振り回しとったお前はんが行ったところで、怪我して死ぬるだけや」

泉州岸和田の水呑《みずのみ》百姓の家から、単身大坂へ出て薬問屋の番頭に上り詰めた怜悧《れいり》な政吉には、なおさらに理解のできないことだった。ことあるごとに錬一郎には「へぼ侍なぞやめときなはれ」と溜息交じりに釘を刺してきた。とはいえ、戦に出ると言ったら言ったで引き留めはしない。その禿げあがった頭の中では、手代がひとり抜ける穴をどう埋めるかという計算も始まっていることだろう。

「はは、そうやったな坊はそう呼ばれよったがな。三つ子の魂なんとやらかいな」

久左衛門は愉快そうに目を細める。ひとかどの大店の主人としては番頭の言葉を道理とし、さりとて武家との付き合いも深いために錬一郎の心情は分からないでもないのだろう。

「せやけども、坊、母御はお許ししなんか？　頼れる身寄りはないと聞いたが、戦で万一のことがあってみぃ。母御はどないすればええ？」

その言葉に、錬一郎は顔を強張らせた。今朝がた、山城屋への奉公をやめて鎮台へ向かうと告げた際の、寝間着姿の母・佐和の叫び声が脳裏に蘇る。

「いくらアンタがお武家の惣領《そうりよう》や言うたかて、もう御公儀（幕府）はあらしまへんのや。誰に奉公せえ言うのや。新政府か？　宮さんか？　そんなもん薩長の天下やないの！　山城屋であんじょう鍛えてもろて、商人になった方が余程よろしやないの。あんたいう子は、何でそんな思い切りの良さで、お父上に似てしもうたんや」

父・英之進も、かつて鳥羽伏見の戦に出陣した際、「旦那が戦わはるさかいに、わしもいっちょ行ってくるわ」と、浪速の武士らしく将軍を旦那呼ばわりし、銭湯に行くような口ぶりで家を出たものだ。その時のさっぱりした父の横顔と、対照的な母の狼狽《うろた》えぶりを、よく覚えている。

一家の大黒柱を失ったあと、母の心労を間近で見てきた。明治に入って数年は寝床にいる時のほうが長かったくらいだ。親戚一同、皆同じような失業士族ばかりで志方の家を支えられるものなどいない。だからこそ、母のためならと奉公に甘んじてきた。

幸いにして山城屋の軟膏商いは、今のところは悪くもなく、給金も年相応以上だ。このまま商人として身を立てて、剣の道から離れても、誰も後ろ指など指さないだろう。

だが、それでも。

「これは、わてには、最後の好機なんだす」

懐には、観念した母から渡された天満宮の勝守《かちまもり》がある。そのかすかな重みを感じながら、錬一郎は数時間前と同じ言葉を口にした。

「撃剣（剣術）で武功を挙げれば、官軍にも仕官が叶うやもしれまへん。賊軍の汚名もこれでようやっとそそげます。戦帰りの師範代とあらば、道場に箔が付きます。こんなええ話、もうこの先ありまへん」

武官として身を立てる道は、「賊軍」と称された旧徳川方にも比較的開かれていた。万延元年（一八六〇）生まれの錬一郎であれば、陸軍幼年学校や海軍兵学校から士官になる道も、志願兵から教導団を経て下士官になる道もあっただろう。

だが、それらの道は多かれ少なかれ、齢《よわい》十三から十六の頃に定まる。錬一郎はその時期を、ひたすら奉公に捧げてきた。徴兵適齢の二十を待ったところで、戸主（世帯主）たる錬一郎は徴兵の対象外だった。

「母のためとも思とりましたし、こちらへの御恩もありました。それがためにできひんのやと、ひとえに己の心の弱さでそう定めとったのだす」

それでも剣の道を手放せなかった。かつて大坂三郷に名を轟かした士錬館道場が、今や名ばかりの師範代の己のみとなり、その己も父から剣を教わることなく、闇雲に棒切れを振り回すしかできなかった。

その未練を未練のまま腐らさず、起死回生を目指す最後の好機だった。

「旦那様、番頭殿。某《それがし》もへぼ侍と言われ十年経ちました。なるほどこれまで随分へぼでございましたが、此度の戦でその汚名を返上させていただきとう存じまする」

この店に丁稚に来て以来、店の者や客には商人口跡を貫いてきたが、このときは、あえて武家言葉を使った。その勢いに、ふたりも思わず言葉を呑む。

「今まで本当にお世話に相成りました。戦に赴くとなれば今生の別れやもしれませぬ。皆々様の恩義は忘れませせぬ」

再び深々と頭を下げた。

数多《あまた》の武家と付き合いのあった久左衛門は、武士の意地を久方ぶりに思い出したのだろう。錬一郎が心変わりせぬと見るや、やれやれと溜息をついた。

「時子を呼んだれ」

命じられた丁稚が走って幾ばくもせずに、水車髷《すいしやまげ》と呼ばれる流行りの髪型に振袖姿の時子が障子を開けて入ってきた。

「お父はん、お呼びで……あら、へぼ侍はんやないの」

歳は錬一郎より三歳下の十四だが、主家の娘であり、何より五年は経つというのに大喧嘩をいまだに根に持っている。元々の吊り目を一層吊り上げ、じとりと錬一郎を睨む。

時子と直接口を利くことも、近頃は滅多にない。ごりょんさん（主人の妻）は他界し、上の三人の娘が嫁いだ今となっては、この時子が婿を取って山城屋を継がせるのは公然の事実だ。一手代が軽々しく話しかけたり、まして喧嘩できる相手ではもはやない。

「こいさん（お嬢様）、此度はお暇《いとま》を貰いに参りました」

錬一郎の神妙な様子と聞き慣れぬ武家言葉に、時子は「え？」と怪訝《けげん》な表情を浮かべる。

「時子、坊はもう子守のへぼ侍やない。ホンマのお侍はん目指して、鹿児島の戦に行くそうや」

父の言葉に、時子は重ねて「ええ？」とさらに素っ頓狂な声を上げる。

久左衛門が手元の煙草盆《たばこぼん》の引き出しから、小さな巾着袋を取り出して錬一郎によこす。中には「山城屋」と墨で書かれた蛤《はまぐり》の貝殻が入っている。山城屋の主力商品の軟膏薬だ。

「怪我でもしたら、これで養生しい。ほれ時子、お前もちゃんとお別れしなはれ」

促された時子は、しかし鋭い目をよりきつくして、

「ウチの軟膏は、阿呆につける薬やないで。勝手に死んだらええわ」

と言い捨て、ぷいと立ち去る。その後ろ姿を見ながら久左衛門は再び溜息をついて、

「済まんな、あれも心根は優しい子や。きっとお前はんが出ていくのが寂しいのや」

と取り繕う。こんなやり取りも、もしかすると最後になるかと思うと、急にいとおしく感じられてきた。

だが、ここで決心を曲げるわけにはいかない。錬一郎がみたび、深々と頭を下げた。

「誠にかたじけのうござります」

久左衛門が、思い出したように、尋ねる。

「しかし……坊、そもそも兵隊に行ったこともないのンに、どないして壮兵になるつもりや」

○

かつて大阪は「大坂」と書くことが多かったが、御一新の頃から「坂」の字を避けて「阪」と書くことが増えた。それは「天下の台所」と呼ばれた繁栄が大きく陰ったことで、せめて縁起だけは担ごうと「土に反《かえ》る」という文字を避けるようになったのかもしれない。

蔵屋敷に集められた年貢米や諸国の物産が、堂島や天満の市場で値を付けられて全国へ送られ、財を成して両替商となった豪商に大名が頭を下げて金を借りる、そんな時代も今は昔。主を失った蔵屋敷が寂しく川沿いに残り、大名貸しが借金踏み倒しで潰れ、残った豪商も我先に東京へ進出していた。

火の消えたような大阪にあって、数少ない景気の良い話がこの戦役だった。大阪城に置かれた大阪鎮台が、東京の政府と九州の前線をつなぐ中継拠点となった。小銃大砲や軍馬、兵糧米に医薬品と、あらゆる軍需物資が大阪に集積されると、神戸港から汽船で九州へ送り込まれた。

集積するのみでなく、陸軍歩兵の主力兵器であるスナイドル銃の弾薬は、敵地・鹿児島から生産設備を移し、大阪鎮台に付設された砲兵第二方面内砲兵支廠（後の大阪砲兵工廠）で生産されるようになった。

今や鎮台は大阪の商人にとって、大口の取引先であり、繁華街に金を落としてくれる新たな「旦はん」だった。賢《さか》しき商人たちは、彼らを下にも置かない扱いをしつつ、一方でその権勢を冷ややかに見ていた。

大阪城にほど近い谷町筋の一角にある料理屋「小鳥遊」は、かつての御勤番の武家や船場商人に代わり、鎮台将校たちに贔屓《ひいき》にされた店のひとつだ。「たかなし」の名に反し、当世で鷹や鳶《とんび》より余程厄介な猛禽の巣になっている、とは口さがない浪速っ子たちの専らの評である。この日も夕刻から長州出身の将校たちが二階の座敷を借り切って、芸妓を呼んでどんちゃん騒ぎを始めていた。

「おう住本《すみもと》、少尉任官早々で大阪に赴任とは大儀じゃのう。一献やらんか」

黒い軍服姿の一団のなかで、ひと際若い二十二歳の住本少尉は、上官であり郷党の先輩に当たる中佐から徳利を差し出されると、飲みかけの盃を空け、律儀に差し出す。

「は、有難くあります」

長州人らしい「あります」口調は、長州人が多い陸軍軍人のあいだではよく使われた。赤間関《あかまがせき》（今の下関）の小役人の家から陸軍に入った住本には郷里の自然な言葉遣いだった。

「近頃はめっきり寂しくなっちょるが、それでも華の大阪の一晩じゃ。存分に楽しめ」

時刻は午後八時。夕刻から飲み始めた中佐はできあがっており、上機嫌で住本の背中を叩く。住本は西南戦役にともなう壮兵徴募に合わせ、東京の陸軍省から大阪鎮台の人事方に着任したばかりである。この日も鎮台の長州人の宴会に連れ出されたが、宿舎までの帰りの道も危うい。

そして住本には、このような宴会は億劫《おっくう》で仕方がなかった。酒も女も嫌いではないが、普段あれほど四角四面な上官が、相好を崩して女にすり寄るさまは醜悪であった。座敷におられず厠《かわや》と言って立ち、建物の外で頭を冷やしていると、

「上はえらい大変ですなあ」

提灯を持った若い男が近寄ってきて、浪速言葉で話しかけてきた。どこぞの客引きか

と訝《いぶか》しがる間も与えず、男は提案をしてきた。

「旦はん、長州の御方でおますやろ。上の宴抜け出せば、ひとつええ場所がおまっせ」

「いらん、わしはまだ上でよろしくやっちょる」

住本は当然警戒感を示すが、それを制して若い客引きは言った。

「いかがわしいもんではあらしまへん。長州の料理を食わす店ですねん。わて、そこの店に長州の御方をぜひ紹介してほしい、頼まれてますねや。上が落ち着かれてから、ひとつ、どないだすやろか？」

○

翌日、住本は頭部の鈍痛に呻いていた。

今朝がた目が覚めると宿舎にいたが、どう戻ってきたのかさっぱり覚えていない。回らない頭をなんとか回して思い出していくと、確か客引きの男に何かを勧められ、連れていかれた料理屋で飲み食いをした記憶はあるが、その後を覚えていない。

幸い、財布などを盗《と》られたり落としたりはしていない。しかし変な物を食わされてはいまいか。腹の調子は悪くはないが、この調子で大阪商人の口車に毎度乗せられては敵わない。

刻限ギリギリに出勤すると、上司との宴席を抜け出したことを咎《とが》められるかと思いきや、「お前、女を買いに行ったか」と冷やかされる程度だった。どこぞの悪所にしけこんだと思われているのだろう。

　この日も、旧幕時代の建物を流用した人事方の事務所では、大阪府下の戸長や道場主から適格者として送られてきた幾人かの士族を面接する予定だ。住本は陸軍省の人事担当将校として決裁をしなければならないが、おおかたは下士官や兵卒に任せておけば回る。

　そう判断した住本は、二日酔いに耐えかねて、小間使いが休む四畳半間で眠りこけていた。

「少尉はん、ちょっと来てもろて、よろしおますか」

　正午の号砲が鳴り響いた頃、仕事を一任していた伍長が、申し訳なさそうに部屋の襖《ふすま》を開ける。

「大阪府の何やエライ役人が来とるんですわ」

「府の？」

　壮兵徴募では、大阪府を通じて布令を出している。住本も近いうちに江之子島の府庁舎へ着任挨拶に出向かねばと思案していた頃である。

「住本少尉いうのんを今すぐ呼べ、言うてエライ剣幕でおまんのや」

　十も歳が上であろう伍長がおそるおそる述べる。住本も内心焦りを感じるが、そこは将校らしく、泰然とした様子を努めて装って「分かった。すぐ行く」と返事した。

府の役人に怒鳴り込まれる覚えなど当然なかったが、矛を収めてもらわねば今後の徴募事務にも関わることだ。急ぎ足で事務所へ着くと、警察の制服に身を包んだ四十ばかりの赤ら顔の男が、畳の上に置かれた椅子にふんぞり返っていた。口元に蓄えたドジョウ髭《ひげ》を片手でいじりながら神経質に貧乏ゆすりをする様は今にも火を噴き出さんばかりである。

「私が住本でありますが」

か細い声で名乗り終えるや否や、

「わしは府四課の船越《ふなこし》一等警部言うモンじゃ！　昨晩はようあがなことを！」

甲高い怒鳴り声が、二日酔いの頭に響く。府四課は警察業務を所管する部署だ。内務省で一等警部であれば判任官八等、陸軍少尉が判任官九等なので、住本よりも上位にある警察官僚だ。言葉遣いから芸州（広島県西部）の人だろうか。広島藩が比較的早く薩長と盟を結んでいた関係で、官吏には広島藩人が一定数いる。

「昨晩、でありますか」

まずいことに昨晩の記憶は途切れている。何をしでかしたか己でも分かったものではない。ドジョウ髭の役人は、ぷるぷると震えながら怒声を絞り出した。

「何ちゅうモノを食わせたんじゃ！」

え、と住本から声が漏れると、それすらも不愉快なようで、男は声を張り上げた。

「河豚《ふぐ》じゃ！　河豚！」

はっと思い出す。そうだ、己は確かに河豚を食べた。そう、客引きに「長州でよう食べる河豚を出してまんのや」と郷里の珍味の名を出されて誘われ、あれよあれよという間に通りの奥にある料理屋に連れ込まれた。そこで見知らぬ客と酒盛りをしたような気がする。はっきりとは思い出せないが、そう言われると目の前の男の甲高い声に聞き覚えが……。

「故郷の味か知らんが、あがな恐ろしいモン、わしを殺す気か！」

河豚は長州、ことに赤間関ではなじみのある魚だ。大阪でも毒に当たるがゆえに「てっぽう」と呼ばれ、珍味として食べる者は尽きないが、それでも「太閤はんの時代から禁じられとる」とゲテモノ扱いである。

「警察は衛生を司る役所じゃ！　食でも西洋化を進めているこの時世に、警察が河豚の毒なぞ万一当たってみい！　御上の威光に傷をつけることになるぞ！」

只でさえ非薩長閥の官吏、特に西南の戦で穏やかならぬ世情にあって、権力闘争の渦に巻き込まれかねない醜聞について気にしないわけがなかった。

「それはその、記憶が定かではないのですが、まことなら大変申し訳ありませぬ」

住本は腰を九十度に折り曲げて平謝りするが、目の前のドジョウ髭の怒りは収まらない。

「赦《ゆる》さんぞ！　コンナ（こいつ）は毒を食わせた極悪人じゃと、鎮台の上にも言うてやる！」

「そんな無体な」

思わず顔を上げる住本を、ドジョウ髭は鼻息荒く睨みつけて後ろを見やる。

「酒で忘れたと惚《とぼ》けようものなら、こいつがすべて見とる！　おい、入れ！」

襖を開けて入ってきたのは、昨晩の客引きだ。木綿の筒袖に脚の締まった野袴《のばかま》姿と、風呂敷包みを手にしているのが多少気にはかかるが、今はそれどころではない。

「昨晩の旦はん、エライことになりまして……」

客引きも恐縮した様子で、三月というのに額には薄っすら汗が浮かんでいる。

「のう、言うたらんか。コンナがわしに昨夜、何を食わせたか、見とったじゃろうが！」

ドジョウ髭が住本へ向けて突き出すように、その客引きの背中を押す。何を言い出すのかと住本が構えていると、客引きは、住本ではなくドジョウ髭に向き返った。

「あの、わて、その、言いづろうて、よう言わんかったんですが……わてのお連れした店で出しとったのンは、ホンマは河豚やおまへんのですわ」

「はあ？」

住本とドジョウ髭の声が重なる。客引きは背中を曲げて申し訳なさそうに語る。

「あすこ、河豚や言うとるだけで、市場で買い手のつかん何やよう分からん白身魚を、安う仕入れて出しとるだけですねん。そない河豚が簡単に手ェに入るわけおまへんのや」

そのまま客引きは「えらいすんまへん」と何度も頭を下げる。

「これはどういうことですか、船越殿」

「わしも、あの店に一杯食わされたか」

住本が気まずそうに尋ねると、ドジョウ髭も挙げた拳の降ろし所が急になくなったものだからか、バツが悪そうに言葉を濁す。そして、騒がせて申し訳ない、という旨の言い訳と、店への二倍増しの罵詈雑言を言い散らしながら、嵐のように立ち去った。

何とも理不尽な話だったが、ひとまず面倒事はなくなったように思えた。

「とんだ災難だな。貴様も帰っていいぞ」

溜息をつきながら客引きを見ると、先ほどまでおろおろしていたはずなのに、思案を含んだような鋭い目で己を見ていることに気づいた。

「これで、一件落着でっしゃろか」

「何？」

「あれは、ホンマに河豚でっせ」

住本は、血の気が引く思いがした。

「お前、あの人を騙して……」

「もしホンマに河豚の毒に当たったたんなら、今頃とうに倒れてはりますわ。あのお方は大丈夫でっさかいに、委細問題おまへん。それよりも、あのお役人はんに、ホンマのこと、お伝えしてよろしいのンか？」

何かしら口を挟もうとしていた住本の顔が固まる。

「軍人はん、昨晩のことはわての胸の内に仕舞《しも》うときまっさかい、代わりに軍人はんにもひとつ、呑んでほしいのンですわ」

客引きは、畳の上に正座した。

「某《それがし》、大阪府士族にして、市中東天満の士錬館道場師範代でござります。此度の鹿児島の戦に、ぜひとも出陣叶いたく、馳せ参じ申した」

それまでの商人口跡と打って変わって、はきはきした武家言葉で、きっとまなじりを上げた客引き——錬一郎が、住本を見据《みす》えて言い放った。

「貴様、士族か」

「左様でござります。まあこのご時世、色々手に職つけてやっとります」

錬一郎は懐から、折りたたんだ紙を取り出して手渡した。履歴書だ。

「某、ただ赤心のみで此度の大戦に志願せんと馳せ参じた次第ですが、しかしながらこの若輩の身は、軍歴がないと一蹴されてしまう次第かと」

住本が目を通すと、歳は今年で満十七、従軍の歴はないとある。確かに布令には「従前旧藩々ニ於テ軍務ニ服セシ者」、つまり過去に従軍経験がある者、とあった。それを満たしていないのだから、当然追い返してもいいのだ。

「そうじゃ。軍歴がなければ、採らん」

住本は素っ気なく言い捨てたつもりだが、錬一郎は一向に意に介さないように見える。

「某、大阪ではなかなか名の通った道場の師範代でござります。ここはひとつ、軍歴がある者と同じ働きをさせていただければと」

　そう言いながら懐から、今度は「印可状」と書かれた文を取り出す。何かしらの流派を修めたという証である。

「某はただ、父の賊軍の汚名をそそぐため、何より御国と天子様のためを思うて馳せ参じた次第です。某のような者も一丸となって戦ってこそ、国家に弓引く賊を成敗できると思うとります。何を食べたや否やと、そのような小事で御心を煩《わずら》わせるつもりもござりまへん。早々に、戦地に送り出してもらえたならば、下手なことを漏らす心配もなくなりましょう」

　それまで畳の上に正座していた錬一郎が、膝立ちになって再び懐に手を伸ばす。今度は何事かと住本は身構えるが、紙に包まれた長方形のものを錬一郎が机にどさりと置く。

「昨日の店、よろしおましたやろ？　またこれ、ぱぁっと使《つこ》たったら、どないでっしゃろ」

　恐る恐る包み紙を開くと、真新しい一円紙幣が数えて二十枚ほど。この頃の巡査の初任給が四円ということを考えると、なかなかの大金だ。少ない給与のやりくりであくせくしている新品少尉の住本にとっては、よだれが出るほど魅力的であった。

「少尉はん、お互いの胸ひとつで納めておけば、何も問題おまへんやないでっか」

　額に汗を光らせながら、錬一郎は不敵な笑みを浮かべ、住本の手に札束を握らせる。

突然のことに、住本は拒むことすらせず、目をしばたたかせる。

静かになった部屋には、外の練兵場で兵卒を教練する掛け声が響く。

強請《ゆす》られているのか、籠絡されているのか、わけが分からないが、己は今間違いなく弱みを握られていて、それをどうこうする力はないことだけは、二日酔いの住本でも理解できた。

大きく息を吐いてうなだれた後、咳払いをして、わざとらしいほどに大きい声を上げる。

「履歴書を読めば貴様、奉行所にも縁のある由緒正しき撃剣道場の師範代とある。戦働きは初めてとはいえ、これは頼もしいことである。その愛国の心、我が軍もしかと受け止めるべきと小官は判断する！」

紙幣をそっと机の引き出しに入れ、代わりに取り出した判子を履歴書にぐっと押した。

「よろしゅう頼んます、少尉はん！」

錬一郎がその場に深く頭を下げると、汗がポトリと畳に落ちた。

○

建物の外に出ると、太陽の日差しが飛び込んできて、錬一郎は目を細める。

「首尾はどうじゃ」

玄関の脇にドジョウ髭の役人が立っている。先ほどとは打って変わった、穏やかな声をかけてきた。

「ホンマ、おおきにですわ」

錬一郎は頭を下げ、しゅう、と細く長い息を吐いた。

「しかし、間が抜けとりゃせんかいの。従軍歴がないことなぞ、先に分かっとったろうに」

「へえ、そりゃもう思い切りのよさだけが取り柄ですよってに」

「それで長州出身の鎮台将校を誑《たら》し込むっちゅうて、夜な夜な河豚鍋屋の客引きか」

「小鳥遊にも河豚鍋屋も、御用聞きで谷町筋に出入りしとったもんで顔見知りですさかい、仲居に金を摑ませたらそれらしい客が来たら教えてくれるよう手筈つけとったんですわ」

この五日間、毎晩のように将校を捕まえてきて、何度目かの正直で、ようやく壮兵徴募の担当官を捕まえたまではよかった。だが、住本が正気を失うほど酔っぱらってしまったものだから思うようにうんと言わず、どうしたものかと途方に暮れたところで、もうひとつ、頼るべき伝手《つて》に声をかけた。

「船越はん、わしに剣を教えて下すったご恩だけやなく、こんな芝居までお膳立てしていただき、ホンマに何とお礼を言うてええのか」

「何、家主の願いともあれば、聞き入れんわけにはいかんじゃろう。それでなくとも、我が家中に伝わる貫心流を伝授したんじゃ。これを戦場で披露してほしいと願うは人情よ」

志方家の母屋の店子である船越は、ドジョウ髭を指で弄《いじ》りながら得意げに鼻息を吹いた。

船越は芸州浅野家中の出で、戊辰の戦で浅野家が新政府についた縁で新政府に出仕している。数年前に大阪府に赴任して以来、志方家の母屋を借りている。大阪城にほど近い士族の家屋敷は役人に一部を貸すことが多いが、母屋を貸しているのは志方家くらいだろう。

同時に、錬一郎にとっては剣の師である。

「あれも、わしが志方の家を借りてしばらくじゃったかのう。道場でひとりで泣きながら竹刀を振っとる者を見て、身に剣術の覚えがある者が放っておけるわけないけぇ」

「そんなこともありましたわ」

錬一郎が照れ臭そうに頰を掻く。

七つで父を失った錬一郎が体得していた剣の技法など、足さばきや竹刀の握り方などの基本所作くらいのものだった。その後十年を丁稚奉公に費やし、暇を見つけて棒切れを振り回していただけで、剣術を極めるなど土台無理な話であった。

数年前、部屋住みの丁稚奉公をしていた錬一郎が、年上の丁稚に「へぼ侍」と虐《いじ》められた時のことである。耐えかねて夜にこっそり実家へ戻り、道場で竹刀を振っていると、船越が声をかけてきた。己も若い頃に剣術を修めた者であるから力になれるだろう、と。

それ以来、山城屋には内緒で剣術のいろはを船越から教わった。今では、他の道場に出稽古に赴いて、道場主にも互角の戦いを挑めるまでに上達した。父の剣法と流派は違ったが、剣術に飢えていた錬一郎には些細なことだった。

「しかし、まさか最後の最後に、剣術やのうてこんなハッタリを教わるとは……」

昨晩、船越に相談したところ、船越は己の身分を弁《わきま》えず、あるいは弁えたからこそか、この三文芝居を提示してきた。

「年の功の悪知恵じゃ。瓦解の頃は、もっと凄まじい騙し合いが跋扈《ばっこ》しとったけぇのう。これが本当の兵法よ。それに、いつ薩賊に倒されるか分からん新政府の権勢なぞ、今のうちに使っておかねば損じゃ」

船越は愉快そうにからから笑う。

「でも金は大丈夫か？　有り金全部はたいたんじゃろう？」

「山城屋で作った貯えだけやのうて、道場にあった金目の物を片っ端から質屋にぶち込んで、何とかこさえた軍資金、全部くれてやりましたわ」

「ようやるのう。さすが大店の手代は、銭での戦い方が違うわい」

錬一郎は、静かに首を振る。

「わしは商人やのうて士族です。ここまで商売人をやってきましたが、ここからホンマの侍になるんです。そのためなら金なぞ惜しくもありませんわ」

「よう言うた。ええ面構えじゃ。三文芝居をやった甲斐があるっちゅうもんじゃ」

船越が感慨深そうにうなずく。

錬一郎も、そう言いながら実のところ、ここまで首尾よく運んだことが、未だに信じられずにいた。

とまれ、これで壮兵に入れるのだ。

その安心感に包まれながら、懐に入っているお守りを握る。

「神様仏様、河豚様々やなあ、わし」

○

住本少尉に指示された鎮台内の一角に向かうと、かつての足軽長屋をそのまま転用したと思しき兵営があった。

その長屋から、身の丈六尺（約一八〇センチ）に鬼瓦のような顔の巨漢が、ほぼ褌《ふんどし》一丁の姿で現れた。五尺三寸の錬一郎でも人並み以上の背丈だが、目の前の男は天満宮の勧進相撲でないとお目にかかれないような大男だ。筋骨隆々の体軀には、あちこちに銃創や切り傷の跡があった。

「坊主、ここは手習所じゃねえぞ。帰れ帰れ」

その鬼瓦は錬一郎に目を止めると、開口一番、門前払いしてきた。

「わしは、剣客としてここに来たん、ですが……」

先ほどの不敵さは消え失せ、錬一郎は歴戦の猛者《もさ》の風格に気圧《けお》されて語尾が怪しくなる。益々大男は鼻息を荒くする。

「お前も別手組《べってぐみ》に来た口か。あれな、剣客の集まりが悪くて、来月集めなおすらしいぞ」

「え?」

「府の徴募が下手だったんだろうな。百人は集めるつもりで、来たのは二十人ぽっちだと」

上方の人間は即物的なものだ。死ぬ恐れのある兵隊勤めに喜んで馳せ参ずる者は滅多にいないというが、士族であってもこのざまか。

「そんでも来ちまった俺たちみたいな半端者は、紀州様のとこの銃兵部隊に加えてもらえるそうだ」

徳川御三家の一角、紀州徳川家は、御一新のあとに独自でプロシア(プロイセン)風の徴兵軍隊を整えていた。武器は最新洋式銃で統一し、大阪鎮台の下にあって強兵であると近畿諸府県に名が通っていた。

「それやったら、剣客集団ちゅうのは」

「諦めろ」

「そ、そんな……」

大男は耳を小指でほじり、出てきた耳クソを吹き飛ばした。

「人が嫌がる兵隊に進んで来やがる阿呆がいる、たぁこのことだな」

「阿呆とは何や」

錬一郎は頭に血が上って大男を睨みつけるが、大男は一層声を低くして吐き捨てる。

「お前のような猪武者が、真っ先に吶喊《とっかん》して死ぬんだ。手前ひとりで死ぬのは構わんが、周りを巻き込むんじゃねえぞ」

大男がずんずんと歩み寄ってきた。錬一郎は身構えるが、大男はすれ違いざまに舌打ちだけして去っていった。

「何なんや……あのおっさん」

福々しい丸顔が長屋の引き戸からひょっこりとこちらを覗き、甲高い声で笑う。

「えらいびびっとるなあ、貴方《あん》さん」

戸の向うからは、とんとんと小気味良い音が聞こえてくる。

「あの松岡《まつおか》っちゅう御仁はな、桑名公の槍備《やりぞなえ》の徒士頭《かちがしら》の出ぇで、鳥羽伏見から箱館五稜郭まで戦い抜いた猛者やそうや。そらびびるわな」

「五稜郭……」

伊勢桑名藩といえば、徳川一門の松平家を主家に持ち、戊辰の戦では御三家の尾張公までも討幕に転じるなかで、会津藩と共に最後まで徳川方で戦った「賊軍」の筆頭だ。戊辰の戦に加わった武家は多かれど、五稜郭まで戦い抜いた者はそういないだろう。

「言うて、今は官軍よりも借金取りから逃げとる身ぃやよってに、壮兵に応募しよったらしいがの。そない大層なもんとちゃう」

小さな眼をさらに細め、カラカラと笑う。その毒気のない声に安心して引き戸へ近づくと、丸顔の男は着流しに白襷《しろだすき》と前掛けをして、土間の調理場で青葱《あおねぎ》を刻んでいた。傍らの鉄鍋には昆布が効いた旬の筍《たけのこ》がふつふつと音を立てている。まるで街なかの小料理屋の板前だ。

「申し遅れましたわ。あては、沢良木《さわらぎ》というもんどす。今は京の木屋町で小料理屋をやっとりますよってに、あんじょう頼んますわ」

自己紹介をしながら筍をお玉で掬《すく》い、小鉢にさっと煮汁と共に入れ、仕舞いに切り終えた葱をぱらりとかける。正午の号砲が鳴ってから一時間ほどで、丁度腹の減る時間帯だ。

「あの、それは」

「ここの飯はあきまへん。炊事兵の作る飯より、天満の魚市場と青物市場の棒手振《ぼてふ》りのほうが、余程まともな食材扱うとるんで、わてがここの衆から金を集めて、一品二品作って食わせてまんねや」

奥では、板の床に茣蓙《ござ》を敷いただけの十畳間に、十人ばかりの男がたむろしている。寝そべったり、座って煙管《きせる》を咥《くわ》えたり、骨牌《カルタ》を床に叩きつけたりと、思い思いに過ごしていた。

そのうちのひとり、眼鏡をかけた瓜実顔《うりざね》の男が立ち上がる。

「おう『四条流』、腹減ったで。早《は》よ頼むで」

右手は着流しの懐に入れ、左手の煙管をチョイチョイと振り回して、沢良木を急かす。

「やかましえ。給食される上等な洋食でも食うてきたらよろしおす」

「勘弁してや、あんなモンだけで、満足なぞようせんわ」

眼鏡の男が笑う。この場にいる者は皆、此度の戦への従軍を志願した者ばかりのはずだが、実に和やか、というよりも気の緩んだ雰囲気に錬一郎は当惑を隠せなかった。

「あの、ここの皆様は、士族なので……？」

皆、士族というよりは、ある者は国定忠治《くにさだちゅうじ》や清水次郎長の同輩であるか、そうでなければどこぞの商売人や学校の教師のような、どう見ても戦働きという連中ではない。

「せやなあ。あては京の青侍（公家仕えの武士）でおましたえ」

「四条流、いうのんは？」

「お公家はんにお仕えしとった頃に、四条流包丁道を習うたもんやから、それでおま」

京の古式ゆかしい剣術流派かと思いきや料理の流派とは、何とも雅なふたつ名である。

「あては半端モンかも分からんけども、ここの三木《みき》はんは、姫路酒井家の御家中やったんや。皆はん、由緒正しい武家はんばっかりや」

眼鏡の男は三木というらしい。軽く会釈するが、三木は錬一郎を訝しがるように睨む。

「何や、聞いとったが、えらい若造が来よってからにまたわけあり者かいな。まあ松岡はんほど、ややこしいことはよう言わんやろうがな」

三木は呆れ顔でため息をつく。沢良木も苦笑いで、子供を諭《さと》すように錬一郎に語り掛ける。

「ここにおらはるお歴々は、そないに武辺ばったもんは求めとらしまへん。まあ、ぼちぼち俸給貰ろて、精々死なんように気張ればよろしおす」

そう言いながら、沢良木の目は手元の小鉢に向けられ、流れるように盛り付けていく。

「面倒臭いモンが来よったのう」

三木は三木でそう言い捨てて、また奥へ引っ込んで煙管を吸い始める。ほかの連中も錬一郎を気に留める素振りもない。あるいは、錬一郎を無視しようと決めたようだ。

武家の面目と立身出世のため剣で戦うべく、政府役人を抱き込んで長州の軍人をたらしこんでまでこの場に来たはずなのに、この場に同じ思いで来た者は誰もいない。途端に、十畳間が、途轍《とてつ》もなく広く寒々しく感じられた。

弐之章　神戸捕物帖

御一新から十年、諸々の制度が改められるなかで、とりわけ軍制の改革はめざましかった。

外にあっては国土を、内にあっては治安を守るべく、毎年のように制度は改められていた。プロシアやフランスやエゲレスなど列強の制度を見よう見まねで導入しつつ、一方で古代王朝の軍制や武家数百年の伝統をいかに取り入れるか苦心する、という繰り返しである。その試行錯誤がようやく落ち着きを見せてきたからこそ、この年の大叛乱にも何とか対処できているとも言えよう。

陸軍では、東京の陸軍省の下、全国に鎮台が置かれた。数千から万近い兵員を擁し、文字通り各地を「鎮」める拠点だ。その下に、聯隊《れんたい》、大隊、中隊、小隊、そして数人ばかりの分隊、と細分化され、ピラミッド状の組織を形成している。

壮兵も例外ではなかった。

錬一郎が貧乏長屋じみた兵舎に来て数日経った三月二十日。朝餉《あさげ》あと、突然紺色の軍服に中尉の階級章を付けた将校が訪れた。歳は二十代の後半、浅く日焼けした面構えは武人然としていた。

「お前らは来たる二十五日、我が小隊として編成されることと相成った。ついては本日の午後より修練が始まるのでな、諸々の話をしに参った」

大阪鎮台は、紀州徳川家がかつて編成した銃兵を主力とする壮兵総勢七百一名をもって遊撃歩兵第一大隊を編成。その旗下に、お情けのように府下徴募の壮兵のみの小隊が編成されるという。精兵《せいびょう》ぞろいの紀州兵の中に、なまじ玉石混交の徴募壮兵を混ぜ込むよりは、厄介者はひとまとめにしたほうがやりやすい、ということだろう。

「不肖堀輝明《ほりてるあき》、これより共に前線に立つわけだが、よろしく頼む」

この堀中尉が、問題児たちの目付役ということだ。もっとも、そんな役回りを押し付けられるこの堀中尉も、相当な厄介者なのかもしれない。

ぎょろりとしたどんぐり眼《まなこ》で、その場に寝そべる男たちを見渡す堀が、土間の端で大根を包丁で切っていた錬一郎を視界に捉えた。この数日、酒も博打《ばくち》もやらぬ上、初対面時の気まずさも冷めやらぬ錬一郎は、手持無沙汰でしかたなかった。まだ辛うじて話の通じる沢良木の傍で手伝いをするほかに、時間のつぶし方がなかった。

「おうお前、歳はいくつだ」

「当年で十七だす」

手を止めずに錬一郎が答えた。堀は嫌な顔をしないどころか、喜色を見せて歩み寄った。

「おお、お前が例の青二才か。殊勝な心掛けだ。俺も初陣は十七だ」

豪快に笑った堀に肩をどんどんと叩かれる。仕草がいちいち戦国の世の足軽大将といった様子だ。錬一郎は刻んだ大根をこぼさぬよう、まな板を傍にどけた。

「中尉はん、お国はどちらで」

その場にいた男のひとりが尋ねる。どの戦でどの陣営にいたかを言外に問うていた。武人然とした様子はこけおどしではないのか、と試すような問いかけに堀は簡潔に答えた。

「越後長岡だ」

その場の幾人かが、ほうとどよめく。

長岡は戊辰の戦で奥羽越列藩同盟の一角として、家老自ら洋式砲を持ち出して城下で壮絶な地上戦を繰り広げた地だ。この場にいる多くがかつて「賊軍」と呼ばれた者たちである。彼らの多くが、同じ賊軍の辛酸を舐めた者として、堀に一気に親近感を抱いた。

「此度は薩奸どもが帝《みかど》に仇《あだ》なす賊軍だ。存分にお礼参りといきたいところだ」

すぐさま「よう言うた隊長はん」「薩摩芋どもを焼き芋にしたれ」と贔屓の力士へかけるような野次が飛ぶ。

その賑わいを気にも留めず、堀が長屋を見回す。

「それで分隊長を三人ばかり選ぶのだが……」

三十過ぎのふたりばかりを指名した後、錬一郎を指した。

「あと、お前、志方とかいう奴。以上の三人だ」

「わしですか？」

突然のことに驚き、白けた目線が突き刺さるなか、立ち上がる。

「いや、せやかて、隊長はん。わしがそんな分隊長なんぞ、分不相応では」

「何だ？　若いながらに武芸者と聞いておるぞ。どこぞの戦にもその若さで出とるなら、問題なかろう」

堀は知らないのか、それとも知っていて惚けているのか。錬一郎が「従前旧藩々ニ於テ軍務ニ服セシ者」という募集要項を、誤魔化して入隊していることを。もし「お前はいずこで戦に出たか」と尋ねられたら、どこまで取りつくろえるか。冷や汗が背中を走るが、この中尉は細事にこだわらない性質《たち》のようで、それ以上詮索はされなかった。

軍隊での階級も与えられ、他の壮兵らが一等卒であるなか、分隊長となった錬一郎には伍長という頭ひとつ出た階級が割り振られた。

「俺も戦じゃ上が軒並みやられて、仕方なしに銃卒を率いたもんだ。何とかなる」

再び笑いかけて肩を叩くと、堀は颯爽と兵舎を後にした。残された錬一郎を、白けた空気が包んだ。

○

堀中尉による「武芸者」という評価は誤りではないし、錬一郎もそれを自認している。数年来、伊達に棒切れや竹刀を振り回してきたわけではない。今の大阪市中の剣術家たちのなかで錬一郎はそう弱くない部類だろう。

だが、彼らが手にする武器は刀ではなく銃だ。誰でも少しばかり鍛錬すれば使えるようになる。その実力はかつて長州が幕末に奇兵隊で証明しているし、現に最前線となっている熊本でも、百姓出身の鎮台兵があの薩兵を押しとどめている。武家であっても志方家には鉄砲の扱いは伝わっておらず、鎮台兵と左程変わりない。むしろ、この場にいる徴募壮兵たちは履歴を偽造していない限り、曲がりなりにも戦場を経験している。ある程度は銃など触ったこともあろう。

その部隊のなかで、最も銃器に不慣れであるはずの最若手の錬一郎が分隊長なのだ。

「何じゃい、わしらぁ、ガキの下働きをせにゃあならんのか。トコトンヤレ、トンヤレナ、ってか」

背中に声が突き刺さる。この日の午後、初の教練として着慣れない紺色の軍服と軍帽、足元だけはなぜか草鞋《わらじ》と足袋《たび》を支給されると、大阪城のお堀の南側、法円坂町の射的場に他の紀州兵ら数百人と並べられた。

馬子にも衣裳とは言ったものだが、十七の錬一郎が着ると流石に、顔があどけなく見える。その後ろに並ぶ分隊員は、松岡、三木、そして沢良木だ。いずれも歳は三十を過ぎ、軍服も着慣れている。これではどちらが分隊長で隊員か分かったものではない。さながら、巨大な狒狒《ひひ》と狐と狸を引き連れた桃太郎だ。

特に狒狒、ではなく松岡は、堀小隊長の指示で錬一郎の分隊に並べられた時から、聞こえよがしに不平を垂れ流している。

「お互いご愁傷様やの。こら命は長《な》ごないで」

「精々、四条流殿の美味い飯を役得にするか」

三木は三木で、お追従のように松岡に応ずる。

「まあ、あては、あんじょう俸給分のご奉公をさせてもらうだけでおま」

唯一、表立った攻撃をしてこない沢良木だけが味方に思えた。とはいえ、この福々しい丸顔からは真意は読みづらい。どう思われているか分かったものではない。

気が重くなるなか、堀中尉から木箱に入れられた西洋式の小銃を各自取るように指示される。真剣以上にズシリと、銃身の重さが手に伝わる。

「何じゃあこれは。見たことないぞ、こんなもの」

松岡が、手に取った銃を物珍し気に掲げる。他にも銃での戦闘経験のある壮兵らがざわめく。整然と並ぶ紀州兵たちは同じものを手にしても驚くところはなく「何をいまさら」という鬱陶しそうな面持ちでこちらを見てくる。

堀が説明を始めた。

「これは、普式ツンナールという銃だ」

幕末以来、日本の銃器は目まぐるしく変化を遂げている。種子島と呼ばれて戦国以来数百年使い続けた火縄銃から、火打石を使ったゲベール銃、銃身内に螺旋《らせん》条（ライフリング）を施したエンピール銃（エンフィールド銃）、そして銃弾を銃身の後ろから装塡するスナイドル銃（スナイダー銃）と、西洋の過去数十年の革新が、十年そこらで一気に流れ込んできた。

「このツンナールは、我が陸軍で今使っているスナイドルと同じく元込め式だが、装塡の際にはこの鎖《さ》閂《さん》を使う点が大きく異なる」

堀は銃身の後ろから横に飛び出る鉄の棒を握り、後ろへ引く。ガシャンと小気味の良い音が響く。これを引いて薬室が開くと、すぐに銃弾が装塡できるというのだ。この様式は「ボルト・アクション」と呼ばれ、単発式小銃の完成形として長らく歩兵の主力装備となる。

「プロシアの陸軍で制式採用された最新式で、先だって東京と大阪の鎮台で使い始めた代物だ。元々は紀州様が軍制改革で取り入れてな。この度は我々もそのおこぼれに与《あずか》る」

まるで流行《はや》りの玩具を買ってもらった子供のように笑う堀と、それに釣られる他の壮兵たち。彼らにとっては、かつて使っていた武器よりも上等な、鎮台兵すら持っていないプロシアの最新兵器を与えられたのだから、頼もしいばかりだろう。

数日前まで剣で戦うことを夢見ていた錬一郎にとっては、その銃の重さは軽い失望しか生まなかった。

「これで武功など挙げられるものかいな」

敵の首級を挙げて功を誇る戦国の世ではもはやない。新しい洋式銃を手に入れた官軍が幕軍を破ってきた事実は、覆しようのない事実だ。

それでも、剣こそ戦の主役ではないか。所詮、銃は弾の発射に時間がかかる。最前線のいざという局面では白刃がものを言う。そう信じてここまできた。だがそう思っているのは、己だけなのかもしれない。その気の重さを、手に取った銃が表しているようにも感じられた。

教練は否応なしに始まる。

幸か不幸か、銃に不慣れなのは錬一郎だけではなかった。

「軍務にゃ服しとったで。嘘は言うとらん」

三木は履歴の上ではかつて姫路藩兵だった。しかし、実は兵糧や武具を調達して戦費を計算する、大坂蔵屋敷の勘定方でしかなかったというのだ。

ツンナール銃の使い方を教授されたあとの射撃訓練で、三木は鼻の孔を大きく膨らませ、額に軽く血管が浮き出るまで力を振り絞って、ようやく引き金が引けた。弾は的から大きく外れ、後ろの土塁に刺さる。撃った本人は銃声と反動の大きさに「ひぃっ」と情けない声を上げて、眼鏡を落としてしまう始末。

「いやあ、それにしても銃いうのんは、けったいな代物ですなあ」

沢良木もまた、御一新の直後に京駐留の官軍部隊に食事を提供していただけで、銃を持つのは初めてという。発砲した衝撃で銃口が大きく上に逸れてしまい、弾は大きく弓なりに、射的場のはるか向こうへ。

錬一郎が周囲を見渡しても、鎮台兵として過去数年戦働きをしていた紀州兵はさておき、府下徴募の壮兵は多くが苦戦していた。紙でできた薬莢《やっきょう》を破る、鎖門を上手く引けぬ、照準がろくに合わない、と惨憺《さんたん》たる状況だった。

意外にも、素振りで人並み以上に鍛えられていた錬一郎は、引き金で難儀することもなく、銃を落とすことも、狙いを大きく外すこともなかった。いざ己がそれなりに撃ててしまうと、幾分か誇らしい気持ちになるものである。

それを見た三木が、白けた目線を向けていることには、気づかないふりをした。

「お前ら、情けない奴らだのう」

松岡は堂々たるもので、鎖門を引いて薬莢《あやま》を詰め、仁王立ちで銃床を右肩に当てて照準を定める。轟音と共に放った銃弾は、過たず的の真ん中からやや左下に当たる。

「こりゃ楽でいい。俺はエンピールで戦ったが、先込めは何かと面倒だった。戊辰の戦の頃は、幕軍も官軍もエンピールが主で、スナイドルなぞ薩長くらいのもんよ」

「へえ、松岡殿は、槍備と聞いておりましたが」

これまでろくに会話もしなかった相手だが、錬一郎は好機と見て話しかけてみた。曲がりなりにも同じ分隊の一員で、この先会話が成り立たないでは済まない。

「分隊長殿は、あの戦で槍備が莫迦《ばか》正直に槍で戦ったとお考えか」

初対面時ほどの刺々《とげとげ》しさはないものの、小莫迦にした様子を隠す気はないようだ。

錬一郎をチラリとも見ずに、手早く薬莢の排出と再度の装塡を済ませ、再び発射する。

「槍なぞ、鳥羽伏見じゃこれっぽっちの役にも立たなんだ。ま、鉄砲が撃てたからと言って、瓦解からこっち、借金取りのひとりも倒せなんだがな」

的の真ん中に命中していた。

○

三月二十五日付で、大阪鎮台歩兵第八聯隊の隷下で正式に遊撃歩兵第一大隊が編成された。

とはいえ、部隊の名前が決まっただけで、いつどこへ派遣されるのかも知らされない壮兵たちは随分と呑気なものだ。日曜日ということもあり、一部の輪番の士官と兵以外は、一切の通常業務は休みである。教練のない壮兵たちは兵舎にたむろするか、鎮台から徒歩で松島や堀江、新町の「新地」へ繰り出すなど、休日を満喫していた。三木も休みになると必ず外出するが、主だった「新地」や近場の盛り場には行ってないようで、行先は誰も知らなかった。

兵舎に残って骨牌で賭け事をしていた松岡は、車座になったほかの連中に言い放った。

「邏卒《らそつ》（警察官）になった連中は鼻息が荒いのう。刀を振り回せばエライ顔できるご身分をもらっているからな」

手元から、くしゃくしゃになった錦絵をひょいと摘み上げて目を凝らす。錦絵には、戦国乱世の武者よろしく敵陣に抜刀で斬り込む、制服姿の警官が描かれている。

三月に入ると、熊本の田原坂《たばるざか》や吉次峠《きちじとうげ》で辛うじて官軍が攻略しつつあると、大阪でも錦絵や新聞で次々に報じられていた。

特に目を引くのは、東京警視本署（後の警視庁）より派遣された、士族出身の警察官からなる警視隊が、抜刀で敵陣に果敢に斬り込んだという話だ。後に「抜刀隊」と呼ばれることになる彼らの、戦国乱世の軍記物ばりの活躍を錦絵や新聞はセンセーショナルに伝えていた。

「薩賊も邏卒も、皆くたばっちまえばいい。薩摩芋畑の肥料にでもしてやれ」

その場にいた数名がガハハと笑う。松岡は、邏卒という言葉を親の仇のような顔で口にする。借金取りから逃げる身だと聞いたが、警察の厄介にもなっているのやもしれない。

「流石に、お味方に対してその言いようはどうなんや」

錬一郎は、沢良木の飯上げ（給食）の一品を作る手伝いで、この日も炊事場の端で茶碗をたらいで洗っていた。

分隊長になったものの、教練の時間以外は他の一団に溶け込めず、こうして雑用のような立場に甘んじていた。射撃術や行軍、野戦の仕方など日々の訓練で泥と汗にまみれ、へとへとになって長屋へ戻ると、眠りにつくまでの束の間に、誰かが読み捨てた錦絵を貪るように読む。そこで、やはり撃剣での戦いが最前線ではものを言うのだ、と心躍らせるのがささやかな楽しみになっていた。

そばで菜っ葉を包丁で切っていた沢良木が、口を挟む。

「邏卒の連中も大変でおますなあ。警視隊を率いる大警視の川路利良はんもやけど、薩摩人が多うおまっさかいに、此度の戦で大西郷と相対するいうことは国許に弓引くも同然、言うて覚悟決めとるもんもおるやに聞きますえ。昔の友が斬り合う、そないケッタイな所でおますよって、あてらが行く前に戦が終わっとるのんが一番でおま」

戦場へ行きたいという錬一郎の心持ちを見透かしてか、沢良木が静かに呟く。

「沢良木殿は戦には行きとうないんですか？」

その言葉尻に、なるべく非難めいた色が出ないよう、錬一郎は慎重に尋ねた。

「そら、行きとうないですわ。当たり前ですがな」

「ほたら、何で此度は壮兵に志願を」

沢良木は京で小料理屋をしているという。その腕はこの数日間、嫌というほど堪能している。戦に出たくないのであれば、そもそもここへ来なければよかったのだ。

沸々《ふつふつ》と煮立ち始めた鍋から、出汁を取った昆布を菜箸で引き上げ、切り刻んだ菜っ葉を流し込むと、沢良木は腰を軽く叩いて背伸びをする。沢良木曰く、昆布は戎橋《えびすばし》や新町にある小倉屋が一番らしい。

「あては、天朝はんにご奉公するためでおま」

「天朝はん？」

近頃は天皇だとか皇帝だとか、厳めしい呼び名が使われるようになってきたが、京では今も昔ながらの「天朝はん」「天子様」という呼び方をする者が多いという。

「そうどす。あてら京の衆は一朝事あれば、天朝はんを御守りするんが務め。それを果たさんかったがために、天朝はんもあてらを見限って江戸へ御下りなすったんや」

沢良木は懐から出したマッチ箱からマッチを一本取り、手慣れた様子で火をつけて藁《わら》に火を移してかまどへ放る。西洋伝来のマッチは二、三年ほど前に大阪での製造が始まり、巷《ちまた》では「硫黄の匂いが食べ物に移る」と忌避する動きもあるが、沢良木は重宝しているという。

「せやさかい、京のモンとして天朝はんのためにご奉公することで、安心してお戻りいただけるようにしますねや」

「はあ、さいですか」

それで本当に帝が京に戻るだろうか、という疑念は口にしなかった。

「いずれにせよ、ご奉公に来たっちゅうことが大事でおま。あたら無駄死になど、あてもしたぁないよってに」

出汁を取って引き上げた後、ザルで冷ましていた昆布を、今度はきんぴらにすべく切り刻み始める。無駄のない調理だ。

無駄死にという言葉が、錬一郎の耳に突き刺さる。

「戦で戦って散るは、無駄死にでっか？」

沢良木の回答は簡潔だった。

「無駄死にでおま」

「戦で武功を立てて散ったモンらは、皆が皆、無駄な連中やった、ちゅうことでっか」

茶碗を手拭いで拭う手を止める錬一郎。かつて鳥羽伏見の戦で父を失った身には、それを無駄ということは、受け入れられなかった。

沢良木の回答はまた素早かった。

「勘違いしたらあきまへんえ。戦で死ぬことが無駄であっても、それで死んだモンは無駄ではあらしまへん。むしろ、あたら有為の人材を死なすこと、それを無駄と言うんでおま」

その言葉は穏やかだが、どこか強い思いが含まれているようにも聞こえた。

「分隊長はんはまだ十七や。ここで死ぬことはあらしまへん。織田信長やおまへんけど、人生わずか五十年と言いまっさかい、あと三十年は生き延びることを考えなはれ」

沢良木は錬一郎に目もくれず、壺からおたまで掬った味噌を鍋の中に溶かす。その表情はいつもの柔和さを保っていて、心の内はやはり読めない。

「あてらは所詮、後詰めでおますえ。余程兵隊が足らなんだら前へ出されるやろうけども、邏卒が踏ん張っとるあいだは別条おまへんやろ」

小皿に取った汁を啜《すす》り、む、と軽く頷く沢良木。戦なぞ文字通り対岸の火事と言わんばかりの落ち着きぶりだ。

ガラリと戸が開くと、堀が入ってきた。炊事場から漂う匂いに相好を崩す。

「おう四条流、俺の分も用意してあるか」

「へえ、そらもう」

近頃では堀中尉も「士官の飯も四条流に比べれば大したことがない」と貧乏長屋に入り浸るようになった。野人的な気質のある堀は、壮兵連中のあいだにあっという間に入り込み、文字通り同じ釜の飯を食うほどの仲になっている。

「それはそれとしてだ」

思い出した、という様子で堀が一旦顔を引き締めて、たむろする壮兵らを見渡した。

「進発の日取りが決まった。来たる四月一日に神戸港より乗船し、熊本へ向けて出立する」

堀の言葉が終わらぬうちから一同がざわめき出す。顔に緊張の色が浮かぶ者も多い。

「聞き知っていることかとは思うが、官軍はこの三月、包囲された熊本鎮台を救援すべく、田原坂や吉次峠にて賊軍と壮絶な戦いを繰り広げ、敵を撃滅してきた。お前らは熊本の敵地目前に上陸し、敵包囲網の後背から衝《つ》くことが任務である」

薩閥の黒田清隆中将率いる衝背軍が、熊本南方の要衝・八代《やつしろ》に上陸したのが、去る三月十九日。そこから薩軍の猛攻を跳ね返しており、その増援部隊になるというのだ。現地では黒川通軌《みちのり》大佐率いる別働第四旅団の下に置かれるという。

「ついてはその前日の三月三十一日、城外練兵場にて、帝がご閲兵なさる。心しておけ」

「天朝はんが来はるんでっか」

声を上げたのは沢良木だった。その糸のように細い目が少しばかり見開いて見える。

「おう、ゆえに閲兵式では粗相は赦されん。あと数日ばかりの教練は厳しくやるぞ」

そう言うと、己の仕事は終わったとばかりにどっかと腰を下ろした。

「四条流、早く飯を頼む。腹が減って敵わん」

堀は、その場の壮兵たちの顔に不安と緊張が漂っていたことに、気づかなかったのかそれともわざとなのか、ことさらに明るい声を出す。

不思議なことにあれだけ戦に行きたいと思っていた錬一郎も、いざ命令を受けた瞬間の胸中にあったのは高揚感ではなかった。

「無駄死に」

という言葉が、耳の奥にまだ残ったままだった。

○

即戦力となるべく己から志願してきた壮兵の中に、前線へ送られることを想定していなかった者は、建前の上ではいなかったはずだ。それでも徴募からわずか半月余で戦地行きが決まることに、不安を抱いた者は多かった。ここに集った者の多くは一度二度は「負け戦」を経験している。

「風向き、よろしないのんと、ちゃうけ」

天皇臨席の閲兵式を前に、隊列行進などの教練が激しさを増すなかで、そのような声が漏れ聞こえてくる。

「いや、衝背軍ちゅうのは、言うたらここから盛り返すところやさかい、流れは官軍にあるのとちゃうか」

「ここで逃げたら、国事犯扱いで蝦夷《えぞ》地に流刑になるのとちゃうか」

「せやけども蝦夷地におるほうが安心や」

「薩軍が官軍を倒したら咎人《とがにん》は皆恩赦が出るさかい、それまで寒さに耐えればええ」

「あの温《ぬく》い淡路の家来衆が蝦夷地で開拓しとるよって、わてらも耐えられんわけじゃなかろう、知らんけども」

口さがない上にいい加減な上方士族たちの物言いも、深刻の色合いを多少帯びる。

壮兵にとって、より現実的に変わったことと言えば沢良木の不調だ。それまで飄々《ひょうひょう》としていた沢良木が落ち着きを失った。ぼうっとしていることが増え、料理も味加減が投げやりになりがちだった。

「何だこりゃあ。江戸にいた頃にもこんな塩《しょ》っぱい味付けはなかったぞ」

それまで飯の美味い不味《まず》いはほとんど口にしなかった松岡までも、ある日の夕餉でこしらえた一品に眉をひそめた。どうにも味噌が多く、海水のような塩辛さである。日々汗をかいて塩を欲しているとはいえ、上方の薄味に慣れた者たちが次々に悲鳴を上げた。

「四条流はんも戦にゃ行きとうないんやろ」

そういう三木は、顔色がさらに蒼白になったように見える。錬一郎に突っかかることも減った。射撃も行進もあまり上達せず、錬一郎よりも戦には不向きに見えた。

金目当てで士気の低い壮兵たちの中でも、特にふたりが穏やかならぬ心持ちでいることは、錬一郎の目にも明らかだった。調理場での雑談に応じる沢良木も「そうどすなあ」と何を言っても暖簾《のれん》に腕押しだった。

三木に至っては、取り付く島もなかった。

「おどれのようなガキと違うのや、わしは」

話しかけても、威勢のない声で強がられるのが関の山だった。

錬一郎自身、あの日から高揚感のないままに、ただ教練の激しさに身を任せて、くたびれた心身を休めるだけの日々の繰り返しだった。心のどこかに「無駄死に」という言葉が引っかかったままだった。

それでも、母も奉公先も振り切って叶えようとしている十年来の志を、捨てる気はなかった。そして曲がりなりにも「長」と名の付く肩書を与えられた以上、部下となったふたりを放置はできない。

しかし、危機感を抱いていたのは長屋の中では錬一郎だけだった。他の者たちは「ありゃあ駄目やで」と茶化すだけで、まるで取り合わない。

浮足立った空気を残したまま、三月三十一日の土曜日を迎えた。壮兵たちは銃や短剣、そして戦場での衣食住に必要な物を詰め込んだ背嚢《はいのう》など、すべての装備を身に着けて、朝早くから練兵場に集められた。紀州兵が大勢を占める大隊の隊伍の中で、壮兵は後列の端っこに申し訳程度に並べられ、銃の可動部に油を差すなどの手入れをするよう指示された。

「よし、軍服もさまになってきたじゃないか。その調子で鉄砲も立派に磨けよ」

この日の閲兵式では、東京から下ってきた天皇の立ち合いの下に、軍楽隊の行進曲に合わせた行軍と、簡単な射撃訓練を見せることとなっていた。

「射撃は紀州の連中の腕利きどもを幾人か充てるから、お前らはまっすぐ歩くだけでいい」

壮兵たちの動揺を知ってか知らずか、あるいは元から壮兵にさほど信頼を置いていないのか、彼らを前面に出さぬようにしているようだ。

銃に油を差す手入れも終え、汚れた手を手ぬぐいで拭っていると、練兵場の入り口に、高級そうな軍服を着た人々が現れた。

「あれ、もしかすると」

ざわめきが広がる。隊伍の間から錬一郎が首を伸ばすと、中高年が多数の高級将校らの中央に、一等高級そうな軍服を着た、髭を短く生やした面長の若い男が見えた。

「あれが帝か」

長らくの天下泰平を築き上げてきた徳川将軍に代わり、数百年ぶりに表舞台に舞い戻った帝とやらは一体どれほどのものなのか。徳川恩顧の与力の家に生まれ育った錬一郎には、どこかしら天皇に反発する気持ちがあった。しかし流石に民百姓を統《す》べる者だけあって、遠目にもどこか厳めしく見える。その場にいる歴戦の高級将校たちは、己よりも十も二十も若いはずの帝に対し恐縮しきりだ。

「戊辰の頃は、分別の付かん幼帝を担ぎ上げたなんて俺らは言ったもんだがな」

錬一郎の後ろで、松岡が誰にともなく呟く。

「神輿《みこし》は担ぐには重すぎず、さりとて軽すぎずだ。此度は俺らが担ぐわけだから、威厳がなけりゃあ困りものだ」

国学にどっぷり浸かった尊皇主義者がこの場にいれば、皇尊《すめらみこと》へ対し奉り不敬の極み云々と怒ることだろう。だがこの場の壮兵の多くは元徳川方で、加えて御上を有難がらない上方の者たちが多い。

ただひとり、沢良木が額に脂汗を浮かべ、眉間に皺を寄せて明らかに苦しそうな顔をしていた。

錬一郎が気づくと、目が合った沢良木は蚊の鳴くような声を絞り出す。

「分隊長はん。あて、腹が痛《いと》うて痛うて仕方あらへんのや。此度は堪忍しとくれやす」

その声を前列にいながら聞きつけた堀が、体を捻《ひね》って沢良木を見やり、渋い顔をする。

「お前、この期に及んでなぁ」

より近くで見ている錬一郎の目には、その苦悶ぶりは狂言ではないように映った。

「堀中尉。わしも沢良木殿は外したほうがええと思いまっせ。ホンマに具合が悪そうや」

そう言いながら沢良木の背中をさすると、軍服越しにじっとりと汗ばんでいるのが感じ取れた。季節は三月というのに尋常ではない。

「帝の前で万一粗相があったら、わてら壮兵部隊の印象もよろしくないんでは」

周囲の他の壮兵たちも「四条流はん、こらあかんで」などと呟き始め、帝が現れたときとは別のざわめきが生まれる。

流石に帝や周囲の将校たちの目を気にしたのか、堀も諦めたように首を振る。

「分かった、沢良木、お前外せ。医務室へ行っておけ。あとで話は聞かせてもらう」

沢良木は、ホッとしたような泣きそうな顔で「偉いすんまへん」と何度も頭を下げながら、そそくさと隊伍を外れた。

心配そうに見送ったのは錬一郎だけだった。他の壮兵たちは多くが無関心に見えた。加えて、松岡を含む幾人かが得意げに見送り、一方で妙に渋い顔をした者もいた。その表情に引っかかりを感じたが、軍楽隊の軽妙な音楽が流れ始めた。

「よし、沢良木の分を詰めてお前ら整列せい。間もなく行進が始まる」

遠くから「気を付けえ、立てえ銃《つつ》」という叫び声が聞こえる。その場の兵卒たちが一斉に足を揃え、銃を右手に持って地面に突き立てた。銃身を握る錬一郎の右手にも、沢良木ほどではないが汗がにじむ。

この日の閲兵式は、後に大正から昭和年間に宮内省が編纂した『明治天皇紀』において、「意気殊に凜然たり」と記されたという。寄せ集めの壮兵ひとりが欠けたか否か、さしもの帝も知るところではなかったようだ。

○

騒動が起きた。閲兵式が終わった数時間後のことである。

遊撃歩兵第一大隊は、夕方五時四十分と六時十五分に官設鉄道梅田停車場（後のＪＲ大阪駅）から三等客車に乗り込み、神戸港へ向かった。翌四月一日には、神戸港から蒸気船「玄海丸」に乗船し、予定では五日に熊本へ到着するという。

錬一郎にとっては初めての汽車だ。分隊四人で客車に乗り込み、向かい合わせの椅子席に座り込む際、錬一郎は迷わず窓側に陣取った。座ってから、年甲斐もなくはしゃいでいることに気づき、努めて平静を装う。

やがてボウッと汽笛が鳴り、轟音を立てて巨大な列車が動き出す。梅田停車場を出ると、民家や田畑は矢のように後方へ過ぎ去り、ガタンガタンと淀川に架けられた橋を渡りだす。

これから赴くのは戦場だ。万一のことがあれば、この川を再び見ることもなくなる。向かいの沢良木や横の三木が沈んでいるのも、そのせいかもしれない。錬一郎も、本当に戦に行くという実感が持てずにいた。戦場でいかに華々しい武勲を挙げるかに思いを巡らそうとするたび、数日前に沢良木の吐いた「無駄死に」という言葉がよぎる。

戦というモンは一体どんなモンなんや。

摂津尼崎《あまがさき》のあたりを通る頃、隣の席がやおら賑やかになる。

「やっぱり、京の雅なお方は、弱うおまんな」

「播州姫路はまだ少しは骨があるのう」

何のことだと振り向くと、向かって斜め前の通路側の席に座る松岡が、通路に立った五人ばかりの壮兵と談笑していた。

「おう、今回は俺の勝ちだ勝ちだ。おら、三木に張ってた連中はご祝儀頼むぜ」

すると別の者が焦ったような声を出す。

「まだ分からんえ。腹下しただけや。三木を見てみい、今にも死にそうな顔や。あっちのが早いかもしれん」

彼らは「閲兵式で誰が逃げ出すか」で賭けていたのだ。そして、先ほど閲兵式で得意げな顔をしていた者たちは沢良木に、渋い顔をしていた者たちは三木に賭けていた者たちだった。それを沢良木と三木の横で、得意げに話している。

ガタン、という音が客車内に響く。徴募壮兵のみならず、少し離れた席にいる紀州兵たちも幾人かがびくりと振り向いた。

「いくら何でも、非人情にもほどがありまへんか！」

錬一郎が松岡に詰め寄った。しかし、松岡らはもはや錬一郎を相手にはしなかった。

「四条流や三木がやめたけりゃ、やめりゃいいじゃねえか。薩摩の連中だって、征韓論が通らなんだら、やめて政府に楯ついたんだ。あいつらが駄目な道理があるか。それを見て俺らがどうしようが勝手だろう」

蠅を追い払うかのように、手を振る松岡。

「こんな場所が真っ平御免なら、お前もやめちまえ。今なら飛び降りて逃げ出せるぞ」

松岡は床に唾を吐き、そう言い捨てると、錬一郎のことなど忘れたかのように他の連中との会話に戻る。さあ賭けはこちらの勝ちだ、いやまだ分からへんで――。

瞬時に頭に血が上った。

おどれが今唾吐きかけたんは、わしの誇りや。

そのようなことを叫んだようだったが、何をわめき立てたのか聞き取ることは難しかった。錬一郎が松岡の横っ面を拳で殴りつけようと挑みかかったものの、時を置かずに周りの連中に組み伏せられ、無抵抗のままに何倍もの殴打や蹴りの返礼が浴びせかけられた。

騒ぎを耳にして堀が駆け足気味で入ってきた時には、床にはぼろ雑巾のようになった錬一郎が、息の上がった松岡らに囲まれ、意識もなく転がっていた。

「無駄なことをしたらあきまへんて言うたのに」

沢良木が俯《うつむ》いたまま呟いた言葉は、喧騒に搔き消されて誰の耳にも届かなかった。その一部始終を、陰気な顔で何かを読んでいた三木が、どんよりとした暗い目つきで眺めていた。

○

目が覚めると、見慣れない真新しい天井板が見えた。はてここは志方のお家か、はたまた山城屋の奉公人の寝床だったたか。寝惚けた頭でしばし思案を巡らせた錬一郎だったが、しばらくすると何が起きたかを思い出した。

「あっ」

咄嗟《とっさ》に飛び起きようとすると、全身に激痛が走り、声にならない叫び声が喉の奥から漏れ出た。今度はゆっくり上体を起こすと、六畳ばかりの狭い部屋の、西洋式寝台の上に寝かされていた。白い詰襟シャツと紺色の洋袴（ズボン）は随分と乱れ、所々血の跡が残る。他には誰もいないようだ。ガラス窓の外は橙色《だいだいいろ》の夕空から闇夜へ移り変わろうとしていた。先ほどまで汽車の中にいたはずだが、ここはどこで今は何時だろうと見回したときに、奥の扉が開いた。

「男ぶりが上がったな、志方の」

堀が手に石油ランプを下げて、つかつかと歩み寄ってきた。

「あの、一体」

聞きたいことが山ほどあったが言葉が詰まる。口の中はからからで、腫《は》れた口内から時折鉄の味がする。

「神戸停車場の医務室よ。先ほどまでお前さん、汽車の中でのびていたんだ」

簡潔に答えた堀は、腰の刀を外し、錬一郎の横の寝台にどっかと腰掛け、世間話のようにとんでもないことを口にした。

「お前さんのところの三木が、脱走した」

その意味を咀嚼《そしゃく》し、乾いた喉の奥から言葉を絞り出すのに、また少し時間がかかった。

「そんな阿呆な」

「先ほど、停車場を出て点呼したところ、現れなんだ。まだしばらくも経っていないはずだ」

松岡は賭けが狂うたと嘆いていたぞ、と笑いながら話す堀に動じた様子は見られない。

「こういうことは、それこそ戊辰の戦じゃ、よくあった。特に戦い慣れた連中は逃げ慣れてもいる。俺も苦労させられたもんだ」

軍服の上着を脱いで詰襟シャツ姿になりながら、溜息をつく。

「別に、たった二十人ぽっちの徴募壮兵小隊が多少減ろうが減るまいが、戦局を左右するなどとは誰も思うとらんわ。だがな」

そこで区切ると、最新の石油ランプにマッチで火を灯《とも》す。陽が落ちて薄暗くなった室内が、ぼうっと明るくなり、彫りの深い横顔の陰影がなおさら濃くなる。

「堤は蟻の一穴から崩れるともいう。弱い所が弱さに任せて崩れると、じきに紀州という強固な基盤が崩れる」

強兵として鍛えられた紀州兵も、平時は普通の生業を持つ平民が多い。召集されてすぐの派兵に困惑している者は必ずいる。それを出さずにいるだけましなのだが、教練や移動、飯上げなどで徴募壮兵と触れ合う機会は多く、不良士族たちの動揺が彼らにもじわりと伝わっているのだという。

「でな、その蟻の穴が、開いたのよ」

錬一郎らの次に列車で神戸入りした一団は血気盛んだったようだ。神戸停車場で降りるや否や、些細なことで邏卒と揉め事を起こした挙句、大隊から勝手に離脱して福原遊郭へと繰り出してどんちゃん騒ぎをおっ始めたというのだ。

開港地で西洋人の目も多い神戸で、軍の醜態を晒《さら》すわけにいかぬと、陸軍は兵庫県の邏卒の手も借りて、脱走した紀州壮兵を続々と捕縛しているそうだ。

「流石にこれだけ軍紀を乱したということは、由々しき事態だ。これに連なった者は戦場に送るわけにいかんのでな、鎮台に送り返すこととなった」

「そしたら三木殿は」

「今のところ、見つかれば同罪だ」

今のところろ。堀は確かにそう言った。

「俺は大隊長殿には、他隊の脱走者を捕らえることで手いっぱいゆえに我が小隊からの脱走者は確認中である、としか申しておらん」

明朝、事態が収束した際に揃っていれば、それで事をなかったことにする、と言うのだ。

「お前さんに、ふたつばかり仕事を申し付ける」

堀が、右手の親指と人差し指を伸ばし、そのまま人差し指を錬一郎に向けてきた。

「ひとつはその腫れあがった面を、水で冷やして少しは見られるようにしておけ」

顔がどうなっているのかは見えないが、よほど腫れあがっているのだろう。頬に手をやると、確かに染みる。

もうひとつ。

「松岡と沢良木を使って、三木を明朝の七時までに連れ戻してこい。できなければお前の分隊は全員、明日をもって除隊だ。それくらいの権限は俺にもある」

「そ、そんな無体な……」

「無体も糞もあるか。これから戦だぞ。もっと無茶も言い渡すだろうよ」

堀はくくと抑えた笑いを漏らす。

「な、頭に血が上ると、後々ろくなことがないだろう。おおよそ古株の兵卒なんてのは、ああいう腕っぷしの強い連中だ。お前が殴ってどうなる話なぞない。思い知っただろう」

殴られた挙句に厄介事を押し付けられるなど、錬一郎には面白くもない話だが、堀は含みのある笑いを顔に浮かべたまま続けた。

「士官見習いのような立場であれば、こういう苦労も早いうちに知っておくといい」

傷を気遣われてか、軽く肩を叩かれた錬一郎の脳裏に、ある予感が浮かび上がった。手代となって御用聞きをしていれば、この類の予感に、幾度も出会った。それは、三木の脱走という事態以上に、ある意味で錬一郎には深刻な話題でもあった。

「隊長殿、士官見習いというのは」

言葉は選ばねばならない。覚束ない口元をゆっくりと動かす。

「軍というものは、知っての通り人材が不足しておる。前線に立つ兵卒として壮兵をかき集めているのも然りだが、それらを動かす下士官が一層おらぬ」

堀は、学校の教諭が文字通り教え諭すように噛み砕いて語る。

「俺は此度の戦役で前線へ戻るまで、教導団の教官をしていてな。戦が落ち着けばまたそちらへ戻るだろうが、やはり下士官たるべき者がどこかにおらぬかと日々兵を見ている」

錬一郎の予感は確信になる。これは「餌」だと。

「お前さん、どう見たって軍務なぞやったためしはないだろう。なのに、どんな手練手管を使ったか知らんが、壮兵部隊に潜り込みやがった。そして実際にあの壮兵連中の中でお前を目にし、やはりそうだと思い至った」

それは、商売人たちの儲け話のタネと同じだ。

十七の手代が、それほど大きな商談を任されたことなどない。それでも、常日頃の会話のなかで、何か引っかかるものが、突然に垣間見えることがある。それをそのままにしていると、ある日番頭の政吉からため息交じりに言《こ》われる。お前はんが御用聞きしとる何某はんが、どこそこの問屋からえらい仰山薬を買うたそうな、お前はんが何でその話を引っ張ってこなんだ、われは盆暗《ぼんくら》か、と。そうやって何度か出会ってきた引っかかりが、土の中に埋もれたタネのようなものだと気づいたのは、つい最近のことだ。

「だからこそ、周りから白い目で見られるだろうと分かり切っていながら、お前さんを分隊長なんぞにしてやったんだ」

海千山千の猛者たる堀の、豪快そうな言動は鳴りを潜めていた。将棋の王手を狙う棋士、あるいは巻藁を切り落とさんとする居合剣士のような、最後の一手を待つ怜悧な目つきが錬一郎を射《い》竦《すく》めようとしていた。

「お前さん、人事方には赤心がどうのと宣《のたま》ったようだが、額面通りに受け取るほど俺は莫迦じゃあない。無論、金のためでもない。本気で軍人になるつもりでここへ来たのだろう？」

おためごかしは無益だ。「餌」に食いつかねば、すぐに引き上げられてしまう。

「左様でございます。某《それがし》は三河以来の武家の面目に懸けて、武官になりとう存じます」

武家言葉で明言し、軽く勢いをつけて頷いた拍子に、額から汗が拳の上に落ちる。拳の内側も汗ばんでいる。

「我が軍が求める人材は、無論、戦場での武功を第一に見る。が、ここで己の部下を逃すような奴は、その武功を挙げる機会すら与えられぬ。どうだ、やるか？」

最後の好機をあの手この手を使って折角手に入れたのに、ここで手放す阿呆はおらん。

「相分かりました。明日までに松岡と沢良木とともに三木を連れ戻します」

「よし。停車場と汽船渡し場には申し付けておくから、神戸の外には出ることはないだろうよ。一晩探してきやがれ」

壮兵部隊へ来て十数日、ここでは武家や商家のような頭の下げ方はしないことを、教練で叩き込まれた。陸軍式の敬礼をする仕草は、なかなかそれらしくはあった。

○

「おう生きとったか、クソガキ」

医務室を出ると、廊下に松岡と沢良木が立っていた。暗い顔をした沢良木は俯いたまま何も喋らず、代わりに松岡が愛想の欠片《かけら》もない声をかけてきた。

「お陰様で、男ぶりが上がったとの評判ですわ」

「ちげえねえ」

その言い草が面白かったのか、松岡は鼻で笑いながら歩み寄る。

「折角の賭場はひっくり返るわ、おまけに小隊長殿からは、お前さんと面白くもない捕物をしろと仰せつかったわけだ」

やはり六尺の大男は威圧感がある。先ほどよりも日が一層暮れてきたなかで、ますますおどろおどろしく見えるが、錬一郎は努めて虚勢を張って対峙する。

「松岡殿も辞めますか？　それやったら、わしひとりでも探しまっせ」

初めて訪れた神戸で、ひとりで三木を明日までに探し出すなど考えたくもない。だが堀からあることを聞かされている錬一郎には、確信があった。

「莫迦。俺は前金をたんまりせしめてんだ。ここで逃げ出そうもんなら邏卒に地獄の果てまで追われるわ。これ以上追われてたまるか。賭けで勝った負けたの話じゃねえんだ」

松岡は借金取りに追われている、という沢良木の噂話は、堀の話では本当だった。そして、此度の壮兵徴募に応じた理由も、給金を前借りしてでも借金返済に充て、それでも足りぬ分の取り立てから逃げるためだ、とも。

なら、互いに利用しあうが吉だ。

「ほな、お互い己のためにも気張りましょう。松岡殿とわしの先般の諍《いさか》いは、この度はひとまず棚に上げまっさかいに」

思い切りの良さは、潔さを尊しとする武家の生来の気性なのか、実利を良しとする商売人の習い性なのか、今となっては錬一郎にも分からない。深く頭を下げ、再び顔を上げる。

「単刀直入に伺います。わしは三木殿が逃げる先に思い当たりがありません。松岡殿はいかがでっか」

侮辱に甘んじるつもりはないが、誇りを奪い返すための道ができた今、恋々と体面にすがる道理はない。

毒気を抜かれたのか、松岡は憮然《ぶぜん》とした表情で戸惑ったが、苦々しげに言い捨てる。

「俺も心当たりなどない」

松岡とて己の進退が極まっているなかで、出し惜しみをするはずもない。八方塞がりか。

「灘《なだ》の御影《みかげ》どす」

それまで黙りこくっていた沢良木が、突然口を開いた。

「三木はんの御新造はんは、御影の造り酒屋の娘はんどす。今は実家に帰らはっとるさかいに、兵隊が休みの日ぃは、いつも灘へ行ってはりました。そちらへ」

「何で、沢良木殿がそれを」

恰幅《かっぷく》のよい沢良木が、今は身が細らんばかりに肩をすくめ、額には脂汗が浮かんでいた。

「あて、三木はんと一緒に、逃げる算段つけとったんどす。ほいで、聞きましたのや」

頭のてっぺんのつむじが見えるまでに、沢良木は俯いていた。

「せやけど、あては最後の最後に逃げられなんだ。天朝はんにこれ以上背中見せられへんのや」

てっきり、それは昨日の閲兵式のことを悔いているのかと思ったが、沢良木は「ちゃいます」と否定し、それきり下を向いたまま黙りこくった。

「昔語りもいいが早く行かねばなるまい。三木がずっと女房の実家に居るとは限らん」

しびれを切らした松岡が口を開く。

「それは道理ですな。ここから灘はどれくらいですか」

「三木はんは、徒歩《かち》で半刻……一時間ほどやと言うてました」

「せやったらすぐにでも行かんと。乗合馬車でも使われていたら、もう着いている頃や。沢良木殿、案内を頼んます」

言うや否や、廊下を歩きだす錬一郎。刻限は明日の出航まで。時間がない。

「どこの造り酒屋か知らんのか！」

「そない言うたかて、あては別にそこへご厄介になろうなどとは思わなんださかいに！」

○

「あの、お二方、わしを挟んで大声言うんは止めてもらえまへんか」

左に松岡、右に沢良木。真ん中で双方から怒鳴られる錬一郎は、逃げ場もなく悲鳴を上げる。

「叫ばずにおれるか！　ここまで来て、はい残念でした、じゃ済まんのだ！　俺ら全員のクビがかかっとるんだぞ！」

三人は俥《くるま》（人力車）のふたり掛けの座席で窮屈に収まっている。松岡の口から唾しぶきが飛んできても、避けようがなかった。

神戸停車場の前の俥屋を訪ね、土地勘がある俥引きを頼むと、三十分ほどで御影に着くという。既に道も暗くなってきたが、正規料金にかなり色を付けて渡すと、日に焼けた若い俥引きは目の色を変えて「二十分で行きまひょ」と全速力で走り出した。

黒塗りの笠が目の前で「えっほ、えっほ」と揺れながら、生田川と都賀川を越え、間もなく石屋川を越えれば灘五郷のひとつである御影に着くという頃だった。御影のどこに三木の内儀の実家があるのか、沢良木は場所も名前も知らないと分かり、軽い恐慌状態にあった。

嫌気がさしてふたりから目を逸らす。俥につるした提灯の明かりに加え、夜空には少し欠けた月が浮かび、外は意外と明るく見える。道筋には黒い漆喰《しっくい》を塗った千石造りの酒蔵が並んでいる。灘五郷は清酒業で栄えた土地柄で、樽廻船で江戸に運ばれた酒は「下り酒」として珍重されたという。

「まあいざとなれば一軒一軒回って、ついでに堀隊長に酒の土産でも買うて帰りましょう。御影にはどういう酒蔵があるんか、わしは何も知らんのんですけども」

話が耳に入ったのか、全身から汗を玉のように吹き出しながら走る俥引きが、涼しげな表情でチラリとこちらを見る。

「御影やったら『菊正宗』出しとる本嘉納《かのう》やら、『白鶴』出しとる白嘉納やらが有名ですわ」

金払いの良い軍服姿の三人客を位の高い将校と見たらしく、上客相手のように丁寧に教えてくれる。階級でいえば一兵卒でしかないが、この際余計なことは黙っておくに限る。

「それ以外にもいくつか酒蔵はありまんねんけども、やはり本嘉納がここいらやと、一等大きゅうおまんな」

この俥引きは、灘の土地勘以外にも造詣があるらしい。ならば、と錬一郎は努めて役人じみた言葉遣いで尋ねる。

「我々は、少々面倒な軍務で御影を訪ねるんだが、御影の酒造屋について尋ねるなら、やはり本嘉納に問い合わせるが一番か？」

人探しとあれば、土地に精通し、ある程度の力がある素封家を頼るのが一番だろう。こちらが軍務ということであれば無下《むげ》にはできないはずだ。

「本家の治郎右衛門《じろうえもん》の旦はんは、ひょいと行って会うんは難しやろけども、浜東《はまひがし》の分家の坊《ぼん》やったら、気軽に色々教えてくれるのとちゃいまっか」

聞けば、御影で最も由緒正しい酒造家である本嘉納家の分家筋に、廻船業での実績を買われて東京で海軍に出仕している者がいるという。そこの三男坊が東京から帰省しているというので、軍人であれば無下にはされないだろう、とのことだった。

「それなら、その浜東の三男坊の所へ頼む」

「へえ」

丁度、石屋川にぶつかり、川に架かった橋の上を俥が軽快に駆け上がる。

左の松岡が、感心した顔で錬一郎を見ていた。

「おい坊主、お前、結構やるな」

「商売やっとったんで、俥引きには、色々お世話になりまんのや」

上客や主人の送迎に俥は欠かせず、そのたびに俥屋に手配に走るのは丁稚の仕事だった。そして商売敵の情報を集める時は、まず俥屋を当たるように政吉から叩き込まれたものだ。

「流石は浪速の武家だな。剛直ばかりが腕じゃあない」

数時間前には殴られた相手に、初めて褒められた。少々不思議な心持ちがしないでもない。

「だが、肝心の『戦う』ところがあれでは、お前さん戦じゃ苦労するぞ」

前を向いた松岡の横顔は影になって、近くで見ても読み切れない。

○

「姫路のお武家に嫁いだ方であれば、柳屋のお清さんでしょう。ここからさほど遠くない所で造り酒屋をしています」

浜東の嘉納の分家筋の家に着くと、小柄ながらがっしりした体軀の若い男が出てきた。三木の内儀の実家を尋ねると、流暢《りゅうちょう》な江戸言葉であっさり答えた。

礼もそこそこに発《た》とうとすると、若旦那に呼び止められた。

「道案内ついでに、私も行きましょう。柳屋さんも御一新で新政府に多額の献金をして以来、随分と商売が傾いております。近頃は近在の衆とも縁が遠くなっておりまして」

旦那衆に代わって柳屋の様子を見に行く口実にしたい、ということのようだ。俥引きは分家の屋敷に待機させ、三人は提灯を下げて先導する若旦那についていくことになった。

「随分と人のええ坊でおますなあ」

沢良木が呆れるような口ぶりだった。

「そらぁもう、坊は血筋もええし頭も賢い人やし、武術にも通じとるさかいに」

一晩分の金を手渡されて機嫌が上向いた俥引き曰く、錬一郎と同じ万延元年生まれの十七だという。東京の学校で学びつつ柔術も極めており、文武両道の英才なのだそうだ。

「柔術か、あれはいざ白兵戦になれば己が身体だけが頼りという時に役に立ちそうだ。おう、分隊長殿、お前さんも撃剣よりも柔術を習ったほうがいいんじゃないか？」

松岡の錬一郎の剣を茶化すような言い方は健在で、面白くなかった。

「先に鉄砲で撃ち殺せばええんですわ」

「そうだ、分かってきたじゃあないか」

そうこうしているうちに辿り着いた。既に日もとっぷり暮れた時間で、煤《すす》けた看板や店の前の片付けられていないゴミは、いかにも落ちぶれぶりを示していた。商売人でなくともこの店の置かれた状況が少しは分かろうというものだ。

すわ乗り込むか、と思い立つ間もなかった。中から叫び声が聞こえてきた。

「あんた、何でこんなことを！」

「せやから、明日までや！　明日になれば……」

女の金切り声に続いたのは、間違いなく三木の声だ。

「ええ加減にしいや！　この臆病者！」

戸板がガラリと開くと、その場にいた四人の視線は、店から逃げ出そうとする軍服姿のままの三木に寄せられた。

三木からすれば、さながら前門の虎後門の狼といった様相であろう。

「堪忍してえな！」

半狂乱の態《てい》で叫ぶと、三木が一目散に走り出す。

捕まえろ、と誰かが叫ぶ間もなかった。

三木の行く先に立ち塞がった若旦那が素早く、三木の軍服の裾を引く。身体を流すように捻ると、勢いづいた三木の上体は、鈍い音と共に路面に転がった。すかさず、逃げ出せぬように若旦那が三木を押さえつける。まるで無駄のない動きだった。

若旦那は、ふう、と一息ついただけで、呼吸の乱れた様子もなかった。

「柔よく剛を制す、と申します」

「こりゃあすげぇ」

松岡が顎を撫でながら感嘆の声を漏らした。

表の異様な騒ぎを聞きつけたのか、不安げな表情で開いた戸板から顔を出したのは、三十がらみの瓜実顔の女だった。

「あ、あんた」

その場の四人を強盗か何かと思ったか、女はあまりに怯《おび》えて悲鳴を上げそうだった。

自身も呆気に取られていた錬一郎がハッとして、

「大阪鎮台隷下の遊撃歩兵第一大隊であるぞ。三木一等卒を引き取りに参った」

努めて威厳たっぷりに、所属名を明らかにする。事情を理解したか、女は強張りつつも、どこかほっとしたような顔で、

「ようお越しで」

そう言うとぺこりと頭を下げた。

○

行燈《あんどん》の明かりが照らす客間は、表の落ちぶれた様子とは打って変わり、かつての裕福さを窺わせる上品な造作であった。

浜東の若旦那に聞くところによると、柳屋は三木の義弟が家業を継いだが、御一新の後に専売特権を失って商売が傾き、今や開店休業状態という。そこに、半ば出戻りで三木の嫁が戻ってきたようだ。広い屋敷には義両親や義弟の一家がどこかに住んでいるのだろうが、この一連の騒動で誰ひとりとして顔を出さない。厄介者たちと関わりたくないのだろう。

三木は観念した様子で畳の上に胡坐《あぐら》をかき、対面に四人が座した。その間に三木の嫁が用意した、白い蛇《じや》の目《め》猪口《ちよこ》が人数分、そして家紋の入った漆塗りの大ぶりの片口がふ

たつ置かれている。密告した形となる沢良木は気まずそうであったが、松岡は「流石、客に出すのはこれでなければな」と上機嫌だ。

三木の軍服のズボンには、先ほど若旦那に投げ飛ばされてついた泥が付いていたが、それを払う気力もないようだ。

「逃げるつもりはおまへん。ただ、女房に最後一目会《お》うてから行きたかっただけや」

「そりゃあ、あの美人の御新造だからな」

三木の弁解じみた様子には目もくれず、松岡は片口からトクトクと酒を猪口に注いでいた。暫《しば》し見ただけだが、瓜実顔に細い目鼻立ちは浮世絵や錦絵で題材にされてきた類の古風な美人だ。三十路《みそじ》がらみの連中は、美意識も御一新前のそれである。近頃は西洋風の目鼻立ちのハッキリした顔がもてはやされ始めたが、まだまだこの手の美人は人気が高い。

「お前さんどうだい、ああいう女房ほしいよな」

助《すけ》兵衛《べ》親父の話題は十七の錬一郎に振られるが、錬一郎は残念ながらこの手の話題を提供できるほど、華やいだ人生を送ってはこなかった。

「んー、わしは、その、あまり……」

「なんだ、まだ乳臭えな」

何が可笑《おか》しいか、松岡は得意げな表情だ。錬一郎の恥ずかしいような悔しいような心持ちをよそに、ぐいっと一杯あおった三木が、ため息とともに語り始める。

「もう、わしは死ぬしかあれへん。天下無双の薩兵どもに立ち向かえる気ぃがしぃひんのや」

「お前さん、よくもまあ壮兵になったもんだ」

三木に松岡がずけずけと聞いてくれるのは、錬一郎にとっては多少有難くもあった。

「わしは、瓦解の前かて算盤勘定で御家に御奉公しとった。今もバンク（銀行）に勤めて、そら稼ぎも悪うはない。女房にも暮らし向きで不自由はさせせん」

ほう、と松岡と沢良木が息を漏らす。バンクと言えば西洋の両替商である。近頃、三井や鴻池《こうのいけ》などの両替商が続々とバンクに鞍替えしている。士族がよく潜り込めたものだと錬一郎は感心した。

「せやけども、女房はこんなわしがホンマに武家なものかと莫迦にしとる」

三木は手酌でもう一杯注ぐと、またぐいっとあおる。その語りも熱を帯びる。

三木の内儀は、姫路藩大坂蔵屋敷に出入りしていた札差《ふださし》商人の仲介で、御一新の前に嫁いできたという。

「お武家に嫁いだ思うたら、商売人やないかと。バンクに勤めてナンボ給金を稼いだところで、なぜ新政府に出仕せなんだと、ずうっと言われてきた」

また一杯。御一新に際し、姫路藩は格別の抵抗もせず、天下の名城・姫路城はすぐに岡山藩に占領されたという。大坂蔵屋敷の勘定方だった三木も、監督者が姫路藩から官軍に代わっただけで、いつも通り堂島で年貢米の勘定を仕切るうちに戊辰の戦は終わったのだろう。

明治の御一新だ戊辰の戦だとは言うけれど、知らぬ間に戦が起きていて、気づいたら元号共々世の中が丸切り変わっていたという手合いは旧武家の中にも大勢いる。

「しまいにゃ、こんな情けない男の嫁はやっとられんと実家に逃げられる始末や」

何度目かの一杯。

「せやから、わしはここで軍隊に入って女房を見返したる、そう思て来たんや」

酒臭い口から吐き出された言葉に、自負がにじみ出ていたが、それ以降は黙りこくる。

戦働きでなく、ひたすら算盤働きと筆働きを生業としていた三木は、錬一郎の目から見ても軍隊という柄《がら》ではない。身の丈に合わぬ軍服と小銃を持たされ、一丁前に兵隊に仕立て上げられることに、ついていけなくなったのだろう。

松岡は三木の内心に構う素振りを一向に見せず、ぶすりとした顔で酒をあおり、片口が空になったと見るや「おい御新造、酒が足りんぞ」と廊下に向かって叫んだ。

ほどなく、慌てて三木の内儀が片口を手にやってきたが、それを奪うと、猪口に注ぐのも面倒なのかそのまま一気に飲み干す。

「分隊長殿よ。どう言い訳したところで、こいつは立派な敵前逃亡だ。帰るつもりだったなんてのも、本当か分かりゃしねえ。この後はどう処遇されても文句は言えんぞ」

松岡は松岡で、そういう者たちを戊辰の折には多数見てきたのだろう。

「あては、三木はんは嘘言うてはらん、思いますねん」

それまで終始控えめであった沢良木が、口を開く。

「肝心な時に、少しの間だけ逃げたぁなることはあります。ただ、そこで気張って踏みとどまれんことがありますのや」

それは、先刻神戸の停車場で「天朝はんにこれ以上背中見せられへんのや」と口にした、沢良木の負い目なのだろう。だがそれ以上は、少なくとも今は言う気はないようだ。沢良木も押し黙り、喋る者がいなくなった。ただ三木と松岡が、ヤケのように酒を飲み続ける。

「神戸には、今晩中に戻るのですか?」

事情を呑み込めず気まずくなったのか、浜東の若旦那が口を開く。

「今晩はここで泊まり、朝一番で神戸へ向かいます。処遇は神戸へ戻り次第」

錬一郎はそう言って、この場をひとまずお開きにする他に、どうしようもなかった。

○

二度逃げ出すほど、三木の往生際は悪くなかった。というよりも、三木はあの居たたまれない場で酒に逃げた結果、その後すぐに酔いつぶれてしまい、それどころではなかった。

それを上回る勢いで酒をかっ食らっていた松岡も、しばらくすると横で大の字になって倒れていた。余程灘の酒が気に入ったのか、元から大酒飲みなのか。

主人らが酔いつぶれた後に、三木の嫁が客間に布団を敷きに来たが、話もろくにせぬまま、部屋を後にした。その際、浜東の若旦那も共に引き上げていった。こちらは三木の義両親らと話をするのだろう。それはもはや、錬一郎らの関与するところではない。

残された錬一郎と沢良木は客間の縁側に腰を掛ける。外は月が高く上り、少し明るい。手元には、他のふたりが飲み残した片口がひとつあった。残すのも勿体ないので、改めて飲もうということになった。

錬一郎は沢良木に猪口を手渡して酒を注ぐ。己の手に残った猪口に酒を注ぐと、仄かに月が映った。厳しい商家の奉公人の習いとして酒も煙草もやったことがなく、生まれて初めて口にする酒だった。

口に含むと甘い香りが広がり、やがて喉がかぁっと熱くなって少し口が軽くなった。

「沢良木殿は、何から逃げたんですか」

言いづらいことを酒の勢いで言うことを、錬一郎はこのとき覚えた。

「天朝はんから、て言うたはりましたけど、それは今回の閲兵式だけやおまへんのやろ。それがあるから、徴募壮兵にならはったんとちゃいますのん？」

縁側の隣に並んで顔は見づらかったが、ひと口ふた口と酒を含んだ沢良木は、普段の淡々とした口ぶりだった。

「あては、京の青侍やった、て言いましたな？」

大阪では見たこともなかったが、京には徳川家や大名家に仕えず、王朝時代の名残で公家に仕えている武士がおり、「青侍」と呼ばれた。

「あてがお仕えしとったお公家はんは、若くして和漢の文によう通じた賢い方でおました。それが国学にかぶれて尊皇討幕を叫ぶようにならはって、あてはその露払いのようなことをしとったんどす」

血気盛んな攘夷派の公家は、幕末には攘夷志士たちの神輿として担がれ、政争の中心にいたという。太政大臣三条実美《さねとみ》公や右大臣岩倉具視《ともみ》公など、新政府の中枢にいる元公家たちは、大抵その類である。

「お殿はんは『我ら公家が再び天朝はんを盛り立てあそばせ、平安の栄華を取り戻すのや』と、よう熱っぽく語っとらはりました。京の町におるモンからすれば、なかなか痛快な話でおざりましてな。あても偉い無茶な橋を渡らされましたけれども、お殿はんの大義のためや思うて、四方八方に手を尽くしたもんどす」

手を尽くした、というのは、おそらく攘夷志士に交じって密談をしたり、その活動を支援するための裏工作をしていたということだろう。

「せやけども、ある日あてはお殿はんにも内密に所司代に呼び出されて、同心に『汝《うぬ》の仕える公家を、御公儀はいかようにもできるぞ』と詰問されたんどす」

政争の陰で、討幕派、佐幕派問わず、暴力で事を片付ける向きがあの頃の京にはあった。志士のみならず、学者や公家も多くが犠牲となった。そのひとりに沢良木の主君が加わるぞという脅しだった。

「お殿はんを守るためやったんどす。あてが攘夷派の浪人らとの密会を密告すれば、お殿はんは蟄居《ちっきょ》されてそれ以上の責めを負わんはずやったんどす」

そして、密告の通り、ある寺で沢良木の仕える公家が水戸浪人と密会した会合に、所司代配下の見廻同心が踏み込んだという。

「お殿はんは、ご自身を草莽《そうもう》の志士と思うとったんどす。ひ弱なお公家はんやのに、身の丈に合わん理想を本気で信じとられたんや。せやさかいに『汚辱を受け入れるを潔しとせん』言うてその場で」

目を強く閉じ、それきり沢良木の言葉は詰まる。外は三月の夜の寒気が包み込んでいたが、酒を飲んでいるためか、火照《ほて》った体にはそれが心地よい。

いくばくか経って、己の中で高まる何かを抑え込んだらしく、沢良木の言葉は平常の落ち着きを取り戻していた。

「京のモンが、公家から青侍まで、そないしてしっかりせなんださかいに、天朝はんは京に愛想をつかして江戸へ御下りなすったんや。情けない話や」

錬一郎には、沢良木のいう「天朝はん」というのは、東京の帝をかつての主君と同一視しているように思えた。

「天朝はんに安心してもらえるようでなければ、京の青侍としては失格でおまっさかい」

それは、沢良木にとって言うまでもないのだろう。

その後は会話も途絶え、錬一郎は黙々と、生まれて初めての酒の味を噛み締めた。

少しばかり苦味を感じた。

○

翌朝の六時前に一行は柳屋を発った。内儀だけが見送りに現れると、深々と頭を下げた。

「こないな情けない旦那ですが、武功を立てられますよう、お引き立てを」

「阿呆、わしかて武門の端くれや。見とらんかえ。錦絵に載ったるわい」

三木は涙を堪えて虚勢を張っていた。内儀は三人それぞれに、徳利に入った柳屋の酒を土産として持たせてくれ、松岡は終始上機嫌だった。

再び浜東の分家へ向かうと、俥の傍で煙管を咥えて待ち構えていた俥引きが、中へ若旦那を呼びに行った。出てきた若旦那に軽く礼を言うと、若旦那は若旦那で、

「お役目ご苦労さまです」

と、今度は「菊正宗」「白鶴」などの近在の酒を徳利に入れて、しこたま持たせてくれた。この当時、酒と言えば樽からの量り売りが主流で、ガラスでできた一升瓶などができるのは後年になってからである。

「旦那はよく分かっている！　あんたが大将だ！」

と松岡が叫ぶと、苦笑いしながらも、若旦那は礼儀正しく頭を下げ、

「また何か御影でございましたら、当家を通じてご相談いただいて結構ですので」

と穏やかに一行を見送った。

浜東嘉納家の三男坊である彼は、名を嘉納治五郎と言う。これから数年の後に、柔術を発展させた講道館柔道を創設することとなる。


さて、四月一日の午前六時半のことである。

「ようやく着いたわ……ケツが痛い」

ふたり掛けの俥に四人と土産の酒で乗り込むと、窮屈さに耐えきれず、錬一郎が並走する始末となった。かれこれ四、五十分余りかけ、神戸停車場から海へ向かってほどない栄町にある、三井組の別荘に辿り着く。西南の戦役が始まってこの方、三井組の別荘及びその敷地は陸軍の宿営地になっており、兵卒や軍夫の出入りが引っ切りなしだという。

「邏卒がおるで」

宿の出入り口には、黒い制服を着てサーベルを腰に差した邏卒が幾人もたむろしており、錬一郎ら通行人に鋭い目線を送っていた。捕らえられた脱走兵との小競り合いが続いているのか、どこかから罵声が聞こえてくる。

「そ、そんな大事《おおごと》になるやなんて、わし……」

三木が狼狽《ろうばい》するが、ほどなく、堀が現れた。

「お、戻ったか」

渋い顔で、四人を手招きした。

○

「大隊長殿がな、薄々気づき始めておる」

つかつかと床張りの廊下を歩む堀の横顔に、少しばかりの焦りと疲労がにじんでいた。

「お前らは、今朝がたまで神戸市中での捕縛に派遣したと、上には伝えておる。だが大隊長殿が我々徴募壮兵を元々信用していない人でな。お前らは逃げたと思われている」

沢良木と松岡がやおら立ち止まる。

「あてらも脱走したと思われとるっちゅうことでっか？」

「俺らも送り返されるということか、隊長さんよぉ、そりゃあ殺生だ。首を斬るなら三木だけにしてくれ」

あれだけ意気軒高として出立した三木はまた蒼い顔をして俯いている。

「お前らが要らぬことを漏らさぬ限りは、脱走兵捕縛へ出ていたことを否定する証拠はないんだ。いいか、大隊長にこれから詰問されるだろうが、全員で口裏を合わせろ」

そして、ある部屋の前で立ち止まると、堀はよく通る声をかけて勢いよく襖を開ける。

「堀、入ります！」

畳部屋をいくつか繋げた急ごしらえの広間に、五人ばかりの高級将校が座っていた。軍隊で独自に設けるという「軍法会議」をこの場に即席で開いたのだ。

中央に座る、口髭を蓄えた恰幅の良い将校が大隊長の三好成行《みよしなりゆき》少佐だ。齢三十一のこの少佐は長州閥で、後には陸軍中将に上り詰める人である。

「只今、分隊長の志方伍長以下四人、任務から帰還させました」

その場に胡坐をかいて座った堀が、神妙そうな面持ちで口上を述べる。

「中尉の言うことは確かじゃろうな、そこな伍長」

その横に錬一郎ら四人が並んで座るや否や、三好が錬一郎に詰問してきた。

「若いのう、伍長。十七と聞いたが」

「は、若輩の身にて、戦でのご指導を賜りたく」

「口だけは達者じゃな、浪速の士族は。貴様は大阪の与力で、他の連中は青侍、伊勢桑名、播州姫路、おまけに小隊長は越後長岡ときた。随分と官軍は賊軍に優しくなったもんじゃな」

三好は戊辰の戦では官軍として戦い、長岡では戦傷を負ったという。多分に賊軍出身者、特に長岡士族出身の堀には思うところがあるのだろう。堀はその言葉を、能面のような顔で受け流していた。

「お蔭さんで、某のようなモンにも、伍長なんぞという立派な肩書をもらいました」

ヘラヘラと笑って頭を低くするのは、丁稚上がりには造作もないことだった。

「そんな連中がよくまあ逃げ出さずにおれるわい。概《おおむ》ね、貴様らも福原にでも繰り出しておったんじゃろうが」

「某らは、左様な所へは出向きませなんだ」

「ならばこんな時間まで、どこへ失せておった」

三好の詰問に、錬一郎は一拍おいて、答える。

「市中から逃げ出す者がおるのではと、俥屋を手配して見回っておりました。灘の方面に逃げた者があると聞き、そちらへも出向いて地元の素封家の嘉納家にも協力を仰ぎました」

横から三人の視線が集まった。

「結局のところ逃げ出したという者はおりませんでしたが、日もとっぷりと暮れておったので、ここにおる三木一等卒の嫁の実家である御影の酒造家で一宿一飯を賜りまして、遅くなり申したが只今帰参いたし申した」

ここまで嘘を言っていない。問題は、その逃げ出した者が三木であるという点にある。嘘は言わぬが言わずともよいことも言わぬ。それだけでも表情や声色にボロが出にくくなる。

「はてどうだか、口から出任せを言うておるやもしれんしな」

確かに出任せではあるかもしれん、などと心中では思いながらも、錬一郎は続けて手元から徳利を前に差し出す。

「証拠になるかは分かりませぬが、嘉納家の者から去り際に貰《もろ》うた酒になります。御収め下され」

浜東の若旦那から手渡された徳利にはそれぞれ「菊正宗」「白鶴」などの灘の銘柄が太い墨字で書かれていた。銘柄に加え、徳利に家紋まで記されており、おそらく灘の酒造家たちが贈答用にわざわざ用意しているのだろう。

「ほう、名の知れた酒じゃあないか」

それを横で見ていた堀が、そのうちのひとつを手に取った。そこには細い和紙が括《くく》りつけられ、小さく「当年之酒に御座候へば、皆々様にてお楽しみ下さりたく」と書かれていた。

清酒というものは、寒造りと呼ばれる手法で冬場に作られており、当年の酒と言われても畿内ではそろそろ季節も終わりという頃だろう。ただ、その年の江戸、今は東京への樽廻船での初出荷は、三月頃と相場が決まっている。普段東京に住まう将校らにはこの時期は灘でなければ入手の難しい代物である、と暗に示せそうだ。

「疑念がございましたら、浜東嘉納家の治五郎という御仁に伺っていただければ、と」

喋りながら、額に冷や汗が垂れる。万一これで灘まで人をやられると、脱走者が三木その人だと明るみに出てしまう。だが、一兵卒の処遇を調べるためにわざわざ人をやることはなかろう、と踏んでのことでもあった。

「いい、そこまで言うなら、そういうことなんじゃろうな」

果たして三好は、一同を一瞥しただけで追及してこなかった。

「しかし、そこな三木という一等卒が嫁に会いたいから、というて、わざわざそこまで足を延ばしたということではなかろうな。軍規の緩みはこの際、厳正に処断せねばならん」

三好の視線は、錬一郎から三木へ移る。三木は只でさえ表情を取り繕うということができない男だと思い知らされたが、果たして蛇に睨まれた蛙のように、脂汗が浮き出始めている。

錬一郎が、声を一段と張り上げた。

「某らは、私事で灘へ向かったわけではございませぬ。されど、仮に三木にその気持ちがあったとしても、某は一向にかまわぬと存じます」

堀が「おい」と焦った様子で小さく呟くが、錬一郎は目の前の三好をまっすぐ見据えたままでいる。

「それはどういうことじゃ」

高級軍人らしい威厳のこもった声に、苛立ちの色が滲む。

ここで負けてなるものか。錬一郎が居住まいを正し、ことさらに大きな声で言い放った。

「これより御国のための戦働きとあらば、後顧の憂いを絶つは当然！　遊郭で狼藉を働くような不届き者はいざしらず、女房に最後の別れを告げるくらいは、武士の情けにあらず、人の情けで許されてもしかるべきかと！」

突然の大音声《だいおんじょう》に、その場にいた将校らが呆気に取られるなか、そこで臓腑のすべての空気を出し尽くした錬一郎が、大きく息を吸い込む。

「……と、あくまでそのために灘くんだりへ出向いたわけではござりませぬが、小官としては左様に存じます」

静かにしめて、頭を下げる。

「これでよろしいでしょうか、大隊長殿」

鼻白んだような空気を、堀が打ち破って三好に問いかける。

「いい。そこの威勢のよい若造には、精々戦働きを期待してやろう」

三好が、つまらなそうに溜息をついて立ち上がり、他の将校らと共に廊下へ立ち去る。

途端にその場の空気が軽く感じられ、その場に残った堀以下五人は、一様に深い溜息をついた。

○

宿舎の外に出ると、昨日は気にする余裕もなかったが、開港地らしく瀬戸内海からの潮風が顔に当たる。その潮の香りは、大阪市中の船場の辺りで生きてきた錬一郎には新鮮である。

「あの三好大隊長に、よくもまあ、あそこまで啖呵《たんか》を切ったものだ」

「申し訳ありませぬ。少々、腹に据えかねました」

陸軍を牛耳る長州閥の少佐殿から、浪速士族は口だけは達者との評を賜り、あまつさえ五人を「賊軍」呼ばわりである。丁稚奉公していた頃なら聞き流しもできたかもしれない。

半月近くの教練を経て、錬一郎自身もそれなりに官軍の一員の自覚が出てきたというのもある。だが何より、文字通り寝食と辛苦を共にした三人を、まったく見も知らぬ大隊長などという者から悪し様に罵られたことが、これほど腹が立つことだとは思わなかった。

「ホンマに、大隊長に喧嘩を売るやなんて、無駄なことしたらあきまへんて、何度言うたらわかるんでっか」

沢良木は、それこそ昨日呟いた時と同じ言葉を口にした。もっとも、その顔はいつにも増して福々しかった。

「突然何を言い出すか思たら、びっくりやわ」

三木は、かばってもらったという気恥しさもあるのだろう。ぶすっとした表情で、悪態じみたことを言っているが、刺々しさはない。

「おい坊主、いや分隊長殿よ。あの啖呵は、大したもんだったぞ」

さて松岡は、珍しく素直に錬一郎を褒めた。

「そらどうも」

その珍しい出来事に驚いていると、松岡は続けて、真面目な表情で、

「だが、どうにも危なっかしい。今も冷や冷やさせられた。ちぃとばかし惜しい。お前さんは俺らが担ぐ神輿だ。重すぎても困るが、さりとて軽すぎても困る。あれではいつ神輿が吹っ飛ぶかと、こちらは気が気じゃない」

腕組みをして、錬一郎と真正面から向き合う。初めて会った時も、この六尺の巨体に真正面から睨みつけられたものだ。

「いいか。お前さんが刀で功を挙げたくてここへ来たのは知っている。だがな、犬ともあれ畜生ともあれ武士は勝つことが本にて候《そうろう》、だ。それが分かるように、俺たちが担げる神輿に仕立て上げてやる。一蓮托生、気張ってもらうぞ」

松岡の岩のような掌が、ガシガシと錬一郎の頭を撫で繰り回す。照れくささもあって振り払うが、悪い気はしなかった。

「望むところや」

どこかで、ぼう、と汽船の汽笛が鳴り響いた。

参之章　宇土・熊本戦線

「投ぉ錨ぉ、投ぉ錨ぉ」

「投ぉ錨ぉ、宜候《ようそろ》ぉ」

甲板の上で船員たちが、独特の韻を踏んだかけ声を投げかけあう。船の上では、とかく聞き間違いのないよう伸ばしてハッキリと発音する。

「上陸用意ぃ」

釣られてか、陸軍将校の号令も間延びして聞こえる。その号令を聞いて、船倉から続々と壮兵たちが出てくる。瀬戸内の穏やかな旅で毒を抜かれたのか、動作がのんびりしている。

錬一郎は、緩慢な壮兵たちを追い越して、せわしげに甲板に駆け上がる。

差し込んできた強烈な陽光に、思わず目を細める。ぶわっと吹き荒れる海風を一身に受け止めながら、手すりに駆け寄る。

「これが九州か」

快晴の島原湾、群青色の海の向こうには、上方よりも一層明るさに満ちた、青々とした木々に覆われた稜線が広がる。

風景画のような世界を打ち破るように、散発的な砲声が湾内に響き渡る。

明治十年四月五日。二日未明に神戸港を出発した兵員輸送船「玄海丸」は、熊本鎮台から西南へ五里（約二〇キロ）ほど離れた宇土《うと》半島の北岸、宇土郡網田沖に到着した。

九州本土から西へ突き出た宇土半島の付け根には、熊本藩の陣屋が置かれた宇土の宿場町がある。三方を山に囲まれた熊本平野の南、山が途切れたわずかな狭間に位置し、縫うように薩摩街道が南へと下る。宇土から街道を北に行けば熊本、南へ下れば八代《やつしろ》そして鹿児島に到る交通の要衝である。ここから緑川という川を越えて北上すると、熊本有数の港町で薩軍の兵站《へいたん》基地が置かれている川尻がある。黒田清隆中将率いる衝背軍も、八代から上陸した後、本営を宇土に置いていた。

「さあ丁か半か」

砲声が微かに聞こえる浜に、賭場のような掛け声が響く。

遊撃歩兵第一大隊は、仙台鎮台の兵を主力とした別働第四旅団に編成され、その兵士と共に短艇（カッター）で浜辺に上陸した。浜には木箱に入った軍需物資が集積されていたが、運搬は軍が雇い入れた軍夫という人足が行うため、兵隊は整列するほかにやることがなく手持無沙汰だった。

そこで松岡と幾人かの壮兵が、短艇に転がっていた桶を裏返した上にサイコロを転がし始めたのだ。

「松岡殿、またむしり取る気でっせ」

「ほうでんなあ、もうあてはすっからかんですよって、堪忍してもらいまっさ」

錬一郎と沢良木が苦笑いする。

四日近く、揺れる船中での暇に飽かし、錬一郎や沢良木や三木も松岡主催の博打に加わるようになった。そして錬一郎や沢良木は少なからぬご祝儀を松岡に弾む羽目になった。

「松岡はんは数やら読めとらんよって、怖いことあらしまへんで」

「三木殿、また大口叩いとったらエライ目あいまっせ」

意外な才を発揮したのが三木だった。数勘定に誰よりも長けているこの男、度胸はないが手札の善しあしを計算する類の博打には随分と強みを発揮した。

そこで勝って調子に乗るものだから、苛立った松岡とまたひと悶着《もんちゃく》を起こすことにもなったが、「あれじゃ俺がカモじゃねえか」と松岡の三木へのお誘いは幾分落ち着いた。

「随分若い壮兵さんですね」

不意に後ろから声をかけられる。将校であれば面倒だと振り返ると、薄汚れた詰襟シャツの上に背広を羽織り、ズボンに巻き脚絆（ゲートル）を巻いた、西洋風だが奇妙な出で立ちの若い男がいた。鳥打帽にやや隠れた顔は酷く痩せていて、頬骨が浮き出ていた。

軍人とも、肉体労働の軍夫とも違う、西洋かぶれの文人といった出で立ちだ。

「お前、何者か？」

錬一郎は年不相応に居丈高な物言いで威嚇するが、目の前の男はニコニコと受け流す。それが少し癪《しゃく》に障る。

「記者です」

「記者？」

「ええ、郵便報知新聞の特派記者でして」

「民権弁士の提灯持ちやろう。山師みたいな連中が何の用や」

手堅い薬種問屋の手代だった錬一郎からすれば、口だけの虚業の輩というだけで胡散《うさん》臭《くさ》いことこの上ないが、記者は気にせず早口でまくし立てる。

「戦線に士族壮兵まで動員すると聞きましてね。これはまた田原坂のような白刃の戦いが見られると思って取材に来たのです」

その言葉に、錬一郎が飛びついた。

「田原坂の白刃……もしかして、あんた見たんでっか？　警視隊の抜刀突撃は？」

大阪にいた頃、既に巷で話題になっていた田原坂の戦いだ。刀での戦いに憧れてきた身として、気にならないわけがなかった。他の壮兵らも「何や聞かせえや」と群がってきた。

「直接は見られなかったですが、参戦した兵士からも取材したんですよ」

すると、記者はその場に転がっていた岩の上にやおら立つと、大音声で、

「十四日、田原坂の役！　我が軍、進んで賊の堡《とりで》に迫り、殆《ほとん》どこれを抜かんとするに当り、残兵十三人固守して退かぁず！　その時、故《もと》会津藩某、身を挺して奮闘し、直に賊十三人を斬る！　その闘う時、大声呼ばわって曰く、戊辰の復讐！　戊辰の復讐！と」

と、まるで講談を一席とばかりに唱えた。

「ええぞ、兄ちゃん」

「もっと聞かせんかい」

喝采が飛ぶ。乗船前の不祥事も相まって、船中では将校の監視の目が厳しく窮屈極まりなかった。久々の上陸で何か娯楽を求めている者ばかりだ。

「おい、この騒ぎは何か」

騒ぎを聞きつけた将校が四人、つかつかと歩み寄ってき、その場で明らかに浮いている記者に目を付けた。

「何だこいつは、土地のモンか」

「賊軍の間諜かもしれんな。おい、兵隊ども、こいつをしょっ引け」

緊張した空気がその場に走るが、記者は落ち着き払って、懐から書状を取り出した。

「これはこれは、申し遅れました。私は神戸陸軍参謀部に取材登録をいただいた記者です。こちらの部隊への従軍許可をいただけないかと、丁度士官の方々を探しておりました。この旅団の本営はどちらになりますでしょうか」

将校らの足が止まる。確かに書状には「陸軍省神戸陸軍参謀部」の文字が書かれている。

「改める」

将校が引《ひ》っ手繰《たく》って読むが、暫し目を上下させると渋い顔で、

「ついてこい。大隊長殿にお伝えする」

と言い捨てて、踵《きびす》を返して本営へ向かった。

「やあ、面倒事になりそうだったが、よかったよかった」

当の記者は落ち着いたもので、ひょこひょこと将校らについていこうとするが、思い出したように錬一郎を振り向いて、

「申し遅れました。僕は犬養《いぬかい》仙次郎と申します。以後宜しく頼みます」

と名乗った。

○

ざくりざくり、と無数の草履が歩む音が闇夜に響く。その一角でひそひそ会話が続く。

「沢良木さんは京の料理人なんですね。僕の郷里は備中で、東京よりも上方のほうが味付けが似ていると聞きますが、ぜひご相伴に与りたいですね」

「犬養はんは備中でおますんか」

「ええ、今は東京へ留学の身です」

「慶應義塾て言うたらバンクの連中も有名な学校やて言うとったが、何でこんなところへ？」

「その月謝が払えなかったからですよ、実家が頼りにならず出稼ぎですな、アハハハ」

「同じ出稼ぎなら筑豊の炭鉱のほうが実入りがよいかもしれんぞ、ガハハハハ」

「あの、お三方」

「何や分隊長、辛気臭い顔しよってからに」

「何でこんなに自然に受け入れてるんですか」

上陸からわずか一日の、四月六日である。

遊撃歩兵第一大隊は、上陸地点の村落で一泊の休息を得た後に出立、東に二里半（約一〇キロ）離れた宇土へ向け、山中突破の只中にあった。

村落の明かりは遠く、山や森の鬱蒼とした暗さと荒れた道中で気が滅入りそうななか、錬一郎の分隊に当たり前のように犬養記者が紛れ込んでいた。

三木がきょとんとした顔で反駁《はんばく》する。

「そりゃ上から面倒見ぃと言われたんやで？　しゃあないやろうが」

犬養は数刻もせず錬一郎らのもとへ戻り、彼らの部隊に従軍する旨を堀小隊長に告げた。

「我が郵便報知新聞では、最前線で銃弾を潜り抜ける勇士たちのありのままの姿を、東都の読者へ届けようと思っております。皆様方のような志願兵、わけてもこの志方伍長殿のような若人の雄姿は、必ずや官軍への応援を盛り立てるでしょう」

犬養の弁士調の説明に、堀は顎の無精ひげを撫でながら肯《うなず》いた。

「そりゃあ嬉しい次第だ。東京で名のある新聞といえば、東京日日、朝野《ちょうや》、讀賣《よみうり》、そんで郵便報知ときたもんだが、そこに目をつけてもらえるたぁ有難い話だ。東京日日の福地源一郎も九州に来ているようだが、流石に前線部隊まで足は延ばさんだろうからな」

元幕臣で西洋通と名高い福地源一郎は、今や東京日日新聞（後の毎日新聞）の社長として、かつ在野の論客の筆頭格として名高い。

「福地氏は大身でらっしゃるので、参軍本営記室（軍の記録係）として後方におられますが、私のような駆け出しは足で稼ぐしかないんですよ」

卑下しながらも、犬養の言葉の端々に当代随一の言論人への対抗心が滲み出ていた。

「相分かった、若人記者には便宜を図ってやろう。うちの戦いぶりを大本営にもよく示してやってくれ」

堀は口角を不敵に吊り上げてそう言うと、すべてを錬一郎の分隊に丸投げした。

「我々の行く先は戦場です。それも斥候として、薩軍のすぐそばへ行くっちゅうのに、こないな記者を連れていては……」

遊撃歩兵第一大隊に与えられた任務は、宇土の町を東から見下ろす、木原山という小高い山の制圧だった。宇土の中心部は数日前に官軍が攻略したばかりで、いまだに木原山を拠点に街道を奪還しようと残党が下りてくるという。主力は八代などを転戦している別働第二旅団だが、手が回らずに別働第四旅団も加わることとなった。わけても大阪鎮台の下、佐賀の乱や神風連の乱など、過去の士族叛乱鎮圧に従軍した紀州銃兵の多い遊撃歩兵第一大隊は、適任と見なされた。

徴募壮兵小隊は、この木原山に登っての斥候を三好大隊長から命じられた。

「大隊長殿は、あれだけの大口を叩いた奴もおるから存分に戦働きを見せてもらえばええじゃろう、との仰せだ。お前さん、よっぽど顔を売り込んだようだぞ」

「はあ」

堀の軽口に、気の利いた返事をする余裕はなかった。

足の裏から、岩肌のごつごつした感触が、ひやりと伝わってくる。

肩に食い込む背嚢と銃の重さが、一歩ごとに響く。額に汗が玉のように吹き出してくる。

「そない悠長に記者はんの面倒なんぞ見よったら、それこそ小倉の連中の二の舞に……」

豊前小倉の第十四聯隊が二月、熊本鎮台の救援に向かった道中で薩軍の急襲を受けて聯隊旗を奪われた醜態のことだ。現地軍内部では緘口令《かんこう》を敷こうとしているが、宇土へ着く途中に寄港した長崎でも、既に駐留の鎮台兵たちの格好の噂の種となっていた。

「ありゃあ古来稀《まれ》なる助っ人《すけと》だからなあ」

松岡が笑い出す。この醜態を演じた小倉の聯隊長心得が、長州閥の乃木希典《まれすけ》という若手少佐だったことは、長崎でも特に旧幕府方の格好の話題だった。

「長閥の坊《ぼん》は、うっとこ（うち）の浪速与力の坊よりも生侍やったようや。胸張ってえで」

旧幕府方という意味では三木も留飲を下げたようだ。

陽気に笑うさまは、出航前の右往左往ぶりからは想像もつかない。情けなさを曝《さら》け出して吹っ切れたのか、船中で博才を発揮して良い気になっているのか、いずれにしても陰気さが引っ込んだ。

「ほうでんなぁ。あてらの分隊長はんは、骨が太うおますえ。あんじょう気張りよし」

沢良木が笑うと、背中の大きな背嚢が揺れる。上陸地点近くで買い込んだらしき魚の乾物を詰め込んでいるという。

どこに敵がいるとも分からぬ、見知らぬ肥後熊本の山中の闇夜の中である。そのなかで、戊辰の戦をどのような形であれ目の当たりにしている、海千山千の大人たちがこれである。

「さいでっか」

戦も何も知らない己が気負っても仕方がない。軽く笑いながら、力が抜けるのが分かった。そういう見切りが良いのも、錬一郎の美点であった。

犬養が痩せこけた頰骨を器用に動かして、人懐こい笑みを浮かべた。

「よろしく頼みますよ、旗本奴《はたもとやっこ》の分隊長殿」

ん、旗本奴？　と錬一郎が尋ねる隙を、犬養は与えなかった。

「いや、次に東京へ記事を送る時は、見出しはこれで行きたいと思いましてね」

すぐにその場で立ち上がり、その場に聞こえるほどの声で朗々と読み上げ始めた。

「明治に蘇りし旗本奴、齢十七の美丈夫なりけり。家名を再び盛り立てんとて、浪速の都をいざ発ちぬ。あれよあれよと鎮西に渡りて、家宝の刀を煌《きら》めかせ、いざや敵陣薩賊を断たん！　嗚呼《ああ》これぞ、士族子弟の鑑《かがみ》ならんや！」

と、そこで口をつぐみ、暫し考えて、曰く。

「しかし、旗本奴ってのは、ちょいとクドいですな。そもそも与力ですし。やめましょう」

「そういう問題やおまへん」

顔を幾分赤らめた錬一郎の応酬を聞くや否や、その場の四人に笑いが広がった。

○

遊撃歩兵第一大隊が、宇土の中心部にある宇土学校という小学校に到着したのは小雨の降る午前五時のことだ。

泥のように疲れ果て、濡れそぼった彼らを出迎えたのは、先日までより一層強く響き渡る砲声と銃声、そして微かに漂う火薬と生臭い何かの匂い。

「懐かしい戦の香りだ」

松岡が、古い悪友に出会ったかのように笑みを浮かべる。

それを横目に見る錬一郎の乾いた喉には、呑み込む唾もなかった。

この日、川尻の薩軍兵站基地へ向けて、衝背軍主力の別働第二旅団は砲撃を開始。川尻と宇土を隔てる緑川の南側に陣地を構築し、渡河してきた敵と白刃を交え始めている。

そして斥候に出されるはずだった木原山では山腹に敵兵が潜伏しており、近くを移動中の部隊が銃撃されて被害が出ているという。宇土学校には早くも負傷した兵隊が担ぎ込まれ、湿った空気の中にうめき声が聞こえて、血生臭さが一面に漂っていた。

壮兵小隊の任は、山腹の薩兵の正確な位置の把握、並びにその攻略方法の具申となった。本隊が小休止する横を、いくばくかの休みもなく学校を出立し、木原山へと向かった。

雨に濡れて泥だらけとなった田舎道を、堀以下二十人ばかりが進軍する。

「なあ犬養さん、あんた孫子の兵法の『凡《およ》そ軍の撃たんと欲する所』のくだりは言えるか」

先頭を行く堀の問いに、犬養の答えは淀みなかった。

「凡そ軍の撃たんと欲する所、城の攻めんと欲する所、人の殺さんと欲する所は、必ず先《ま》ず其の守将・左右・謁者・門者・舎人《しゃじん》の姓名を知り、吾が間をして必ず索《もと》めて之を知る。

徳川時代に武家の教育を受けた者は、錬一郎らの世代に比べ、漢籍の知識が豊富である。

「漢籍は今も多少学んでいましてね」

「若いくせによく知っているな」

らしむ」

「誰が大将首か、どこに兵を配置しているか、そういったものを知らなければ戦はできねえとな。古代の学者は偉いことを言ったもんだ」

堀は手元の白川県（昨年までの熊本県の名前）の地図で、木原山の頂上へ通じる山道と近くの集落の位置を確認すると、木原山の北の麓の木原村を指さした。

「よし志方分隊、この集落の百姓をふん縛って聞き出してこい。薩兵に兵糧なり何なり恵んでいるに相違ない。でなけりゃ薩兵が籠れるはずがない。多少痛めつければ喋るだろう」

事も無げに堀は命じてくる。

それを松岡らの戊辰経験者は「そりゃ道理だ」と肯く。

「それは民百姓の離反を招くのでは」

ひとり、錬一郎が異論をはさむ。

十七歳の錬一郎の脳裏に、「瓦解」の時代に起きたと伝え聞く「乱暴」の数々が浮かぶ。

――兵隊ちゅうのは、戦場にある家屋敷はおどれらのモンやと思うとるんよ。我が物顔で入って来ては兵糧も寝具も何もかも奪っていきやがった。官軍も賊軍も関係あれへん。

奉公先の山城屋には、西国で戦場となった土地から出てきた者が幾人かいた。とりわけ、錬一郎のことを始終へぼ侍呼ばわりし、「侍がなんぼのもんじゃ」と蔑みすらしてきた年上の丁稚が、あるとき漏らした。

――夜道で女を犯しとる官軍を見ても、うっかり声をかけた幼馴染の童が斬り殺されたわい。侍なぞそういう連中よ。

鳥羽伏見の戦いの後、無血開城と相成った大坂でも薩長の兵隊崩れによる押し込み強盗や狼藉沙汰が増えたと、錬一郎も幼いながらに聞いた覚えがある。

当時はまだ父の道場の門人が多くいた。彼ら元与力同心の士族らは、一時期「浪花隊」を結成して治安を守り、天満界隈に住まう士族の家族は狼藉の対象にはならなかった。

己がもしかするとその襲われる側にいたかもしれぬ。それをやれと言うのか。とそこで堀は皮肉とも自虐とも取れる、薄ら笑いを浮かべた。

「薩長は長岡でそれ以上をやったが、勝てば官軍だ」

あの「瓦解」から十年。あの当時、この場にいる者の多くは「賊」と呼ばれる側に立たされ、今度は「官軍」と呼ばれる立場になった。

「志方、これを貸してやろう。さほどの業物《わざもの》でもないが、脅しにはなろう」

堀が腰に差していた刀を鞘ごと抜き、錬一郎に突き出す。いくら士族で構成された部隊といえども、士官でもない限り帯刀は認められていない。

撃剣で戦働きをしたいと思ってここに来た。だが志方家伝来の刀は戦場に持ち込めず銃で戦うよう訓練され、そういうものだと諦めてもいた。

今、刀を渡されて戦場に行けと命じられた。こんなに誉れ高いことはないのに。

「俺らは、ここで勝たんと、また賊軍だぞ」

堀の言葉が、手に取ったひと振りの刀が、冷たく重かった。

○

「いかにも、薩摩の兵隊が兵糧と寝床ば提供せえ、ち言うたけん、おい（私）が心置きなく使わせたったい」

薩軍との内通を、村の戸長（当時の村長）は呆気なく認めた。村で一番富裕な造作の屋敷を訪れると、上がり框《かまち》で紋付き袴姿で仁王立ちし、堂々と語った。

「我々熊本士族は、薩摩とは縁浅からぬ関係たい。彼らの義挙には大いに賛同するところがあっと」

中年の戸長は、錬一郎には聞き慣れない九州の独特の訛《なま》りだが、武家らしい言葉遣いながらで胸を張った。この頃は失職士族たちが多く戸長になっており、この男もその類だろう。

熊本は世に「肥後の議論倒れ」と呼ばれ、万事において理屈張った土地柄という。そして議論しているあいだに御一新と相成り、文明開化の時流に遅れてしまった肥後士族たちが、神風連の乱を起こしたのは、昨年のことだ。

いかにも理屈臭いこの男も、その神風連に靡《なび》く類の男だったのだろう。

「よう戸長様、弁士はもう十分だ。こちとら薩兵どもが今どこにおわすか聞きてぇだけだ。悪いことは言わねえから、とっとと教えろ」

松岡が痺れを切らして唸《うな》りながらまくし立てた。

だが戸長はかっと目を見開き、髭で埋もれた口から大音声をあげた。

「ぬしらンごたる裏切り者どもに、教えることはなか！」

「あんだと」

「顔つきを見れば分かる、ぬしゃ武家やろうが。武家のくせに官軍に尻尾振った連中ったい！　おいはそがん恥知らずな連中よりも、武家の体面ば守る薩摩ばお支えすっと！」

「何やこいつ」

三木も舌打ちをし、松岡と共に肩に下げた小銃を手に取って戸長に向けた。

「議論倒れの肥後侍め。戊辰でどれほどご活躍なすった。あ？　こちとら五稜郭まで戦ってんだ。よっぽど御公儀にゃ忠義を尽くしたぜ」

「はん、ぬしゃ徳川《とくせん》様を裏切って官軍か！　ようもおめおめ！」

「んだとぉ……！」

松岡の目がすわっている。これ以上はならん。

「止めえ、双方止めえ！」

錬一郎が大声で制止する。左手は腰に差した刀の鯉口《こいぐち》を切り、いつでも鞘から抜けるようにしながら。

「ここで喧嘩しても仕方ないで、松岡殿」

静かになったその場で、空になった肺腑に大きく息を吸い込んで吐く。

松岡は射殺さんばかりの鋭い目つきのまま、大きく舌打ちをして銃口を下げた。

「命拾いしたな」

ひとまず場は収めたがここからどうすべきか。煮立ちそうな頭で思案を巡らそうとしたところで、ふと気づく。

「あの、沢良木殿は、いずこに」

「あ、ほんまや」

「どこいった？」

途端に気が抜けた三人は、いまだ怒気冷めやらぬ戸長をよそに、外に出て周囲に目をやる。

春の雨はすぐに止んでいた。

「あ、あれちゃうか？」

三木が指さしたのは戸長宅からそれほど離れぬ畦道《あぜみち》。沢良木が地元の百姓と座り込んで話していた。菅笠《すげがさ》と蓑《みの》をまとい、まだ月代《さかやき》を剃って髷《まげ》を結っている、時代に取り残されたような古い出で立ちの百姓だ。

「ほう、熊本に京菜があるんやなあ」

近づくと、沢良木の心底感心するような声が届いた。中年の百姓が笑いながら、戸長よりも一層聞き取りづらい肥後訛りで喋る。

「細川様が転封した折に都から持ち込んだ、ち聞いとるったい。正月には雑煮に入れるとこれが美味かたい」

掲げた手には、青菜が握られている。

「こらおもろい。幾束か買うてええか？　あては京で板場（板前）もしとって、興味があるんや」

すると百姓は途端に訝しがる顔つきになる。

「西郷札は受け取らんとよ」

「なんやそれは」

沢良木の問いに、百姓は意外そうな顔で答える。

「薩軍が支払いに使っとるったい。連中が金払いにはコレば使え、ち言うて押し付けてくるばってん、ただの紙切れたい。買い物もできんし地租も払えんとよ」

「何や、薩軍は自前で紙幣まで作っとるんか」

金融に造詣の深い三木が声を上げると、沢良木と百姓がこちらを向く。官軍兵士が増えたことに、百姓は再び警戒の色を浮かべ、

「どいつもこいつも、勝手な連中ったい」

吐き出すようにまくし立てた。戸長の次は百姓かと辟易しそうだ。

「あんたは、官軍は嫌いか？」

福々しい沢良木が言うものだから、棘がない。毒気を抜かれた百姓はしばし口を噤《つぐ》んだ後、ぽつりぽつりと、やがて滔々《とうとう》と話しはじめる。

「官軍も薩軍も戸長も、皆、勝手しくさるったい。戸長は御一新で禄ば失った後に、ここに流れついてきたったい。武家の気位だけ高かばってん、御上に逆らうことは妙に小心で、やれ地租だ何だと金をふんだくることだけは熱心ったい。ほんで神風連の挙兵は日和《ひよ》ったくせに、薩摩にはすぐに靡きよる。薩摩は薩摩で政府の非道は説くばってん、寝床だの兵糧だのの支払いで、百姓にゃ西郷札ば押し付けてきたと。お前ンら官軍も、いざともなれば御城下を焼き払ったと。好き勝手にこちらを振り回しとるごたる、変わらんち」

百姓が顔を上げた先には、田畑が広がっている。よく見れば、青菜が植わっているのは端っこのみで、ほとんどは何も植わっておらず荒れたまま。

季節は新暦四月、冬はとうに終わり、そろそろ忙しくなるはずの頃合いだ。しかし誰も耕していない。耕したものを奪い取られたのか。耕したが踏みにじられたのか。あるいは奪われ踏みにじられると知って耕していないのか。

再び項垂《うなだ》れる百姓の姿は、嵐に身を任せて過ぎ去るのを待つ、細い稲穂のようだった。華々しい戦とは全く無縁の、しかし戦の紛いようもない現実。

「そら済まなんだ。あても官軍やよって、この通りや」

沢良木がぺこりと頭を下げる。百姓はまじまじと沢良木を見て、やがて笑う。

「変わったチンダイ（鎮台兵）たい。まだ、おいの畑の野菜を買うち言うだけ、ぬしゃマシったい」

「あても瓦解の折には色々あってな、金はキッチリ払うえ」

沢良木は懐から巾着を出して小銭を何枚か取り出し、まるで八百屋で買い物をするように青菜を受け取った。

「おっさん、こっちでちゃっと薩摩の鬼退治してくるよって、薩兵どもの居場所、あてらに教えたれへんか」

「ああ、薩摩ン連中は、ここの北から西に回り込んで中腹に登っとるたい。ばってん、おいが使う北の山道から登れば、薩摩に会わんで山頂にいけるたい」

茶話でもするかのような沢良木に、百姓も近在の寺への道を聞かれたような気軽さで、実にさらりと教えてくれた。

「ほうでっか。えらいおおきに」

沢良木はすっくと立ちあがり、頭を下げながら錬一郎らの許に戻ってきた。ぽかんとする三人を促し「さあさ」と畦道から村道へ追い立てる。

「志方はんも、この前の俥屋はなかなかでおましたえ？　せやけど、まあ今回は、年の功でやらしてもらいましたわ」

○

木原村を錬一郎らが訪れて、わずか二時間。別働第二旅団と別働第四旅団の主力は、木原山に籠る薩兵数百名の部隊を南側から攻撃し始めた。

騎兵の支援を受けているとはいえ、山の下の田畑に散兵線を敷く官軍歩兵は、数の上では互角。地の利は、山林を背に守りを固める薩軍にある。

その後背の山林へ木原村から迂回路を通り、遊撃歩兵第一大隊が襲う形勢となった。

紀州の銃兵に、神風連の乱で派兵された者がいるらしい。行軍中に聞こえてきたうんちくによると源平争乱の時代、弓の名手・鎮西八郎為朝が木原山で雁《かり》を多く射落としたので、以来雁が山を迂回するようになったという伝説があり、地元では雁回山《がんかいさん》とも呼ばれるそうだ。

それに「わしらも雁みたいなもんやな」と徴募壮兵が軽口を叩けたのも、戦況が穏やかだった頃の話である。

午後二時。雨の後の太陽の陽気で、ジワリと季節外れの汗が、額に、掌ににじむ。

銃声が山一面を覆いつくし、硝煙が立ち込める。

「着けぇ剣」

堀の短く低い声は騒音の中でも通る。

「弾込めぇ」

銃口と銃剣が擦れる金属音と鎖門を引く装塡音は、山の木々と草むらに消えていく。

「撃ち方」

馬手《めて》で銃把を、弓手《ゆんで》で銃身を執る。

しゃがみ込んでいた壮兵たちが、銃口を斜め上から水平やや下に向ける。

斜面を下った数十間先には、こちらに背を向ける数十、いや数百の人影。

堀が、濡れた地面に伏せたまま、懐の懐中時計を確かめ、そして、

「撃てぇ！」

引き金を引くと同時に、肩に反動が襲いかかり、銃声が鼓膜を震わせる。一面に火薬臭さが充満する。

野太い悲鳴と「うしとっ！（後ろだ）」と叫ぶ敵の声が、轟音で莫迦になった耳に辛うじて届く。

「装塡急げ！」

汗ばむ手で鎖門を引き、空になった薬室に銃弾を入れる。鎖門を戻して装塡を終えるや否や、

「撃て！」

再び轟音。三たび四たび、繰り返したろうか。耳が轟音に慣れてきた頃、喇叭《ラッパ》が鳴り響く。

「突撃！　突撃！」

立ち上がる一同に遅れまいとするが、足が仔馬のように震える。

「大将！　おい！」

小気味良い衝撃が背中を襲う。右に、松岡の豪傑じみた顔が迫る。

「莫迦になれ！」

笑っていた。

「ひいい、志方はん、い、行きまっせ」

「分隊長、早《はよ》、早う」

おっかなびっくりなのは三木も沢良木も同様で、それでも共に立ち上がる。

ふたりの怯えぶりが、かえって緊張の糸をほぐした。

銃床を肩に当てて立射の姿勢を整え、地面をけり上げる。続く足音は三つ。頬に当たる風の冷たさが、薬缶《やかん》のように熱した頭に心地よい。

目の前の草木が開ける。

眼下の田畑を埋め尽くす官軍の散兵線は、開けた緩い坂をジワリジワリと上り始めている。先ほどまでいたはずの薩兵の多くは挟撃に恐れをなして、西へ東へと逃れていた。手前には、動きやすい和装を襷や兵児帯《へこ》で絞った壮士風の男たちが、幾人も倒れていた。

「キエアアアアアア！」

猿のような金切り声。

斜めむこうから、刀を大きく振りかぶった男が襲い掛かってきた。勇名を馳せた薩摩示現流だ。距離はわずか四、五間（七〜九メートル）ばかり。

目が合う。憤怒《ふんぬ》の相の薩兵に、射すくめられたように体が動かない。

殺される。

「チェストォォォォ！」

引き金を思いっきり引く。

銃声と共に、銃床から肩に反動が伝わる。

太刀を振り降ろそうという薩兵の動きがびくりと止まり、喉元から鮮血が噴き出る。

続けて薩兵の胴体に銃弾が当たる。

「おい坊主！　呆けている場合か！」

松岡が横から突進し、銃身の先の銃剣を薩兵の心の臓近くへ突き刺した。蛙が潰れたような音が、薩兵の口から黒い血と共に洩れ、膝から真下へ崩れ落ちた。松岡の銃剣が、どす黒い血でぬらぬらと光っていた。

「あっちの逃げとる連中に撃ったれ」

「こっち来るなよお」

沢良木と三木は、腰が引けながらも背中を見せる薩兵に向けて銃弾を撃ち続けている。

動ける薩兵たちはもう戦場から逃げ出していた。

初めての戦場はわずか数分ばかりで、声を出す余裕もないままに遠ざかってしまった。

腰に差した刀を一度も使うことなく。硝煙とうち捨てられた銃火器、そして幾人もの敵の死体と怪我人を残して。

○

木原山の掃討戦の後、薩摩街道を睨む要衝の地には、兵が大急ぎで砲台を設置し始めた。数日もすれば、ここから熊本城周辺や薩摩街道へ砲弾を撃てるようになるだろう。

一方、多くの兵は夕刻に宇土学校へ戻ると、晩飯までの時間をめいめいに過ごしていた。

沢良木は、どういうカラクリか、兵隊たちから集めた金のみならず主計からも費用を捻出させたらしく、近在の農村から買い上げた野菜で副菜を作り出す。

軍夫たちは長崎で雇った沖仲仕《おきなかし》のような者が多く、料理の才など望むべくもなかったが、そこへ沢良木が来たものだから、宇土駐留部隊の一部の食環境は大いに改善された。

「おら、戦で、あんな美味《うめ》え飯さ食えで、たまげたっちゃ」

仙台鎮台の兵がひどく訛った言葉で漏らしていたのを、辛うじて聞き取ったことがある。

大店や軍隊のような大所帯では、温かい飯にありつくだけでもひと苦労で、味の良し悪しなど言いようもなかった。徴募壮兵小隊の面々は、大阪鎮台にいた頃から随分恵まれていた。

松岡は、暇さえあればチンチロに丁半に骨牌に花札と、兵隊のみならず軍夫や近隣の百姓とも博打をしに出ている。

三木はまた松岡に睨まれぬよう博打は自粛して、本営に置かれている官報や新聞雑誌を読みふけっている。このご時世にも、東京や大阪の新聞が数日遅れで郵送されているのだ。

めいめいに過ごしている兵隊たちの合間を縫って、犬養が話を聞き回る。犬養は、木原山の攻防戦の間は従軍できずに宇土学校に待機していた。現場を見られなかった分、現地の生々しさを兵隊が少しでも覚えている内に記録しようというのだ。

錬一郎はというと、兵舎となった校舎の壁に背中を押し当て、借り受けた刀を抱きかかえるようにひとり地面に座っていた。

軍服は泥と血に塗れたままで、洗濯をしようにも洗い場は兵隊でごった返している。

順番が回って来るまでしばらくかかりそうだ。

校舎の裏から、円匙（シャベル）で地面を掘る音と、般若心経の読経が聞こえてくる。官軍にも死者が幾人か、負傷者も何十人と出ている。軍夫が空き地に穴を掘り、近隣の真宗寺院から僧侶を呼んで供養させている。血生臭さや臓物臭さにはもう鼻が慣れた。

「大活躍だったな」

堀が目を細めて近寄ってきて、錬一郎の横へ尻を落とす。

「敵の背後を探るだけでなく、最前線で薩兵に果敢に挑み、薩摩示現流の猛者の吶喊《とっかん》にも過たず銃弾を浴びせかけた、と上にも伝えてやったぞ」

「そうでっか」

錬一郎の回答は素っ気ない。堀は一向に気にせずさらに尋ねる。

「初めての戦は、どうだった」

「どうもこうも」

力なく笑う錬一郎。今のこの胸の内のつかえを、どこかへ吐き出したくなった。

「あのままやったら、脳天かち割られてお陀仏でしたわ。ギリギリのところで引き金引けたはエエものの、人を殺したっちゅうのにあまりに呆気なさ過ぎて」

かっと目を見開いたまま固まった、あの薩兵の死相が蘇る。

「武人いうモンは人を殺してナンボやって、頭では分かっていても、やってみて初めて、殺さんと殺されるっちゅう恐れがあって初めてでけることとでしたわ」

平時であれば人殺しはすぐに邏卒に捕まる大罪だ。それをいとも容易く成し得てしまった己は悪人なのだろうか。いや、兵としての義務に従ったまでだ。それが分かっていても、吐き出したくなるような罪悪感が押し寄せてくる。

「それでも阿呆みたいに体が動かんで、松岡殿がとどめを刺してくれたんですわ。いざとなれば、沢良木殿や三木殿のほうが動けとった。わしは何もでけへんかったんですわ」

言えば言うほど泣きたくもなり、刀を一層強く抱きかかえる。夕暮れ時はいつにも増して情けなさが心に染みる。

「わしに刀は不要でした。お返しします」

堀に刀を差しだす。

莫迦のひとつ覚えのように鍛錬を積み、「へぼ侍」と蔑まれようとも武への道を諦めなかった。その自負がわずか一日で見事に粉砕されてしまった。何が剣か。何が武士の面目か。

「ちょっと煙草をやらせてもらう」

堀は刀を受け取らず、ズボンのポケットからマッチ箱と舶来の紙巻き煙草の箱を取り出した。この頃は煙草も、刻み煙草を煙管で吸うよりも、紙で巻いたものを吸うほうが洒落ているとの話である。

白い紙に巻かれた煙草を口に咥えると、堀は右手だけでマッチを箱から取り出し、器用に右手だけで火をつけた。一連の様子は、伊達男の風格もあった。

堀が吹き出した紫煙はどこか甘い香りもした。

「なあ志方。恐れを知って、手柄も挙げ、そして生き残ったんだ。初陣にしては上々だ」

美味そうに煙草を何度か吸って、堀が先の灰を落としながら言った。

「そもそも薩兵の戊辰を生き残った連中は、すぐに逃げるぞ」

「……確かに、今日の戦いぶりを見ていると、そうでんな」

これまでは猪突猛進が薩兵の代名詞だと思っていたが、今では納得の言葉が漏れ出てしまう。負傷した薩兵を捕虜にしてから分かったことだが、敵兵はあの場に数百人いたというのに、残された敵の骸《むくろ》は十人そこらだ。あれだけ激しい銃撃戦で全滅しなかった。

堀も何が面白いのか、ふふんと鼻で笑って再び煙草を吸う。

「ああ。連中、逃げても後で勝てばよいと割り切っている。軍中の薩摩出身者もそう言っていたし、俺も何度も見たことがある」

見た、というのは、官軍と長岡で戦っていた時代にだろう。

「ここは道場じゃねえ。華々しく吶喊しても弾に当たって死んじまえばそれまでだ。生き残ればいつでも反撃できる。徳川が倒れようが、お家が負けようが、薩長の天下になろうがな」

横から見る堀の目線の先には、夕暮れの空に浮かぶ雲しかない。見ているのは、今ここにない、あるいはいないものなのだろう。

「次だ。俺たちにはまだ次がある。次がなくちゃならねえんだ。嘘ついてでも戦ってここに立って生き残った。だから今回はこれで十分だ」

「そうでっか……」

「ああ。その刀はしばらく貸しておく。お前さんが生き残っている間はな。死んだらお前さんの骸から奪い返すからな」

堀の口から再び洩れる煙が、錬一郎には、大層蠱惑《こわく》的に見えた。

「堀小隊長殿、僭越《せんえつ》ながらひとつお願いが。煙草を一本頂戴できますでしょうか？」

「お、武功を挙げたおねだりか。いいぞくれてやる」

「かたじけのうござります」

山城屋で、年上の丁稚や手代が煙草をやっているのは見たことがあった。その頃の「へぼ侍」呼ばわりされていた錬一郎は興味もなく、何よりそれを気軽にもらえる仲ではなかった。

物わかりのよい父親や兄がいれば、こういうものだったのだろうか。

「ありがとうござります」

貰ったマッチに火をつけて、咥えた煙草に火をつける。

吸い過ぎたか、喉に煙が突き刺さるように届き、格好悪くむせてしまう。

それを見て堀が笑う。

喉には、煙たさの中にも甘さを感じる香りが残った。

遠くから慣れ親しんだ上方風の白味噌と出汁の匂いが漂ってくる。つい数刻前に殺し殺される修羅場にいたことなど思い出せもしないような、ゆっくりとした時間であった。

○

翌八日のことである。

この日、皇室から勅使が前線に訪れ、兵らに酒肴料（慰労金）がふるまわれた。

昨日の戦いの疲弊はどこへやら、宇土の部隊はにわかに活気づいた。休養日ということで地元の物売りに本営の兵士が群がり、文字通り門前市をなしていた。松岡はその金をまた博打に投じており、これをまた三木が巻き上げるという光景が繰り返されていた。

それが午後一時、一転した。

薩軍に包囲されていた熊本城から、包囲網を突破して宇土の衝背軍本営に辿り着いた部隊があり、騒然となった。

熊本で戦端が開かれた二月後半以来、熊本鎮台の主力部隊は一か月半に渡って熊本城で籠城している。この薩軍の包囲部隊を背後から攻撃して包囲網を解くことが、衝背軍に与えられた任務だ。そのためにも熊本城下の情報は何にも増して得難いものであった。

衝背軍の佐官以上の者は、脱出部隊への聴取と作戦立案のため、緊急の会議にかき集められた。

その情報を入手せんと、犬養記者は会議の行われる講堂の出入り口や窓べりに張り付いていた。見つかって歩哨に追いやられた後は、随伴した兵卒らに話を聞いて回ったようだが、こちらは敵中突破を果たしたとあって随分殺気立っていたらしく、追い立てられてゆっくり話も聞けずに戻ってきた。それでも犬養の得た断片的な情報を聞こうと、壮兵小隊の面々のみならず紀州銃兵や他部隊の尉官級の下級将校たちが、車座に集まる。

「脱出部隊は一個大隊。率いていたのは奥保鞏《やすかた》という少佐だそうで、頬を銃弾が貫通する重傷を負っているとか」

「ほう、奥殿か。ようご無事で」

犬養の出した名に、中尉のひとりが顔見知りなのか声を上げる。奥は徳川方であった豊前小倉藩の出ながら、後の日露戦争では遼陽や奉天の大会戦を指揮し、元帥にまで上りつめる。この頃はまだ三十歳の若手将校である。

「鎮台主力は長期の籠城で特に食糧事情が芳しくなく、城中では軍馬を屠《ほふ》って食す有様とか。これ以上の籠城は持って十日とのこと。一方の薩軍は田原坂方面で敗走し、街道沿いの植木の戦線を支えるために、熊本城の包囲部隊からかなりの数を北方に割いている模様。この機に衝背軍が背後の南方から川尻を突き、熊本城の主力を救出すべき、との声も上がりましたが、参軍（司令官）の黒田中将は渋い顔をしているとのことです」

犬養が、この時は淡々と冷静に事実を報告する。

「なんでや、早《はよ》う助けに行っちゃればええがいな。黒田はんは薩摩やさかいに、芋に甘い顔しくさっとんちゃうんか」

紀州銃兵らしい兵卒が、紀州訛りなのか憤りなのか、口悪く薩摩出身の司令官を罵る。

薩摩出身で軍に残る高級将校は、この戦いではいずこでも敵味方の板挟みになっている。

「衝背軍自体が他の部隊と連携が取れていないために、薩軍の只中に突出してしまって孤立する恐れがあるとのことで」

なぜか幕僚たちの代弁者となっている犬養が、紀州訛りに圧されてたじろぐ。

「いずれにせよ包囲網はまだ堅固で、抜け出してきた兵卒たちも酷《ひど》い有様でした」

犬養の面構えに、影が差す。

「熊本鎮台には、知り合いの将校が幾人かおるんだ。早く救い出してやらにゃな」

籠城の辛苦を思いやってか、堀の顔も浮かない。

「会津で籠城をご経験されていた山川中佐は、鎮台司令の谷少将と誼《よしみ》もあるらしく、鎮台を一刻も早く救出すべきと声を大きくしていました」

別働第二旅団の参謀である山川浩中佐は、かつて若くして会津藩家老となり、戊辰の折には若松城で籠城戦を強いられたという噂だ。

「籠城ってのは、いかに豪胆な猛者でも肝をやすりで削られる所業だからな」

松岡が柄にもなくしみじみ呟いた。

「松岡殿も、包囲されたことが？」

「何度もあったが、一番は五稜郭の包囲戦よ。その時の官軍の将は、今の黒田中将だった」

錬一郎の問いに、松岡が苦笑交じりに答える。そのやり取りに三木がぽつりと漏らす。

「しかし何や、こちらの軍中は見事に徳川方ばかりやな。不思議なもんや」

先ほどから小倉や会津などの徳川方出身者たちの名前が多数聞こえ、かつその旧賊軍出身者を束ねるのが、薩摩閥の有力者である黒田中将だ。確か黒田中将は戊辰の折には長岡攻略も指揮していて、堀からしてもかつての仇であるはずだ。

十年余り前、この場にいた人たちの多くは賊軍で、今戦っている薩摩が菊の御紋を掲げた官軍だったはずだ。それが今こうして、「薩賊」を討伐しに集結している。

熊本鎮台が風前の灯火である今、次に「賊」の汚名をかぶせられるのはどちらなのか。

「勝てば官軍、負ければ賊軍、か」

誰かがぽつりとつぶやくのと同時に、講堂から続々と将校が出てきた。それを見て特に尉官級の下級将校たちが、それぞれの部隊に戻り始めた。

「さ、ご沙汰を聞くべし」

三好少佐の髭面を見つけた堀も立ち上がった。

○

衝背軍が薩軍へ総攻撃をかけるべく、宇土と川尻を隔てる緑川を渡河するのは、十四日午前零時と相成った。各部隊を緑川の東西に展開し始めたのが十日で、十二日には上流と下流で別働第一旅団と同第三旅団が薩軍との戦端を開いた。

遊撃歩兵第一大隊を隷下に置く別働第四旅団は、十四日の総攻撃では河口近くに布陣する砲兵部隊を護衛しつつ、やがて川尻の兵站基地へと攻め寄せる中核部隊とされた。

出陣前の夕食は景気づけにと、通常の白飯と漬物に魚の干物がつけられ、汁物も沢良木が当地の百姓から聞いただご汁という茸《きのこ》や芋が多く入ったものであった。

「宇土は既に露払いがされておった。この先の川尻はそれを俺たちがせねばならん。四条流殿の飯がこれで最後になるかもしれんから、心して食え」

堀がいつになく神妙な声で小隊員に言い聞かせる。木原山の戦いも激戦だったように錬一郎には感じられたが、歴戦の壮兵たちにとっては今度こそが正念場のようである。箸を止めて固唾を呑む者も幾人かいた。

と、ここで堀がニヤリとして、徳利を何本か掲げる。

「そして食ろうた後は、これだ！」

「あ、それは」

見覚えがあった。灘で錬一郎が手に入れ、そして大隊長に差し出した酒である。

「これはあくまで志方が提出した証拠品だからな、大隊長殿にお出しするわけにもいかんだろうに。こちらでつつがなく処分させてもらうさ」

それを見た壮兵たちが歓喜の声を上げる。

「菊正宗に白鶴かいな。こら顔水《がんすい》（涙）ものやで」

「坊主、ようやった！」

「坊主はあかんて、分隊長殿や！」

小所帯の壮兵小隊である。既にあの当日何が起きて何を錬一郎がしたのかは、錬一郎の分隊以外の面々も知っていたようだ。大阪鎮台で、輸送中の汽車の中で、何度も白い目で見られた錬一郎は、ようやく小隊に溶け込めたように思えた。

「本営出立は二十四時で一時間前に集合とする。それまでよく食いよく飲み、心残りをなくしておけ」

あと数時間で戦いに行く。

芽生え始めた恐れをかき消さんと、冷え始めた白飯を漬物とともにかっ込んだ。

食事が済み、錬一郎の「戦利品」で酒盛りが始まったが、錬一郎は少し口に含んだきりで、すぐに小便にと厠へ抜け出した。

壮兵の多くは二十の後半から三十の中頃の歳が多く、その宴席にいるというのは十代にはいささか苦行だ。ある程度のところで抜け出さなければ、などと考えていたら、

「よう分隊長殿、酔い覚ましか」

松岡が厠へ現れた。見る限りでも随分と酒を飲んでいたようだが、まったく顔色は変わっていない。錬一郎と並んだ松岡が、意味ありげな微笑を浮かべる。

「分隊長殿よ。心残りをなくすってのはどういう意味か分かっているか？」

「心残り？　それは、まあ飲んで食ってと」

「違《ちげ》えよ。女を抱けってことだ」

松岡はからからと笑う。

「え、その」

赤面して動揺する錬一郎を無視して松岡が続けた。

「薬問屋の丁稚手代じゃ、新地に行けるような銭なぞ持ってなかろうが、お前さんはいっぱしの下士官見習い様だぜ？　女も抱かずに死ぬなんざつまらんぜ」

丁稚や手代の分際で女子との接点など、時子ら久左衛門の娘と話すくらいだったのが、いきなり階段をいくつも飛ばして「女を抱け」である。

「熊本城下の遊郭が焼け落ちたってんで、一時は薩軍相手に二本木のあたりで商売をしていたらしいが、こっちも商売になるってんで遠征しているようだ。お前さん、この前の酒肴料もまだあるだろう。九州の女は俺も抱いたことがないんだが、美人が多いと聞くんでな。いっちょ繰り出そうぜ」

二の句が継げぬ錬一郎。数日前、堀に対しては物わかりの良い父や兄というものを感じたが、松岡には、悪い遊びを教える叔父のような匂いを感じてしまう。

「ちなみにお前さん、女は抱いたことがあるか？」

その問いかけに、黙して何も答えられないでいると、上背のある松岡が横から、丁度出すものを出し切った錬一郎の股間を覗き、にかりと破顔した。

「こっちの伝家の宝刀も、目出度く抜刀して初陣だな。がははは」

○

街道沿いの宿場町である宇土にも、旅客と閨《ねや》を共にする飯炊き女のいる泊まり茶屋は数軒あるという。ただ、此度の戦役で官軍の兵隊が一気に数千人もやってきたものだから、到底追いつかず、今ではそこを中心に臨時の巨大な「新地」が出来上がっているという。

「さあ、そこよそこよ」

松岡は各所から話を仕入れていたようである。宇土学校から街道へ向かう道を、日が落ち切る前にと駆け出す。その松岡に、錬一郎は半ば連れ去られるように付き従った。

既に一部では戦いが始まり、砲声が届いているというのに、同じ道を行き来する兵隊が絶えない。向かう先に、ぼんやりと明るくなっている一角が見えてくる。

「俺は三十路にもなろうっていう大年増でなけりゃ満足できんが、お前さんはどうする？　若い娘っ子のほうがいいか？　年増は色々と教えてくれるから、初めてにも悪くはないぞ」

この時代、女は二十を過ぎると年増と呼ばれたが、少女期を過ぎて成熟した成人女性を差す言葉であり、老いを示す意味合いは後の世より薄かった。

ぼんやりとした明かりが、はっきりとしてきた。

「お、こいつぁ上々だ。吉原にもなかなか劣らんぜ」

数十の赤提灯やランプが、急ごしらえで貸座敷となった店の軒先に点《とも》り、夕闇の中で艶《なま》めかしい光を放っていた。歯が抜け落ちて腰も曲がった老女が、店の前で下卑《げび》た笑いを上げながら「さあ兵隊さん、気立て良か娘ね。見ていかんね」と、道に溢れかえる濃紺の軍服の袖を引き込もうとする。

将校の威厳や下士兵卒の勇猛さはどこへやら、誰も彼もが子供のように高揚した顔でゆっくり歩きながら通りに面した格子を見やる。格子の向こうには、白い顔に妖しい笑みを浮かべた芸妓が座り、兵隊たちはめいめいに気に入った者を見つけて中へ入り込んでいく。

「見てみろ、芸妓だけじゃあなく夜鷹も大勢いるぜ。あそこから選んでもいい」

貸座敷に入りきらぬのか、軒先には自ら兵隊に声をかける女が幾人も幾人もいる。座敷の芸妓より見すぼらしい身なりが多いが、それを気にする兵隊ではない。錬一郎の目線の先でも、早速兵隊をひとり捕まえ、店と店との狭間に滑り込み、

「お、早速やりおるか。これも手っ取り早くていいな」

興味津々に覗き込もうとする松岡に対し、錬一郎はつい目を逸らしてしまった。覗き込んだら殺される、という件《くだん》の丁稚の話を思い出したのではなく、単に恥ずかしくなっただけだ。

「ということでだ、女は選り取り見取り、さりとて時はさほどなし。戦稼業は早メシ早グソ早オメコが肝心よ。お前さんに、これをやろう」

講談のようにまくし立てた松岡が、巌《いわお》のような掌を差し出してくる。恐る恐る手を出すと、「防瘡袋」と書かれた小さな紙袋を渡された。

「こいつぁ『薩摩に克《か》つ』と書いて薩克《サック》と読む文明開化の利器だ」

サック、後に言うコンドームである。

「こいつを宝刀に被せりゃ、女を胎《はら》ますこともなけりゃ、もらい病で鼻がもげることもなくなるらしい。名前からして縁起のいいことこの上ねえな」

花街の病である梅毒は、一度もらったら治らないといい、身体中に疱瘡ができて鼻がもげるという。治すには水銀薬やヨード薬が良いとも聞くが、まだ療法が確立されていない。そのことを思い出し、錬一郎の背中が寒くなる。

「東京の吉原の貸座敷の娼妓は、最高級が一円、最底辺で二十銭だかんな。ここいらの田舎じゃ、それほどくれてやる必要はねえ」

一体、どれほど遊んできたのだろう。松岡が珍しく懇切丁寧かつ真面目に説くと、分厚い掌で錬一郎の肩をどんと叩き、足早に立ち去った。

「後は勝手に営舎に戻るんで、好きな娘っ子と一発かましな。分隊長殿の御武運を祈るぜ」

「え、ちょ、ちょい、松岡殿！」

錬一郎の叫び声も虚しく、目敏く見つけたお目当てに向かって、人ごみの中へと消えていった。そして錬一郎は、女を求めて騒《ざわ》めく兵隊たちの一群にひとり残された。

「考えあぐねは毒たい！　兄さん男は度胸ったい！　こっちゃ来んね！」

客引きの老婆が錬一郎の袖をぐいっと引っ張る。その力が存外に強く、慌ててその場を逃れようとするが、初心《うぶ》なカモだと見破られたようで、またひとり、今度は別の客引きと、次から次へと皺くちゃの手が伸びてくる。

「うちもよか娘っ子ば見繕っちゃるとよ！」

「手取り足取りアレ取り教えっとね！」

「瘡毒（梅毒）持ちはうちゃおらんよ！」

「来なっせ、来なっせ！」

追いはぎよろしく四方から軍服を摑まれるものだから、一層恐ろしくなる。

「わ、わしは、結構で！」

そう言い捨てて一目散に通りの出口を目指して駆け出した。

松岡に強引に連れてこられたが、いざとなれば何をどうすればよいか、見当もつかぬ。

そして、心のどこかで、松岡が手助けしてくれるならそれも良いか、などとずる賢く思っていた節があったことに気づかされる。恥ずかしさと情けなさのあまり、顔がまた熱くなる。

急に駆け出した上に、心の臓には別の動悸も宿るものだから、艶めかしい明かりが薄れた一角へ着いた頃には息が上がってしまう。そこで膝に手をついてしまったところで、

「兵隊さん、もう買《こ》うたと？」

「うわぁ！」

耳のすぐ傍で囁くような声に、油断しきっていた錬一郎は酷く驚いてしまった。

「何ね、化け物が出たみたいに驚いて」

呆れるような顔つきと声で、腰に手を当てるその女は、歳の頃は錬一郎と変わらぬ十代の中頃だろうか。日にはそれほど焼けておらず、野良をする百姓娘ではなさそうだ。髪は単純に後ろで引っつめただけで、娼妓のような商売っ気も化粧っ気も薄い。

「え、その、あんたは……？」

「ここで夜鷹ばしとっとよ」

娘は九州人らしいどんぐり眼を半月状にし、あっけらかんと軽やかに笑った。先程の盛り場にいたような、熟達の商売女たちの妖艶さはなく、一見ただの町娘である。

「うち、十銭でどうね？　手持ちが無かなら負けるとよ」

松岡の言に従うなら、夜鷹に十銭は相応だろうし、値下げの余地はあろう。が、錬一

郎はすでに値段交渉が始まっていることに頭が追い付いていない。

「ちょ、ちょっと待ってくれ。わしは、その」

「あ、もう買うたと？」

「いや、それはまだで」

「ほんなら、なしてここばおると？　冷やかしなら、早《は》よ帰らんね」

「う」

「どうすっと？　買わんの？」

ぐうの音も出ない。

きりっとした眉毛を寄せて口を尖らせる娘の仕草に、年相応にどきっとしてしまう。

だが錬一郎の浮ついた心をよそに、娘の声色は少しばかり焦りが滲み出てきた。

「お願いったい。うちは兵隊さんに買ってもらわんと、今日の飯《まんま》が食えんとよ」

「そうなんか？」

「そうたい。戦になって女が食い扶持ば稼ぐにゃ、物売りか夜鷹くらいしか無かよ」

戦働きは輝かしい武功を得る場、というのは所詮は男の理屈だ。女にとってはまさに娘が言った通りだろう。

「せやったら、あっちの盛り場のほうで客引きしたほうがええんとちゃうか？　こんな寂れた場所におっても客は来んやろう」

「あっちは商売の芸妓のシマたい。うちみたいな素人が行ったら、追い出されるけんね」

かぶりを振った娘の顔と言葉に、諦めの色が滲む。元より遊郭の水商売は、的屋《てきや》と呼ばれるやくざ者が統《す》べるものである。シマを荒らそうものなら、命の危険も現実のものとなる。男女の機微などまるで知らぬ錬一郎にも、商売人の理屈は嫌というほど分かる。

「その、済まなんだ」

居たたまれなくなってつい頭を下げてしまうが、娘は困ったように笑う。

「ま、買いとうないもんを押し売りしても、仕方なかたい」

その笑顔がどこか寂しげで、胸が苦しくなる。

己はこれから死ぬかもしれない。

先日の初陣で初めて殺したあの薩兵のように、己も数刻後に呆気なく殺されるのかもしれない。十七年を生きた証も残せず、路傍に朽ち果てることの空恐ろしさが全身を貫く。

何より、ここでこのまま何もせず、この娘の寂しげな笑顔に心残りを覚えたまま死ねるのか。

死が目前に近付いていることが分かれば分かるほど、生の温もりへの欲求が己の中で高まっているのが分かった。

松岡と共にここへ何を求めてきたのか。今さらお為ごかしする必要もない。

「なあ娘さん。わしも、これから死ぬかもしれへんのや」

「そうね、兵隊さんやもんね」

「そんな時に、あんたにそない悲しい顔されたら、心残りで叶わん」

娘はびっくりしたように目を見開く。

「せやから、わしの心残りを取り払《はろ》うてほしいんや」

今までになく、思い切るしかなかった。

○

「おう、初陣はどうだった」

兵舎となっている校舎の一角。校庭では酒盛りも続くが、満足しきってごろ寝する者もそこそこいた。そこへ忍び足で戻ってきた錬一郎を、寝ころんでいた松岡が目敏く見つけた。

「まあ、はい」

錬一郎は、多くは語らなかった。

殺し合いとはまた違った、生々しいやり取りにいまだに戸惑いながら、一方でどこか呆気なく終わった初めての出来事への感傷が心中に去来する。

松岡は察したようで、ふふんと面白げに鼻息をもらした。

「病気をもらわんように宝刀をきっちり洗って、水銀薬を軍医にもらっておけよ」

「へえ」

「で、どんな娘っ子だった」

身を起こす松岡。陰暦で三十日に当たるので、月はほとんど出ておらず、辺りは真っ暗だ。松岡の表情は読みづらいが、随分楽しそうな気配だけは確かだ。

「十五で、熊本の町娘や言うてました」

通りを外れた草むらで、娘と事を終えた後に徒然《つれづれ》に話していた時に、身の上の話が出た。

「何事もなかったかのように戦の前に戻りたかばってん、もう無理とよ」

戦がなければ、ただの生娘として生活を送り、こんな所であんな商売をしていることもなかっただろう。娘の平穏な日々を奪ったのは、他ならぬ官軍と薩軍である。その片割れに愛想を振りまいて生きていかざるを得ない、その胸中は到底分からなかった。

「そうかい。ならその娘っ子のためにも、勇ましく戦って熊本を取り返してやりな」

松岡は再び寝転がり、錬一郎に背を向ける。

「あと幾ばくかで始まる。それまで身体を休めておけや」

戦の表も裏も知りぬいた男の声色は、いつもと変わらなかった。

○

日付が変わって四月十四日午前零時。

緑川の川尻の向かいの南岸に、静かに、しかし一斉に水しぶきが上がる。

官軍兵数千が渡河を始めた。川の東西に敵兵の主力が割かれたとは言え、幅五町（約五五〇メートル）もある川を各部隊が越えていくのは容易ではなかった。

部隊が川を渡る前に、流石に気付いたか薩軍の射撃を食らう。闇の中で時折悲鳴が上がり、何も見えぬ川の中を死体と血が流れていく。

遊撃歩兵第一大隊は、装塡の速さで他に優れる普式ツンナール銃を配備されているので、緑川の河口にほど近い笹原村で、砲兵を援護すべく銃撃に徹していた。

「撃《て》ええ」

砲兵将校の号令と共に、耳をつんざくばかりの轟音が一帯に鳴り響く。

紙を丸めた簡易な耳栓で音を遮断しても、銃声と比べ物にならない砲声が鼓膜を狂わせる。

銃を持った遊撃歩兵第一大隊の兵たちは、遥か数町先の対岸から薩兵が狙撃してくるのを、砲兵の護衛として撃ち返すのみである。

錬一郎も初実戦を経て、銃の使い方に慣れただけでなく、敵に狙撃することへの心理的抵抗は薄まった。今回は敵の顔が見えないからというのもあろう。少し離れた紀州銃兵には、煙草を吸いながら余裕を見せて装塡するものも多くいた。

やや上流に展開した部隊から、歓声が上がった。堀が闇夜の中で東に目を凝らす。

「別働第二旅団のほうに、渡河に成功した部隊があったようだ。砲撃が落ち着けば他の部隊も渡河するから、俺らはそれを援護する。最前線の斬り込みは今回はお預けだな」

「そらあ、楽でええわ」

壮兵の誰かの軽口に、以前なら錬一郎は反発も抱いただろう。今では、それも有難いと心のどこかで思ってしまう。

敵の見えない所で戦えるのは楽である。あの木原山の上で、すぐ近くまで迫ってきた薩兵の鬼気迫る顔は、忘れられなかった。

黙々と、ただ手を動かす。

川向こうが明るくなる。人家に火が放たれたようだ。それを境に、薩軍の狙撃がまばらになり始めた。

「よし、敵さん逃げ出し始めたな」

やがて渡河を試みる部隊が増えるが、それを狙う敵は少なく、多くがそのまま渡り切る。夜が白み始めた頃ともなれば、対岸からの狙撃はほぼなくなり、朝九時、錬一郎たちにも渡河の命令が下った。

下流で緩やかとは言え、流れも深さもそれなりにある大きな川を渡り切るのは、なかなか骨だった。

「しかし骨のない連中やで。逃げ足早すぎるやろう」

少しばかり調子に乗っているのか、ズボンの裾を捲《ま》くって渡る三木が軽口を叩く。

松岡も首をかしげる。

「抵抗が薄すぎるな。川尻は兵站基地なんだろうに、護衛が少なすぎやしねえか?」

「ま、敵さんが少ないんは、ええこっちゃおまへんか」

沢良木は相変わらずだ。

三人の無駄口を、堀は前を歩みながら聞いていたようだ。

「もしやすると、こちらの総攻撃を察して逃げた後かもしれんな」

「密偵でも本営に来とったんでっしゃろか」

錬一郎が堀に問いかけると、従軍を続ける犬養が口を挟む。

「密偵は確かにいるでしょうね。戦場では土地の百姓や物売りなどに化けて、色々と怪しい人間が跋扈《ばっこ》するものです」

間髪入れず、三木が叫んだ。

「一番怪しいのんはお前や」

間合いと言い勢いと言い、まるで噺家《はなしか》のようだから、思わず一同が笑い出した。

十分ほどもかけてようやく渡り切り、堤の上に出ると川尻の町が一望できた。熊本藩の積出港であった川尻は肥後でも有数の港町で、大阪ほどではないにせよ瓦葺《かわらぶ》きの街並みが広がる。そのいくつかから煙が上がっている。

「肥後蔵（熊本藩蔵屋敷）いうたら、堂島では名の知れた建物米《たてものまい》やったさかいに、川尻蔵いうンも相場を睨めとったら名を見たもんやで。流石、鄙《ひな》に稀な市邑《しゆう》やの」

川沿いの大きな白壁の蔵の横を通る時、三木が耳慣れぬ言葉を口早に呟く。

「建物米？　何ですのンそれは」

「まあ、そら分からんわいな」と三木は笑う。

「堂島の米会所（米市場）はな、各藩の蔵が米と引き換えたる言うて売った切手（証券）を商うだけや無《の》うて、切手を持っとらんでも相場商いが出来たんや。それを帳合米商い言うて、そん時の基準いうんが建物米いうのや」

後の世でいう、株価指数を基にした先物取引の走りである。

「肥後蔵に上がる米は質がええもんでな、高瀬、八代、そんで川尻の津端三倉の銘柄は、建物米としても名は通っとった。勿論、正米《しょうまい》商い（現物取引）でも高級で知られとった。どれだけの豊かな地かとは思うとったが、まさか鉄砲担いで来るとは思わんかった」

蔵屋敷勤めの勘定方であった頃を思い出してか、三木は目を細める。

街なかに進軍すると、大八車や駕籠《かご》や俥が打ち捨てられ、一部の商家は壊されていた。そろそろと歩くのは川尻の町民のみで薩兵はいない。逃げ出したのは確かのようだ。

「街なかで戦闘を続ける連中もいるやもしれん。長岡じゃご家老が御ン自ら洋式連発砲を繰り出したからな。俺もなかなか粘ったもんよ」

当初、堀は警戒を解かなかったが、それも長いあいだではなかった。途中で出くわした他の部隊の将校が大きな声で叫んだ。

「薩兵は数日前から周到に逃げ出したらしい。殿《しんがり》が少し残っていただけで、物資は何もなかった」

先頭をいく三好大隊長が「勘付かれたか！」と怒鳴る声が、やや後ろにいる壮兵小隊にまで聞こえてきた。

「これは勝ったか負けたか、分からんなあ」

堀もぼやいたその時、通りの向こうから黒毛の馬に乗った騎兵が駆けてきた。鼻息の荒い馬をどうどうと止め、近隣の諸部隊に大声で告げた。

「お味方、熊本城に到達せり！　熊本城に到達せり！　別働第二旅団、山川参謀直率の部隊なり！」

おおと将卒がどよめくと、騎兵はすぐに後方の衝背軍本営へと駆け抜けていった。

やおら、景気付く諸部隊。

「熊本鎮台が救出でけたで。こらあ幸先がええなあ」

「せや、わしらこのままドンドン行けるで」

「薩賊、何するものぞや」

壮兵も紀州銃兵も、夜通しの戦闘の疲労の色は吹き飛んでいた。犬養は、耳に入った話を忘れるまいと、手元の小さな洋式帳面（ノート）に、鉛筆で書きなぐっていた。誰

もが高揚感に包まれているなか、

「山川参謀か……それに情報も漏れていたし……こりゃどうにも面倒事が多いな」

と独りごちる堀の渋い顔が、錬一郎の視界の端に見えた。

○

戦闘もほとんどなく、川尻に打ち捨てられた薩軍の兵営にそのまま入る諸部隊。これより数日はここが拠点となる。

諸部隊が集まると、それぞれの兵隊から有ること無いことの噂話が交換される。

本営警備の鎮台兵が言うには、堀が先ほど懸念を示したふたつについても、前者はやはり本営で大問題になったそうだ。

衝背軍では、部隊のいたずらな消耗を防ぐべく突出を固く禁じていた。それを旅団参謀の山川中佐が破ったのだから、旅団長の山田顕義少将は酷く立腹しているという。一番槍の軍功はまったく評価されず、本営の建物の外まで山川中佐を怒鳴る声が聞こえたらしい。

もうひとつの情報漏れについて、これは会計課の中尉が口にした。

「どうやら川尻の盛り場から漏れたという話があるらしい。商売をいつ畳むか知りたい女たちが官軍兵から聞いて、川尻にいた薩軍の将帥のなじみの女がそれを漏らしたとか」

　別の紀州銃兵が物知り顔でこうも言う。

「いや、黒田はんがお仲間の薩摩っぽに通じとるんや。しやから総攻撃もゆっくりやった」

　確かにそれはあり得べし、と首肯する者も幾人かいた。

「それはなかなか興味深い」

　それを犬養がいちいち書き付ける。兵卒は、特段に己に緘口令が敷かれていない限り、見聞きしたものや噂話などは立て板に水の如く喋る。犬養は此度の取材でそれがしみじみ分かったようで、取材はまずは兵卒、と決めているようだ。

「しかし官軍の兵隊がこれだけ喋ってくれると、川尻云々の噂は真実味を帯びますね」

　夕刻、沢良木が用意した食事を共に口にしながら、犬養が帳面を見て苦笑交じりに語る。

「薩軍、というより薩摩は、俗に『薩摩飛脚は冥土の飛脚』と言うように、外界から閉ざされた土地柄です。その一方、御庭番などを駆使して他所からの見聞の収集を重視しています。かの大西郷もかつて京でその役目についたといいますし、これがあったればこそ、薩摩侍は戦国以来の気風を保ち続けたとも言えます」

　帳面を懐に仕舞って、手元の汁物を美味そうに啜る。

「官軍は、見聞を集めることも漏らさぬようにすることも後手に回っています。これはこの先の課題でしょうなあ」

「犬養はんは、薩摩のことだけやのうて官軍の中のことも含めて、ようさん物事や道理を知ってはりますなあ」

錬一郎は思わず感心してしまう。歳の頃はそんなに違わないので、なおさらである。おだてられて悪い気はしないのか、犬養はわずかにはにかんだ。

「私は腕っぷしはなくて、学で身を立てようと思っておりますので、何事も知るが吉です」

知ることが大事なのは商売も同様だが、それはあくまで帳簿のつけ方や掃除の仕方に始まり、商品の材料や相場の動向についてだ。それ以外の知識は、むしろ邪魔だと見る風潮も強い。丁稚上がりのたたき上げの商人には、そういう手合いが多かった。

そのような世界に育った者には、犬養はまるで異人であった。最初見た時は怪しくも見えたが、改めて興味がわいた。

「東京の慶應義塾では、どんなことを学んではるんでっか?」

普段は己が質問する側である犬養は、質問されることにも慣れた様子で簡潔に答える。

「そうですね、英語に漢学に法学、経済学や簿記も学びます。数学や窮理学（物理学）、舎密《せいみ》（化学）などもあるんですが、私は苦手です」

「はあ、とりあえず、むつかしそうでんな」

まるで聞き覚えのない学問の名に見当もつかず、気の抜けた受け答えしかできなかった。

　犬養の表情は穏やかである。

「学べば学ぶほど、世は一層分からないことばかりだと思い知らされますよ。これでも地元の漢学塾じゃ神童と言われたもんですが、井の中の蛙《かわず》でした。まだまだ未熟者ですよ」

「そんなん言うたら、わしはオタマジャクシでっせ」

「蛙もオタマジャクシも、お釈迦様の掌の上で踊っているだけの五十歩百歩ですよ。福澤先生を見ればそういう気にもなります」

　福澤先生、というのは、慶應義塾を開いた大学者の名だ。生まれが大坂で、かつて北浜にあった適塾で学んだということもあって、北浜と近い道修町の丁稚上がりである錬一郎も名を知っていた。犬養が、冷め始めた汁を平らげて話を続ける。

「福澤先生は戊辰の折、上野寛永寺で彰義隊と官軍が戦うなかでも、ウェーランドの経済書を手放さず講義を止めませんでした。我々塾生もかくあるべしと考えているわけです」

「肝が据わってはりますなあ」

「もっとも、戦場へ従軍記者として赴く僕に対して、福澤先生はいたくお怒りでしたがね。銃弾がいつどこへどうやって飛んでくるか分かっているのかと」

　苦笑い気味なのは、おそらくその忠告を振り切ってまで熊本の戦場へ来てしまったからだろう。親や奉公先の旦那を振り切ってきた己に通じるところがある。

「わしも、わざわざ人の嫌がる兵隊に進んでなる阿呆があるかと、言われましたわ」

犬養が、何かツボに入ったのか、そこで相好をクシャリと崩して、声を上げて笑い出す。

「お互い、阿呆だなあ」

犬養には珍しく、飾らない年相応の口振りであった。

「ホンマ阿呆ですわ」

錬一郎も、言いながら笑い出した。錬一郎は、初めてこの犬養と名乗る不思議な青年と年が近いという実感が持てた。

○

十五日。

遊撃歩兵第一大隊は、熊本城への陣中見舞いと称し、隊の半分で市中警戒と物資輸送の警護を行うこととなった。錬一郎らはその半分へ加わり、大八車を引く軍夫の一群を守りながら、川尻の兵舎を発って薩摩街道を北上した。

熊本へ向かう道筋は平坦で、広大な田畑のあいだをずうっと伸びており、一行の足取りは軽やかだった。天気は春らしく陽気で、田圃では田植えに備えて代《しろ》かきに精を出す農夫や耕牛の姿が見られた。道筋には菜の花も咲いており、歩くうちに少しばかり汗ばんでもきた。

九州は近畿よりもやや暖かいようで、神戸を発った頃にはまだ蕾《つぼみ》だった桜がこちらでは既に満開を過ぎて、早や葉桜と化しつつあった。そんな長閑《のどか》な街道沿いの景色がしばらく続くなか、兵隊たちも遠足のような心持ちで、川尻で物売りから買った菓子を頰張る者もいた。

一時間ばかり歩き、熊本まで間もなくという頃になると、街道には廃墟が増える。壊されたか焼けたか、街並みに生気が失せてくる。

薩軍の本営が置かれていたという二本木の近くへ至った頃には、道から見える範囲には無事な建物はまったくなかった。焼け跡があちこちに広がり、道端には所々薩軍と思しき死体が転がっていた。

「敵さん、あっという間に瓦解したな。見事過ぎて張り合いがねえ」

「戦わずに済むならそれに越したことおまへんえ。今なんぞ特に」

つまらなそうな松岡に、沢良木が反論する。今は軍夫たちを守らなければならないので、もし襲われでもしたら堪ったものではない。が、松岡はなおも不満げな面持ちだ。

「俺は戦が早《はよ》う終わっちまっても、娑婆《しゃば》に出るのが早まるだけだから、つまらねえんだよ」

熊本市街を流れる白川に、旧藩時代から架かる長六橋を渡ると、やがて小高い丘に位置する熊本城の城壁が見えてきた。天守閣は籠城戦の最中に焼け落ちてしまい、城を囲む城壁は銃弾や砲弾の生々しい傷跡に塗れながらも、黒々とした雄姿を保っていた。

「何や、二条のお城にもない天守閣っちゅうもんを見てみたかったんやけど、残念でおますなあ」

「まあ、天守閣なぞ無くとも、お城はお城でっさかい。大阪城も天守閣あらしまへんし」

沢良木は今なお物見遊山の気分のようだ。ちなみにこの当時、大阪城の天守閣は江戸初期の寛文年間に焼け落ちて以来再建されず、豊臣家、徳川家に続いて天守閣が築かれるのは昭和六年（一九三一）のこととなる。

先頭集団が大手門に差し掛かったらしく、一旦列が止まる。別働第四旅団より陣中見舞いに参った、開門されたし、という声が前から聞こえ、やがて城中に招き入れられた。

城中の鎮台兵は五十日以上も包囲されていただけに、兵卒も下士官も将校も一様に薄汚れていた。硝煙や血に汚れたか、食糧不足での血色の悪さか、定かではない。ただ、もう飢えや夜襲に怯える必要がないという一点で、彼らの表情は明るかった。

「包囲が解かれた時ってのは、負けであれ何であれ、やはりまずは嬉しいもんだったぜ」

五稜郭の戦いを思い出したのだろうか、軍夫に交じって物資を降ろしているなか、松岡が兵を見やってしみじみ語る。

「もっとも、俺はこの先、どうしたものかと、多少途方に暮れてもいたがな」

借金取りから逃げるために軍隊に来たというのも強《あなが》ち嘘ではなかろうが、彼は戦いに身を置くことでしか生きていけないのかもしれない。

「戦いが終わったら、松岡殿はどないしはるんでっか。軍隊に残らはったらどないでっか」

己も堀の引き立てを期待している身であればこそ、松岡もそうなのかもしれない。だがその予想を松岡は即座に否定した。

「かっちりと軍隊でお勤めするのは、俺にゃ性に合ってねえや。軍服がキツくて仕方がねえ」

と、汗をぬぐいながら、紺の軍服の襟元をはだける。

「それで今まで、よう士族叛乱に加わらんかったですね」

「士族叛乱に加わってもよ、俸給が貰えるわけじゃあねえからな。戦うなら官軍よ」

錬一郎の軽口に、松岡も元徳川方とは思えない返事をする。

「この先も士族叛乱や百姓一揆はあるだろうよ。鎮台兵だけじゃあ到底回せやしねえさ。そういう時に、呼集に応じてまた戦働きで稼ぐつもりさ」

少し離れた所で帳面に積み荷の引き渡しを記録していた三木から、異議が挟まれた。

「そら分からんで、松岡はん」

「あ？　どういうこった？」

訝しがる松岡の様子は、付き合いが薄ければ喧嘩を売られているようにも見えるが、三木も含めた壮兵小隊の面々には慣れたものだ。

「徴兵が始まって今年で五年や。昔はあれほど莫迦にしとった百姓鎮台が、此度あの薩摩士族相手に五十日も戦って、仕舞にゃ勝ったんや。あと幾度か徴兵をすれば、士族の手ぇ借りんでも戦える強い兵が、全国津々浦々におるようになるで」

徴兵に取られた男は数年で故郷に戻るが、予備役といって戦になれば再び兵隊に戻る。今は、最初の徴兵を経験した予備役も動員し、それでも足りぬがゆえに士族も徴募されているが、徴兵経験者で賄えるようになればその必要はなくなる。

「わしもツンナールを撃ってみて分かったが、鉄砲の扱いっちゅうんは素人でもひと月ふた月鍛えれば何とかなるもんやな。弓馬や刀槍のように幾年も鍛えなアカンもんでもない」

これは釈迦に説法やけれどもな、とかつて槍備であった松岡をちらりと見る。

「何より、薩摩士族より強い士族なぞ、この日本にはいてませんわ。この先、薩摩が負けたら誰が官軍に歯向かいまんねや」

三木は、軍隊よりも学校の教壇が似合いそうな風貌だが、語り口も説得力があった。

「それなら、もっと強い相手と戦うことはねえのかよ？　征台の役はああなったが、また清国《しん》とも戦があるかもしれねえぞ」

松岡が口にしたのは三年前の台湾出兵のことだ。小西郷こと西郷従道陸軍中将が、台湾の先住民が琉球の漁民を殺した成敗として出兵した時には、すわ清国と戦争かと世論は緊張したものだ。その時の兵隊も中心は薩摩士族だったというから、松岡の言い分ももっともだ。

「どう思いまっか、犬養さん」

錬一郎が話を振る前に、既に犬養は思案していたようで眉をひそめていた。

「清国やロシアとの戦争は、我が国にとって現実的な脅威です。ただ、それは今ではないでしょう。それを火急の課題だと唱えていたのが、大西郷の征韓論ですから。大久保卿や岩倉卿などの今の政府の方々は国力を先につけるべきで時期尚早だ、と退けました」

今まさに大西郷が薩軍を率いて官軍と戦っている大元には、四年前の征韓論を巡る政府分裂があったことは、誰もの記憶に新しい。

「国力というのはまさに、徴兵軍であり武器を作る工場でありますから、その準備が整う頃には士族軍はもはや消え去る旧時代の階級と化しているかもしれません」

犬養の語り口には学者らしい理詰めのなかに、どことなく情に訴えるものがあった。

そこでくしゃりと、どこか露悪的に相好を崩す。

「精強な士族軍を満州や朝鮮に派兵すべしと唱えていた大西郷をここに呼んで、彼の言い分を聞いてみたいものですね」

「ほしたら、早《はよ》う薩軍を引きずり出さなアカンな」

三木がそう言うと、壮兵たちが笑った。士族が消え去るという時代にあって、彼ら上方士族はそれすらも笑い話にしなければ気が済まない性分であった。

○

隊列警護の任を終え、あと二時間もすれば熊本から川尻へ引き上げるという頃、堀が錬一郎を呼び出した。

「写真でっか」

「おう、お前大阪生まれの癖に知らんか？　写真というのはだな」

「いやそれは知っています」

大阪の志方家屋敷の近く、天満宮そばにも写真館があり、新しい物好きの浪速っ子たちで繁盛していた。そんな流行の最先端が九州にもあるというのは、ちょっとした驚きだ。

「折角の戦働きの日々だ。この面構えを子々孫々に残しておいて、武功話の種にするも、悪くはなかろう」

なかなか武人ばった理由である。煙草の件もだが、堀は舶来趣味が強いようだ。

「まあそうですけど、何で撮りに行くのに、わしを連れていかはるんでっか？」

「将校ともあろうものがひとりで撮るのも締まりがよくない。従卒が欲しかろう」

「従卒でっか」

「他の奴らの面を見てみろ。従卒ってツラか？」

「ちゃいまんな。よくて任俠の舎弟ですわ」

「だろう。城下で再開しているらしいからすぐそこだ」

酷い言いようだが、他の壮兵たちも否定しないだろう。

堀は錬一郎を連れ、熊本城から南へ十分ほど歩いた坪井川沿いへ向かう。未だ焼けた人家が多く、目的の場所にも仮作りの掘っ立て小屋に「冨重写真所」と看板がかかっていた。

「元の場所で早速営業しているだけましだな」

堀が掘っ立て小屋の前で呟いていると、中から髭を生やした細面の将校が出てきた。外には馬が止められており、どうやらこの将校のもののようだ。戦地任官したのか、真新しい中佐の階級章を付けている。堀も錬一郎も軽い敬礼をする。

中佐がニコニコと話しかけてきた。階級で言えばなかなか高位だが、堀より若く見える。

「何だ、貴官ら写真屋に来たのか」

「は、そうであります」

士官からの質問には、上官である堀が軍隊言葉で受け答えをする。

「今日で良かったな、明日からここの写真屋は鎮台の仕事で忙しくなるぞ」

「鎮台の？」

「これだけの大戦の後だから、戦場や町の様子を写真で記録しておくべきだと進言してな。早速依頼に来た次第だ。此度は小官には負け戦だった。忘れんようにしておきたいのだ」

「負け戦？」

「植木の方面で、随分手こずらされた」

植木とは熊本北方の交通の要所で、田原坂の戦いなどで幾度となく官軍と薩軍が奪い合った土地だ。緒戦で薩軍に随分痛めつけられた、福岡方面から先に上陸した部隊の将だろう。

「お役目ご苦労さまであります」

「ああ互いにな。どこの部隊だ」

「大阪鎮台第八聯隊隷下の、徴募壮兵小隊であります。先日衝背軍隷下となり、宇土より上陸しました」

中佐はほう、という顔になる。

「大阪鎮台か、これまた薩賊には大層ご苦労なさったな」

堀と錬一郎が得心《とくしん》のいかない顔をしていたところ、中佐はハッとする。

「補充兵だから知らんのか。田原坂で苦戦していた最中に、薩賊陣地からの口合戦で『また負けたか大阪鎮台』などと、散々揶揄《からか》われていたのでな」

口合戦とは平たく言えば敵軍との口喧嘩に過ぎない。此度の戦のなかでは敵味方に知り合いが多かったためか、各戦場でよく行われたらしい。

「まあ、我が部隊はよそ様をどうこう言うどころじゃあなかったがね」

先ほどから随分後ろ向きな将校様だ。堀も気になったか、おそるおそる尋ねる。

「ちなみに、中佐殿はどちらの部隊で」

「小倉第十四聯隊だ」

「あっ」

中佐はニヤリとした。あの軍旗を奪われた聯隊である。そして、中佐ともなれば、聯隊の長であることもある。中佐は馬に身軽に乗り、ふたりを見下ろして言う。

「その様子であれば知っているか。まあ、そういうことだ」

堀は脂汗を浮かべて頭を下げる。錬一郎は一言も発せずに堀と共に頭を下げるしかない。中佐は咎めだてせず、軽やかに去っていった。

馬の蹄音が去るのを待って、堀が震えるような声を絞り出す。

「やっちまったよ、ありゃ例の乃木さんだ」

「こらあ、あきまへんな」

共に苦い顔で見合っていると、声を聞きつけたのか写真館から店主が顔を出した。

「鎮台さん、あんたらも、写真かね」

堀が気を取り直して答える。

「あ、ああそうだ。私と従卒を撮ってくれ」

「分かりました。中へ」

店主が店の奥に引っ込むのについていく時、堀はこっそり耳打ちしてきた。

「さっきのことは、黙っといてくれや」

「そらもう」

写真自体はつつがなく撮り終え、後日熊本鎮台を経由して堀の平時の部署へ送り届けられることとなった。

「写真を見るまで、俺は生き残っているか分からんがな。今日のこともあったしな」

川尻への帰り道、堀が己の首に手刀を当てて言うものだから、笑おうにも笑えなかった。

右手の田畑に落ちる夕日に目をやりながら、行軍中の錬一郎は今日聞いた話を思い出し、

「まぁた負けたか大阪鎮台」

と口ずさんだ。妙に口になじむ一節だった。

○

十六日、川尻から八代方面への南下の命令が下った。出立は十七日。

「ちなみに、だ」

堀が兵営となっている商家の一角で、勿体付けて小隊の面々に言う。

「屯所は日奈久《ひなぐ》の湯治場よ！　我々の獅子奮迅の戦いぶりを労《ねぎろ》うてくれたぞ。ゆっくり骨を休めろ！」

おお、とどよめく一同。名の知れた温泉地である。年齢層が高めの壮兵たちの喜びようは、尋常ではなかった。

「よっしゃ、役得や」

「丁度ええ湯治旅やのう」

「官軍万歳万々歳やで」

十七の錬一郎にはいまひとつピンとこない。

「温泉て、そないええもんなんでっか？　お湯が出るだけとちゃいまんのか？」

松岡も三木も沢良木も、大仰にかぶりを振る。

「分かってねえなあ若造は」

「温泉いうたら旅の最たる醍醐味やいうんに」

「身体が若いと、なかなか良さが分からんのんやおまへんか」

三者三様のおやじ臭い物言いは妙に息が合っている。

「そもそも温泉なんぞ行ったこともないんで分からんのですわ」

没落士族の倅《せがれ》で十年近く商家奉公をやってきて、行楽など無縁の人生だった。

「そうかあ。お前さん、今回の戦いは勉強になることが多いな」

「勉強て、何を勉強しはったんや？」

松岡が意味ありげにニヤニヤと笑うのを、三木が見逃さない。錬一郎が慌てて松岡を黙らせようとあがくが、松岡は一向に意に介さない。

「それがよう、こいつ女をだなあ」

沢良木が普段は見せないような意地悪い笑みを浮かべた。

「ほお、志方はんも大人にならはってんなあ。あては嬉しゅうおますえ」

「で、相手はどこの誰や？」と三木の追撃。

「宇土の盛り場の夜鷹よ」松岡の口も止まらない。

「何と！　羨ましおまんなあ」

「わしは嫁がおるさかいに、今はよう女は買わなんだが、なるほどなあ」

錬一郎は終始、顔を赤くして黙りこくっていた。

「しかし、宇土の夜鷹でっか。何や、今日あたりから立ち退きに遭うらしいどすえ？」

「え？　立ち退き？」

沢良木の深刻な顔に、錬一郎も不安を覚える。沢良木は飯炊き場に出入りするせいか、普段兵隊が知りえない話もよく耳にするらしい。

「例の川尻攻めの話が漏れていたっちゅう噂、ありましたやろ？　あれで、本営近くに風紀を乱すようなもんがおるのんはよろしない言うて、本営近くで店を持たん棒手振りや立ち商売しとるもんは立ち退かされるらしいどすえ。夜鷹もおそらく……」

「追い出された人らの行先は？」

沢良木の話の腰を折ってつい尋ねるが、沢良木も困り顔だ。

「そらあ分からしまへん。勝手にしなはれちゅうことでおますやろなあ」

「そんな無体な。焼け出されて行く場所がない流民が、宇土に流れついてるんやないか」

「それは、あてに言われても」

ハッとして身を引く。

「すんません」

沢良木がいつもの福々しさを取り戻して肩を叩いてきた。

「出立は明日どすさかい。一日会うてきはったらどないですか」

「おうそうだ、イロ（情婦）と最後の逢瀬くらいしてきやがれ」

「女に未練はないほうがええで、分隊長はん」

松岡や三木の言葉に、神戸を出る前の顚末をふと思い出す。今度は己が促される側なのか。

「今晩、ちょっと行ってきます」

「おう、存分に貢いでやんな」

「男を見せたれや」

「あんじょうお気張りやす」

先ほどまで温泉に喜んでいたおやじたちが、今は妙に頼もしく見えた。

○

夕方になるのを待って錬一郎は川尻の兵営を抜け、緑川を渡って宇土へ向かった。兵営から大きく離れた宇土へ行くことは、通常は許されようもなかったが、他の三人が「俺たちに任せておけ」と言ってくれるものだから、心置きなく抜け出してきた。

つい最近まで最前線にもなっていた緑川を渡るには、橋なり渡し船なり、警備に当たる兵の目に触れるのは必定だった。特段の軍務もない錬一郎が渡ればすぐ誰何されるだろう。

思わぬ助け舟が出された。

「私はこれから宇土の本営へ戻り、長崎へ向かう船便に便乗させてもらおうと思っています。その護衛というていであればどうでしょうか」

上陸して以来ずっと行動を共にしてきた犬養が、東京の社へ戻らねばならないという。

「なんや、歳の近い犬養はんと仲良うなれたのに、残念でんな」

「また戻ってきますので、その際に今回の顚末を聞かせて下さい」

堀の許可を得て、犬養とともに堂々と渡し船屋に向かい、宇土へ到着した。

「土産話を聞かせてくれるまで、死なないでください」

犬養との別れを惜しむ間もそこそこに、錬一郎は宇土の宿場の盛り場へ走った。

盛り場にはこの日も多くの女目当ての兵隊が集って賑やかであった。だが道には時折、巡視を担う兵隊が歩いており、夜鷹を見つけると立ち去るように言い含めていた。

夜鷹の幾人かは兵に食って掛かるが、口論の末に泣きながら退去する者もいた。言うことを聞かぬ様子であれば、強引に腕を掴まれて引きずられる者も。

もう立ち退かされた後だろうか。あるいは捕まったか。この前出会った辺りは夜鷹自体いなかったから、兵もすぐには来ないだろうと見て、記憶を頼りに出会った路地裏へ行く。

路地裏はこの日も人通りが少なかった。

「あ、この前の兵隊さん」

拍子抜けするほどすぐ出会えた。娘のニコニコした顔を見ると今は心が痛かった。

「また買いに来てくれたと？」

「あ、その」

「えー、今日は違うと？」

その間延びした物言いが、まどろっこしくも甘ったるくもあった。

錬一郎は息を一度吸って吐く。

「夜鷹が、宇土の本営近くから追い出されるらしいんや。早う逃げたほうがええ。それを伝えに来たんや」

　娘は一瞬きょとんとしたが、すぐにふうとため息をついた。

「そんなん、もうとっくに知っとるとよ。ばってんうちは捕まらんうちは、ここで夜鷹ばせんならんとよ」

「せやかてひっ捕らえられてしまうかも分からへんねんで！」

「じゃあ、兵隊さん。うちを兵隊さんのとこば連れてってくれんね。そしたら、うちはここから出ていけるとよ」

「それは……」

　一兵士が戦地に女を一緒に連れて行くなど、土台無理な相談である。言い淀む錬一郎を見て、娘はつまらなそうな冷めた顔を向ける。

「な、できんことやろ？　うちもできんことがあるとよ。こげな商売ばして、もう育った熊本には戻れんったい。家族とはぐれたばってん、無事でももう合わす顔はなか。稼ぐち言うたら、よその土地で夜鷹する他なかね。ならどこへ行けばよかね。八代ね？　鹿児島ね？　どこ行ってもまた追い出されっとなら、どこでん一緒ったい」

　娘が心に溜った澱《おり》を一気に吐き出す。これまでと打って変わって、生々しい怒りと大人びた打算が浮き出ていて、女と話す経験もあまりなかった錬一郎には怖さすら感じられた。

「こぎゃん汚れた女ば貰うてくれる人はおらんたい。あんたも貰うてくれんっちゃろ？

うちはこうやって飯ば食うて、死ぬしかなかね」

言いたいことをすべて言い尽くし、肩を上下させる娘の頬に、つうっと涙が垂れてきた。

「兵隊さんは、こすか（ずるい）よ」

ゴシゴシと腕で目元を拭うさまは、年相応の十代の娘らしい幼さを感じさせた。ずるいと面と向かって言われたことへの悔しさは湧かなかった。逆に、綺麗事を言って娘に何ひとつしてやれない己の偽善ぶりが情けなく、無力さが歯がゆく感じられた。せめて、できることはして、死ぬ時は心置きなく死にたい。

「分かった。わしがあんたを身請けしたる」

「え？」

娘が真っ赤な目を見張る。

「身請け言うても、大層なことはでけんけどな」

軍服の懐から取り出したのは、数十枚もの一円札。兵隊勤めで得た俸給を「盛大に貢げ！」と松岡に押されて、川尻を出る前に主計方から引き出したのだ。本来は給料日でなければ貰えないが、松岡の強面を連れていくことで前借りが実現した。この先数か月、無給状態になるだろう。

呆気に取られる娘の手に一円札を握らせる。錬一郎は伍長扱いだが、伍長の給与が月四円、ただでさえ大金だ。まして一回に十銭で客を取ろうとする娘には目のくらむような額だ。

「わしのなけなしの財産や。これで夜鷹やめるなり、どこぞ安全な所へ行くなりしてくれんか。わしは今はただの兵隊やさかい何もでけへんけど、戦が終わったら大阪天満の士錬館道場に来たらええ。貰い手がないならその時に嫁にでも何でもしたる」

後々の事など考えていない。その場の自己満足でしかない。だが考えるべき後々など戦場にはなかった。ただ今この刹那を精一杯生き残ることしか考えられなかった。

娘は先ほどまで目を赤くしていたが、今度は頰を赤らめていた。ハッとして、慌てて手に取った大金を返そうとする。

「ちょ、兵隊さん、うちはそこまで言うつもりやなかね、そんな」

「ええ。男の見栄や。ここで返されたらわしの面目が立てへんさかい、堪忍や」

江戸っ子は宵越しの銭は持たぬと言われるが、浪速っ子には腰の低い気前の良さがある。山城屋の主人だけでなく大阪船場の商人を幾人も見てきたが、大店の旦那衆で能のある人ほど下に気を使った。丁稚に駄賃をくれる時も「駄賃もやれんようでは、名が廃《すた》るよって」と腰の低い人が大勢いた。武士ではないが見習うべき美徳だと思っていた。

武家たらんとする己の中に、浪速商人の「粋」が息づいているというのも、何だか皮肉な話だが、悪い気はしなかった。

ポケットから天満宮の勝守を取り出す。縫い込まれた金糸に、遠くの明かりが微かに反射する。

「金だけ渡して、あとは野となれ山となれ、は確かに無責任やさかい、これで多少は信用してもらえんか。すまんがこないなもんしか渡せんが」

鍊一郎は本心で言ったつもりだったが、勝守を差し出された娘は何が可笑《おか》しかったか、ふふと笑い出し、仕舞いには腹からこみ上げてくる笑いを止めることができなくなった。

「あははは、済まんて、あははは、また謝っとるとね、はははは」

あまりに大きな声で笑うものだから巡回の兵が来ないかヒヤリとした。

娘がこれほど楽しそうに笑うのは初めてだ。身体をくの字にして腹を押さえる様子を見ていると、悪い気はしなかった。

笑い過ぎて目に涙を浮かべる娘が、ようやく落ち着いて息を整えながら涙を指で拭う。

「あんた底なしの、底なしのお人よしったい。こんな名前も知らん一度抱いたきりの女に、身請けって阿呆たい」

「阿呆言うな」

「阿呆たい」

改めて言われると、恥ずかしさが込み上げる。ぶっきらぼうに言い捨てる鍊一郎に、娘がニッコリと笑いかける。その笑みの愛嬌に、いまさらながらドキッとさせられる。

「あ、もう、帰りの舟賃も払えんから、緑川は歩いて渡らなあかんやろなあ。確かに阿呆やな、うん」

「はあ？　兵隊さん、もう帰ろうなんて思うとっと？」

娘が急に問い詰めるように、ずいっと錬一郎に近寄る。

「あ、え」

「これだけ前金貰うたら、うちも流石に色々と頑張らんと、気が済まんと」

娘が顔を錬一郎に近づける。広いでこが目の前に迫る。

「そういえば名乗っとらんかったね。うちは鈴《すず》っていうとよ。兵隊さんは？」

初めての女でもないのに、錬一郎の喉はからからに干からびていた。

「大阪府士族、志方錬一郎」と絞り出すのがやっとだった。

「あいやあ、お武家さんかいね。身請けして下さった旦那さんのこと、何も知らんかったたい。うちは恥ずかしか」

鈴の熊本弁の軽やかな声が、耳の奥に届いた。

「身請けのお礼ば、今日きちんとするたいね」

その夜、錬一郎が歩哨の目を盗んで、緑川の浅瀬を渡ったのは深夜の一時を回った頃だった。

翌朝の出立時、行軍しながら眠気に襲われて舟を漕ぐ錬一郎を、周囲の三人はニヤニヤと無言で何度も小突いた。堀は何かを感じた様子だったが何も言わなかった。

一行は二日かけて四月十八日の深夜に、宇土から南へ九里（約三六キロ）下った日奈久温泉へ到着した。

四之章　人吉ニセ札狂騒曲

九州は梅雨の訪れが早い。

五月中頃、間もなく本格的な梅雨が訪れようという頃、雨が熊本南部の人吉わたりの峻険《しゅんけん》な山地に降り注ぐ。枝垂《しだ》れ落ちる雨水はやがて球磨川《くまがわ》の流れとなり、八代湾に注ぐ。

細い雨が降るなか、遊撃歩兵第一大隊が文字通り泥まみれの草鞋《わらじ》を引きずりながら山道を歩いていた。頰を伝う濁り水は、泥に汚れた雨か、垢《あか》を浮かせる汗か。

休止の喇叭《ラッパ》が鳴る。

「小休止だ。交代で弁当を食うていいぞ」

堀から言われて一同が溜息をつき、どっかと木の下の地面に座り込む。既に全身泥まみれだが、それでも雨になるべく当たらない位置を探すのが性《さが》だ。

壮兵は続々と背嚢《はいのう》から、今朝がた兵営で手渡された餅と干魚を取り出す。味の濃ゆさと日持ちの良さだけが取り柄の携帯食は、上方人には酷く塩辛いし、固くて嚙むのにも一苦労だ。

「日奈久の山海の珍味が懐かしいわ」

「言うな、言うても腹が減るだけや」

雑談は続かず、誰もが黙々と目の前の食事にありつく。

そのわずかな平穏を、銃声が打ち破る。

「敵襲！　敵襲！」

壮兵が一斉に立ち上がり、銃を手に周囲を見回す。誰かが立ち上がった拍子に餅を地面に落とし、山道の斜面を転がり落ちる。それを拾う余裕はなく、草木の音ひとつ聞き逃すまいと全神経を鋭敏にする。

だが何も動かない。何も起きない。そして休止終わりの喇叭が鳴る。

「小休止は止めだ。行軍を続けるぞ」

堀の号令にも覇気がない。壮兵はのろのろと構えた銃を肩にかけ、前から順に歩み始める。

どこまでも続く泥濘《ぬかるみ》のような戦いが、そもそも戦いと言えるのかも分からぬまま、ずるずると半月ばかり続いていた。

○

半月前、遊撃歩兵第一大隊を含む別働第四旅団は、名目としては八代南方の大哨兵（警備任務）に当たっていたが、実質的には日奈久温泉での物見遊山の日々だった。

逗留して十日ほど経った四月二十九日に、その休息は終わりを告げた。

宿舎としている湯治場で、軍装を整えて整列した壮兵小隊に堀が訓令を伝える。

「人吉へ行くぞ」

「もう少し居たかったんだがなあ」

「ここはなかなかええ所でしたわ」

松岡や三木はこそりとぼやいた。

この十日間、己が賭けるよりも賭けさせる側に回ったほうがよい、と気づいたふたりは、兵に向けて賭場を開帳して相当巻き上げたらしい。松岡が強面でその場を取り仕切り、三木が帳簿を開いて計算する、という見事な分業ぶりを発揮していた。

文字通りの物見遊山気分となった兵たちは財布の紐も随分緩んだと見え、どれほど儲けられたか、ふたりの頰の緩み具合からも明らかだった。

「薩軍が人吉に立て籠もっているのは承知だろう。あれを我らが別働第四旅団も、西から攻め落とすよう、下達があった」

人吉は熊本県の南部、山々に囲まれた盆地に位置し、徳川時代には相良《さがら》藩が置かれた里だ。球磨川以外に周囲との交通も薄く、また七百年もの長きに渡って相良氏が治めたこともあり、鎌倉武士の気風が色濃く残るという古い土地である。

薩摩と国境を接してきたことから、薩摩武士と気風を相通じており、熊本から落ち延びた薩軍は人吉に入城して山々に防御線を敷いているという。

「球磨川の八代口からも攻め落とそうとしているが、なかなか頑強だ。これを南の佐敷《さしき》に回り込んで、山越えして何とか攻略すべし、とのことだ」

日奈久温泉から海岸沿いに四里（約一六キロ）南下した位置に佐敷という村落がある。そこから山道を越えて、球磨川沿いの人吉街道を東進するという。佐敷にも薩兵はいるようだが少数ということで、堀以下の壮兵たちの緊張感も薄かった。

「人吉にも温泉があるというからな、また湯治としけ込みたけりゃあ気張って人吉を陥落させるぞ。もっと行けば霧島に指宿《いぶすき》にと、薩摩の温泉宿も待ってるぞ」

熊本に限らず九州の地は、井戸を掘れば湧くかとばかりに温泉があるものだ。阿蘇や桜島や霧島など火山が多数あるからだという。

「砂蒸しっちゅうやつでっか？　あて、あれを一度やってみたい思うとったんどすわ。後は鹿児島のキビナゴも、酢味噌に合わせると美味やとか。食べてみとうおますなあ」

沢良木がホクホクした顔で話す。

沢良木は相も変わらず、土地の百姓や漁民を訪ねては食材を手に入れて飯を作る、という日々だった。どうやら旅団の主計課をも巻き込んで、地場の食材を大量かつ安く買い上げることに成功し、その予算まで割り当てられているようだ。

連日、シラスにクルマエビにコノシロにと、地元の魚が食卓に並んださまは、確かに竜宮城もかくやという豪遊ではあった。

「それであれば、早う鹿児島の賊どもを屈服させねばな。お前らの奮闘を期待する」

後ろ髪をひかれつつ、佐敷の集落へ向かって進軍を始めた時は、温泉で気持ちがふやけていたのだろう、彼らの心持ちは浮ついていた。

〇

それから半月経った。

別働第四旅団の兵営が佐敷に置かれ、人吉への包囲戦が始まると、薩軍は山岳での不正規戦に徹し始めた。平地の人里からは姿を消した一方で、人吉寄りの山里に頻繁に姿を現し、人足や兵糧を徴集しているという。

旅団全体で人吉包囲網を構築し、村々から通報があり次第部隊を急行させたが、発見から出撃まで三、四時間はかかる。駆け付けた頃には薩兵は既に逃げていることばかりだった。

それどころか、移動中の山道で少数の薩兵が斬り込みをかけてくるのだ。戦国の桶狭間の戦いの軍記物で語られるように、山道で細く並んだ列を分断されると兵員数で勝っていても撃退は容易ではない。山中は火砲や騎兵の支援もままならず、ひたすらに歩いてひとりひとり敵を探すしかない。

山中での襲撃が相次ぎ、犠牲も増えてきた。大隊が佐敷へ戻るたびに菰《こも》に包まれた死体が葬られるようになった。幸い錬一郎らの壮兵小隊が襲撃に直面したことはないものの、あまりに頻繁に襲われるものだから、鎮台兵には心を病んでしまって夜もわずかな物音で目を覚ましてしまう者もあらわれたという。

「これが劣勢の側の戦い方だ。大軍がその真価を発揮できぬよう、小さく小さく削り取るんだ。仮令《たとい》銃弾があまりなくとも、山の戦は刀でも十分だからな。俺たちゃ大きな的《まと》なんだよ。これで、長州は二度目の征伐を跳ね返したんだ」

とある山村への大哨兵が不発に終わった後、松岡がもどかしそうに言った。

「木原山の時みたいに、連中の居場所を探し出すことはできまへんやろか」

宿舎として徴発した佐敷の寺に夕日の差すなか、錬一郎が呟くと、板敷《いたじ》きの床に寝転がった松岡がかぶりを振る。

「あの時は、小さな山の中から敵さんを炙《あぶ》り出すだけだったが、此度《こたび》は話が違う。ひたすら山しかないいなかで探すんだ。こいつは骨だぞ」

三木も会話に加わってきた。

「そもそも毎度毎度、山から下って佐敷まで戻らんとならんのんが億劫《おっくう》ですねん」

広大な熊本南部の山地の、どこかに居座るだろう薩兵を炙り出そうにも、拠点は平地の佐敷に置かれ、夕方が迫るとすぐに引き上げざるを得ない。上り下りだけでも兵は疲弊する。

ただ、歴戦の猛者《もさ》である松岡からすれば、それも至極もっともな話だという。

「山中で寝泊まりなぞしてみろ、薩賊の夜襲にかかるのみよ。おちおち寝れやしねえ。

兵糧を運ぶだけでもエライ手間だ」

　哨兵の最前線では日々兵が交代で寝ずの番を強いられているが、いつどこから敵兵が襲い来るか分からず、山中に篝火《かがりび》を焚いている。夜というのに近隣の山々は煌々《こうこう》と明るく、近在の村から山火事を心配する声が上がっているくらいだ。そんな包囲網をよそに、薩軍の本隊陣地はまるで見当がつかない。

「その点、ここなら八代からの物資輸送も楽だからな」

　佐敷は八代と南方の水俣を結ぶ薩摩街道上の宿場になる。同じ街道を北上すれば熊本や宇土とも流通には不便しない。

　兵営があると聞きつけ、近在の行商人が何人か出入りするようになった。沢良木は、物流が少しよくなると早速調味料を補充して、また当地の食べ物で炊事をし始めている。

　丁度、外の通りから物売りの声が聞こえてきた。

「大阪よりの、よろず商いの物売りでござぁい。浪速のモン、なんでも仰山《ぎようさん》取り揃えてまっせぇ。お時間頂ければすぐに取り寄せまっせぇ」

　数日前から大阪の行商人がやってくるようになり、大阪出身者の多い壮兵小隊は俄《にわ》かに活気付いた。

「おう万屋《よろずや》伊蔵、今日も来たか」

　松岡も身を起こして外へ出ていく。この行商人、屋号は万屋、名は伊蔵というらしい。早速壮兵の幾人かが群がる。伊蔵は小柄ながらがっしりとした体軀で、己の背丈ほどもあるのではという大きな連雀《れんじやく》（背負子《しょいこ》）や風呂敷包みをまとめてどっさと降ろす。

「しかし、ホンマに大阪から来やってんな」

壮兵のひとりが呆れ交じりに感心する。三十絡みの、商人としては脂の乗る頃合いの伊蔵は、屈託のない様子で愛想を振りまく。

「へえ、大阪の行商仲間と何人かで汽船を長崎まで乗り継いで、そこからは渡し船でここまで来ましてん。ここらが官軍はんの最南端でおますけどもな、小回りの利く汽船を使《つこ》たら、十日もせんと往復できまっせ」

聞くところによると、どうやら、行商仲間で九州各地の戦地に散らばり、兵隊から御用聞きする者と、その注文を大阪に伝えて物資を取りそろえる者とで、分業しているという。

「西洋のカンパニーみたいなもんでんな。頭エエもんがおったもんや」

三木が唸《うな》る。堂島の米相場を日々睨《にら》んでいた男から見ても、目端の利く商才のようだ。

「わては上方の酒が飲みたいんや」

「咳薬《せきやく》をくれんか。手持ちを切らしてしもた」

「葉煙草はあるか」

壮兵たちが次々と注文をするが次々にさばいていく。

「すべてご用意しとりまっせ。酒は伏見のンがまだ残っとりまっせ。咳薬は富山より仕入れたモンがおま。あ、葉煙草は秦野《はだの》で堪忍しとくれやす。国分《こくぶ》は流石《さすが》におまへん」

秦野と国分というのは有名な煙草の産地で、国分は鹿児島県下にあるため流通は当然ながら止まっていた。

壮兵たちの群がりが一旦落ち着いたころ、錬一郎らも伊蔵に問いかける。

「新聞は、郵便報知新聞はあるか？」

宇土で別れた犬養のことが気にかかって尋ねてみた。

「へえ、おまっせ。東京で四月の末に発行されたやつでっさかい、多少古うおますけどな。定価が一部三銭で、手間賃込みで十銭でよろしゅおまっか？」

東京の新聞だから無いだろうと思っていたが、流石に浪速商人である。手間賃もキッチリ要求してくるが、そのまま買うのは同じく浪速商人に鍛えられた錬一郎からすれば莫迦《ばか》らしい。先般の大散財で懐がだいぶ寂しいというのもあるが。

「もうちょい安うならんか？　六銭」

「九銭、いや八銭でどないだす」

一寸《ちょっと》踏み込んだあたりから提示してみる。伊蔵も心得たもので、言いなおして譲歩する構えも見せる。この間合いはやはり浪速商人で、錬一郎は心地よさすら感じる。

「ほなそれでええわ。えらい勉強してくらはってからに」

「へえ、毎度おおきに」

浪速商人の挨拶は決まってこれだ。奉公時代には毎日この文句を繰り返したものだが、それも遠い昔のように思えた。

三木が感嘆の溜息をつく。

「大阪から熊本くんだりまで、よう商売来たなあ」

「やはり今は九州が米価も諸色《しょしき》（各種物品）も跳ね上がっとりまっさかい。米は堂島の卸値じゃ一円もあれば一俵買えるというのんに、長崎じゃ五升も買えへんのんですわ。何でも大阪からこっちへ持ってきて売ったれば、エライぼろ儲けでっせ」

九州に来てから兵営にはよく行商人が出入りしていたが、多くが地元の百姓で薩軍に焼け出された者もいた。彼らは日々のささやかな実入りを求めてくる手合いが多く、儲けへの執着もそれほど強くなかった。だが大阪から出張って来ている連中は流石であった。

錬一郎は『郵便報知新聞』と銘打たれた四頁立ての新聞を手にして、めくると、

「戦地直報　犬養毅《つよし》　郵送」

と署名された一覧を見つけた。

「毅……？」

犬養は仙次郎と名乗ったが、そこそこの家格の出であれば、通称と諱《いみな》がそれぞれあるのは、よくある話だ。岡山の郷士の出と言っていたし、彼の戸籍上の名は犬養毅というようだ。

「なんやコレ」

「どうした？」

錬一郎が思わず素っ頓狂な声を上げる。聞きつけた松岡が首を突っ込んでくると、錬一郎は慌てて開いた新聞を閉じた。

「いや、まあ大したこと書いてまへんわ」

目が泳いでいる。明らかに挙動不審だ。それを見逃すような松岡と三木ではない。

「分隊長はん何隠しててんねん」

「おい男らしくねえぞ、見せやがれ」

多勢に無勢、すぐに手元の新聞は奪い取られ、

「え、何々、あ、この犬養はんの記事かいな」

と三木が読み上げる。


「大阪与力の遺児、志方錬一郎君は、歳十七にして、幼少より武芸にて身を立つるの志高けれど、御一新後は其の機を得ず、丁稚手代の奉公せらる。此度西南之役、大阪鎮台の壮兵徴募に応じ、陸軍伍長となりて熊本へ赴くに、宇土の山に潜伏せる薩賊を探偵し、掃討の機を摑めり。伝家の刀を洋式銃に持ちかへ、敵数名を撃ちとること、誠に勇猛果敢に戦果を挙げり。これ旧徳川方子弟の誉れにして、新時代の若武者たるに相応《ふさわ》しきかな」

「よ、若武者！」

松岡が、歌舞伎の掛け声よろしく、口に手を当てて叫ぶ。

「堪忍しとくれやす」

必死で取り返そうと手を伸ばすが、松岡に頭を押さえつけられると身動きができない。

「おう見てみろ、うちの若大将が新聞に載ってるぞ」

買い物に群がっていた者たちが、松岡の声を聞きつけてやってくる。

「お、ホンマか。例の犬養はんかいな」

「どれやどれや」

「お、遂にご本尊が御開帳やな」

「豪胆な身請け話も載せたらんかい。故郷《くに》の御母堂が泣いて喜ぶえ」

他人事をいいことに好き勝手楽しむ壮兵連中。特に近頃は「身請け」の話が早速松岡あたりから漏れ出て、錬一郎は年長の壮兵の格好の玩具となっている。

騒動が一段落した頃、新聞を読む三木が、声を一段落とす。

「しかし、読んでみぃこれ。元々大西郷は人気やったが、昨今はお上を気に入らんモンには益々の英雄ぶりや。童が大西郷を褒めそやす歌まで歌《うと》うとるらしいわ」

紙面には、大阪や京では西郷を崇拝する者も多くいて官憲が手を焼いているという内容や、東京からの投書でそのような童謡が巷《ちまた》で歌われている旨が記されていた。

「それやったら、わても近頃大阪で聞いたことがおま」

帰り支度をしていた伊蔵が売り口上よろしく、すらすらと唱えだす。

西郷という人は
一に厚徳おし広め
二に日本を握らんと
三に三将集まって
四つ夜昼評議して
五つ戦をおっぱじめ
六つ謀反と云われても
七つ情けを人にかけ
八つ焼き討ち妙と得て
九つ今度は死を極め
十で闘争静まった

首元をボリボリ掻きむしりながら、松岡が溜息をつく。

「こりゃ、邏卒にしょっ引かれんよう上手くまとめやがったが、えらく薩軍贔屓《ひいき》しやがって。考え出した奴は不平士族上がりの文人だろうよ。歌で焚き付けるってのは、戦の時はよくある話だ」

戊辰の折も「宮さん宮さんお馬の前でひらひらするのは何じゃいな」という歌が大坂

でも流行ったもので、錬一郎も覚えがある。町の童につられて歌っていると、母親が血相を変えて「そのような不忠者のはしたない歌を歌うてはなりません」と激怒したものだ。

確かにあの歌詞を口ずさむ時、そのなかにあった「一天万乗の天帝《みかど》」を、素朴ながらに支持しているような心持ちになった。

「歌で大西郷がこれだけ持ちあげられるもんだから、今度は新聞で官軍を持ち上げにゃ、釣りあいも取れんってことで、お前さんも取り上げられたんだろうよ」

そう言われると、まるで大西郷の対抗馬のようで、やや大仰でもある。

「まあ、徴発もすりゃ村も焼くが、細民の支持っちゅうのは大事なもんよ。あれがなけりゃ、行く先々で竹槍に追い回されちまう」

官軍も薩軍も徴発した家々を宿舎としているし、木原村では松岡や堀も百姓をふん縛ろうとした。それでも、百姓を無理やり軍夫にしている薩軍に比べれば、日当を大盤振る舞いして雇い集めている官軍のほうがまだましとも言えよう。

「もしやするとこの記事を読んで、件《くだん》の別手組の連中も発奮したのかもしれんしな」

松岡がからかうようなふうで錬一郎に話を向けた。

戦地には、各地から来た兵隊や軍夫や商人が様々な話を持ち込む。そのなかの一説によると、かつて錬一郎が志願した大阪の剣客たちによる部隊が、二度目の徴募で人員がようよう集まったらしい。

彼らは「遊撃別手組」として大阪鎮台で結成され、戦地に送り込まれているという。西南の役が始まって三か月、錬一郎が九州の地を踏んでから一か月以上である。官軍ではその間の人員欠乏を補うべく、士族の壮兵徴募は相変わらず盛んだ。紀州銃兵曰《いわ》く、和歌山県では旧主家である紀州徳川公が呼びかけの最前線に立っているとのことであった。

政府筋の働きかけだけでなく、新聞や錦絵は盛んに戦地の英雄譚を売り物としている。今回の犬養の記事などまさにそれで、触発された士族たちがかつての錬一郎のように、武家の意地を見せるべく志願してきているという。

「今からでも移りたいか？」

「いまさら、阿呆らしいですわ」

以前の錬一郎であれば、多少の逡巡も見せただろう。だが即答した。

悲しいながら見えてきたのは、山岳戦なら薩摩隼人の白刃は強かったが、全体を見通せば官軍の圧倒的な物量と近代的軍備を前には、刀はまったくの無力ということだ。堀から借り受けた腰の軍刀も、今のところ活用の機会はなかった。

「いい兆候だ。犬ともあれ畜生ともあれ、武士は勝つことが本にて候だ。お前さんも随分と戦国武者らしゅうなったぞ」

松岡の笑い声に三木や他の壮兵も呼応したあたりで、臨時の炊事場から沢良木が顔を出す。

「食事ができましたえ」

「ほな、また数日内に参りまっさ」

同時に伊蔵も連雀を背負って歩き出した。

○

「西郷札？」

遊撃歩兵第一大隊がある山村へ大哨兵で出向いた時のことだ。佐敷から山道を登って三時間も掛かる山奥に位置し、小さな棚田と畑、後は材木や炭焼きで生計を立てている、まさしく寒村であった。

そんな村にも先日、薩兵が現れて、兵糧が徴集されたという。

「おいの村に先ほど薩兵が来た時に、米ば買い上げるち言うて、こん西郷札ば置いていったと」

薩摩に近い山奥の言葉で、訛《なま》りはきつくなってきたが、村の古老から辛うじて聞き取る。

「あれや、木原村で百姓の言うとった、薩軍の偽ガネやがな」

三木の指摘で思い出す。確かにそのようなことを言っていた。

「これたい」

百姓から手渡されたものには、中央に大きく「日本通用　金壹圓　承恵社」と印字され、右側に証書番号、左横には「明治十年四月」、裏には、

「此表借金返弁ニ付テハ撫育承恵両社合金三千七百五十円ヲ以テ月々返弁可申且亦大坂エ通商金融調ヒ候上ハ多少ヲ不問引換可申者也」

とあった。

承恵社とは、堀によると薩摩士族の互助団体で、その組織が正貨である円との兌換《だかん》を謳うのだから、一応紙幣の体裁を取っている。

しかし素材は布で裏打ちした和紙で、インクも粗末なのか既に薄れ始めている。交換も実際になされるか分かったものではない。まるで玩具だ。

「こいじゃ、どこでも買い物ばできんとよ。官軍さん、こいを引き取ってもらえんとね？」

古老が懇願するが、兵は皆一様に顔を見合わせ、やがて将校である堀に視線が集まる。

「まことに相済まない。我々には薩軍討伐の任が与えられているが、お前らの損失をどうこうできる立場にはない。じきに政府で対策を講じるだろう」

堀も苦い顔をしてそう言うに留まったが、古老はなおも食い下がる。

「じきと言われても、おいの地租ば減免してくれっとか？　村中こいで食糧買い上げられて、次の麦の収穫までどげんして食い繋げばよかかね？」

紀州銃兵の一部が物憂げな顔になる。彼らは百姓や漁師の出身者も多い。南国とはい

え、麦の収穫にはまだ時間が必要だ。元々貧しい上に兵糧を持っていかれた寒村に、そのひと月を食い繋げというは、酷に過ぎた。

三木が百姓に聞こえぬよう、ぽつりと漏らした。

「あれは偽ガネですらない」

紙幣の形式すら取らぬ一種の手形のようなもので、それを知恵のない百姓に紙幣だと偽って押し付けているというのだ。

「手形は、これは価値のあるもんやと誰かが認めて売買するから、相場が出来て価値を持つもんや。市も何も成り立たんなかで発行しとるアレは、空手形いう言葉の通りや」

彼らに事実を教えるのはあまりに酷だった。

堀が、努めて大きな声で言う。

「我が軍で臨時の軍夫を徴集しているから、そこへ稼ぎに来い。俺からも上には掛け合ってやる。暫《しば》し待て」

戦線が南肥後や大分方面に拡大し、各地で軍夫を臨時徴募しているのは事実だ。が、百姓が払う地租の額からすれば雀の涙だろう。古老を慰める堀の言い分も逃げ口上じみて聞こえた。

村を離れる旨が喇叭で下達され、一同はこれ幸いとばかりに隊伍を組んで去った。

「重か地租ば減免すっと、薩軍の口上に乗ったおいが阿呆じゃったと」

古老が吐き捨てた。

西郷札の話は各地で噂になっていた。薩兵が現れたという通報を寄せてきた村々で、薩兵が兵糧の対価として突き付けてきたという。

薩摩武者の押し売りならぬ押し買いに百姓が逆らえるはずもなく、またその場で官軍側へ走ろうとする者がいれば即座に斬り捨てるといい、各地からの通報は遅れに遅れた。

「あいつらは山賊か何かか」

雨が激しいある日の昼のことである。朝から佐敷の兵営で暇を持て余していると、堀が寺の本堂の廊下に腰掛けた。

珍しく苛ついた様子で、湿ったマッチを何度も擦りなおして火をつける。

「あの、また一本貰《もろ》てよろしいでっか」

「ったく、仕様がねえなあ」

煙草の味を覚えた錬一郎が、恐縮して頭を下げる。

「あの山賊どもを何とかして球磨川の八代口を開かにゃ、人吉への進軍もままならんのだが、上層部の意思疎通がまだ上手くできとらん」

別働第四旅団は五月十四日付で、同じく人吉攻めに参加していた別働第二旅団に合流した。川尻攻めなどで同じ戦線に赴いた旅団で、長州人の山田顕義少将が率い、熊本城一番乗りを果たした元会津藩家老の山川浩中佐が方面隊長を務めていた。

元々旅団自体が戦地の臨時編成だが、人吉攻めの最中の合流であったため作戦のすり合わせと称して、佐敷の旅団本営で連日将校の作戦会議が催される。策を講じているものの埒《らち》が明かず、小隊長級の堀ですらも作戦具申を求められているという。

「おまけに、大隊長殿からは嫌味たらしい催促だ。此度も貴様らの士族小隊で何か探してはこれんのか、あれだけ大口を叩いた若武者が新聞に載るほどの活躍を本当にしておるのか、だとよ」

郵便報知新聞に載った記事を、大隊長は気に食わない様子だ。

「犬養君をうちで抱えたのが、今にしてみれば恨めしくも思える。こちらがどうこう言えたものでなし、賊軍上がりは辛い所だな」

ざあざあと降る雨の水気に、数十人もの男所帯の熱気が加わる。不快な湿りを帯びた空気が広い寺の本堂の中に充満し、廊下にも漏れ出している。

「小隊長殿、ひとつよろしいですか」

「何だ？　もう一本欲しいか？」

「いいえ、質問です。何で薩長の連中にエライ顔をされても官軍に奉職されているんですか」

錬一郎は居住まいを正す。賊軍出身者である堀は、軍人をめざす上で大きなお手本だ。その堀は若く豪胆な武人でありながら、長州閥の大隊長から疎《うと》んぜられ、面倒事を押し付けられる。

堀は中尉だ。先日熊本で見かけた乃木聯隊長は堀より若く、軍旗を奪われる失態を犯しても、長州閥で山県陸軍卿の覚えがめでたければ中佐だ。同じ中佐といえば山川中佐は、かつての会津藩家老という破格の家柄であっても賊軍出身者として何とか中佐になり、そして熊本城に一番乗りを果たしても軍規違反として評価されていないという。

かつて鎮台へ壮兵として志願すると母に伝えた時、新政府など薩長の天下やと言われたことを、今になって思い出す。

母の言う通り、ここは本当に薩長の天下だ。その薩長の壮大な内輪もめに民百姓を散々巻き込んでいるだけではないか。旧徳川方として肩身の狭い思いをしてきた己が、わざわざ片方に肩入れするのは何のためなのか。

そう、己は何のために戦うのか。ひと月半余り熊本の地で戦って、分からなくなってきた。その思いが、この不快な湿気のようにじわりと己を包み込んでいた。

堀は遠い目をしながら、煙草をじっくりと味わってゆっくりと紫煙を吐き出す。

「そうさなあ」

味わい尽くした煙草を水浸しの境内に放り投げると、音もせず火は消えた。

「他に、しがみつく物が、なかったんだ」

今日の堀は、万事らしからぬ弱々しさである。

「主家は官軍に翻弄され、我が家も禄を失い散々だ。御一新の頃なぞ世は食い扶持なしばかり溢れて、景気はどん底だった。十七、八の賊軍士族が武家の体面を守りながら飯も食える場所なぞ、限られていたさ」

長岡藩は、佐幕派の北陸諸藩を説得すると新政府に申し出たのに断られ、最後は家老自ら前線に立つほどの激しい市街戦にまでもつれ込んだという。

「主家、というよりご家老の先見性のおかげでな、幸か不幸かミニエー銃の扱い方と土嚢を積むことだけは長けていた。一兵卒からでも入り込むことができた」

堀は長岡の戦いについてはそれ以上を言わなかった。

「莫迦な道を選んだものだ。お前も、薬問屋の手代として立身出世をすれば、ひとかどの商売人として裕福に暮らすこともできただろう」

「母親にも奉公先にも、そないに言われました」

当の軍人にまで言われてしまえば、苦笑いするしかなかった。

「それでも武家として、武芸で身を立てたかったんですわ」

志方家当代として、撃剣の腕しか誇るもののない己の最後のよりどころが、そこだった。それがあったからこそ丁稚の屈辱も耐え抜けた。それが無くなれば、後には何もないのだ。

「先の見通しの暗さで言えばお前は俺以上だ。この先苦労するぞ」

弱気が多少は晴れたのか、堀が笑い声を上げげる。丁度、雨もやみ始めた。

雨が上がった寺の境内に、菅笠《すげがさ》と蓑《みの》を身に着けて大きな連雀を背負った伊蔵が駆け込んできた。

「ひゃあ、エライ雨でしたわ。もうちょい早《は》よ止んでくれればエエものを、わてがここへ着いた途端に止みよるわいな」

おどけながら菅笠を外す伊蔵に、本堂の中で暇を持て余していた兵たちが続々と群がる。

「しかし雨より酷いのんはコレでっせ。騙されてしもた、わてが阿呆でおますけどもな」

商売が粗方片付いたころに、伊蔵が廊下にいた錬一郎と堀に声をかけてくる。伊蔵が懐から出したものを見て、錬一郎が思わず声を上げた。

「あっ」

「西郷札か」

堀が苦笑いする。「金半圓」と印字されたそれは西郷札そのものだ。

「こんなん、上方じゃ見たこともあらしまへんけどもな、九州にゃこういう珍しうて面白い紙幣もあるんや思うて、これでモノを売ってしもたのんが運の尽きでしたわ」

当時、紙幣は国立銀行として指定された民間銀行で発行されていた。それ以前の太政官札や民部省札なども合わせ、全国各地に様々な紙幣が乱立して流通していた。

「これの損失分、どないかして儲け出さなあきまへんのや。また郵便報知、新しいやつ仕入れとりまっさかい買《こ》うたって下さいや」

伊蔵は連雀をごそごそ漁り、濡れないよう慎重に郵便報知新聞を取り出して差し出す。

だが錬一郎は差し出された新聞を受け取らない。目は新聞を見ていなかった。

数日前の三木の言葉を思い出す。

『手形は、これは価値のあるもんやと誰かが認めて売買するから、相場が出来て価値を持つもんや』

ならば価値を持つ者がいれば。

「あ、別のがよろしおまっか？」

戸惑う伊蔵だが、錬一郎はしばし動かずに何事か思案するような顔つきをした後、伊蔵が無造作に置いた西郷札を手に取った。

「なあ伊蔵」

「へえ」

「これ、儲け話にでけへんやろか？」

やや上気した、何事かを思いついて興奮した顔つきである。

「伊蔵、この西郷札を、大阪で売らんか」

〇

錬一郎の提案に、伊蔵も一瞬何を言っているのかさっぱり分からなかっただろう。

「はあ？」と熟練の商人らしからぬ間抜けた声を上げるが、錬一郎は構わず続けた。

「この西郷札、金としては一銭の価値もあれへん。せやけど大阪や京や東京やったら、西郷贔屓いうのはえらいもんなんやろ？　そういったお大尽にや、九州でしか手に入らん貴重なお札や、いうて売りつけたったらええんや」

「いや、そんな商い聞いたこともおまへんで。その話、流石に」

ここで「乗れない」と明言させてはこの話が成り立たない。錬一郎が遮る。

「これに乗ったら、あんたらうちの大隊の御用商人として召し抱えでどないや」

伊蔵の喉まで出かかった「乗れない」の一言を、その殺し文句が止めた。

「お、おい志方、流石にそれは」

堀が血相変えて立ち上がるが、錬一郎は堀に向き合い、きっとまなじりを上げる。

「小隊長殿、ここは踏ん張りどころとちゃいまっか。あのタヌキの大隊長にこの一件を献策すべきかと」

「献策だと？」

「へえ。土民への宣撫《せんぶ》と情報収集を兼ねた策でおます」

錬一郎の語り口に熱がこもる。

「近隣の村々から西郷札を買い集めまんのや。額面通りに買うとったら持ちませんよって、精々二、三割くらいでどないだっしゃろか。どうせ政府が補償してくれるアテのない紙屑でっさかいに土民も飛びつきまっせ。これを買うたる代わりにおどれらの村にいつ何時、どれほどの薩兵が現れて、どれだけの兵糧を買い集めたか、いちいち聞き取るんですわ。ほしたら敵の規模やら、どこらへんから出没しているか、粗方予想が付きまっしゃろ。今も哨戒はしとりますけども、それよりもよっぽどまともな情報が集まりまっせ」

ほとんど思いつきと勢いで錬一郎はしゃべっていた。それでも筋は辛うじて通っていた。

「さはさりながら、これを全部官軍の費用で買い上げるのも詮無い話やから、そこで伊蔵に売り払うてもらいまんのや。大阪や京の金を持っとる豪商やら豪農やらに、片端から声かけてみなはれ。ほしたら十人にひとりふたりは引っかかりまっしゃろ。こないな縁起物、薩軍がこの先負けでもしたら、二度と手ぇに入りまへんで。もし薩軍が勝ったらば、その時はここにある通り額面通りの金が受け取れまっさかい、こないなエエ話おまへんで、とこんな感じでっしゃろか」

錬一郎の語り口は、まごうこと無き浪速の商人口跡であった。齢十七、そのうち十年を過ごした道修町の薬問屋の日々は、どうしようもなく、錬一郎の骨身に染み入っていた。

ここまで言い切った錬一郎がようやく息切れし、言葉を切って大きく息を吸う。

一部始終を堀と伊蔵が呆気に取られて見守っていた。

「あんさん、あんた、どこぞ名のあるお店《たな》の、若旦さんか」

先に我に返った伊蔵の質問に、錬一郎も己の商人臭さに気づいたか、それまでの勢いはどこへやら、途端にしおらしくなる。

「いや、その、前に、大阪で丁稚奉公してましたのんや」

冷静に考えれば、こんな話が通る見込みなどほとんどない。大隊長や下手したら旅団本営をも巻き込みかねない話だ。それを一介の丁稚上がりの伍長の進言で、どうこうなるはずもない。莫迦なことを言ってしまったという後悔が、ぐるぐると錬一郎を取り巻き始めた。

きっと呆れていることだろうと堀のほうをおそるおそる見やると、意外にも神妙な顔つきで立ったまま手を顎にやりながら思案していた。

堀が、ようやく得心が行ったという顔になった。

「面白い。急ぎ大隊長殿へ具申してみよう」

「え、ホンマにええんでっか？」

「武人たるもの、生き残れば何度でも反撃できると言った手前だ。俺も長閥どもにやり返す気概を持たにゃあならんだろう」

それはかつて木原山の戦いの後に、彼が錬一郎を励ました言葉だ。

「思えば、我が軍は宣撫や情報収集が随分疎《おろそ》かだ。この手の話はそれこそ、戊辰の折から、薩摩の連中の得意分野で、今も薩摩系の警官は多少心得もあろうが、我が軍もからめ手を覚えにゃならん頃合いだろうな」

さて面白くなってきたと言い残して、堀が本堂から立ち去り、本営の置かれている別の寺へと駆け出して行った。

取り残された伊蔵が、錬一郎を見る。

「あのう、あんさん、例のお抱えに、いうお話、ホンマにできますのんか？」

「それは……」

「でけるんでしたら、わては」

まだ戸惑いながらであったが、明らかにこちらに傾いていた。

「……ああ、よろしゅう頼むで」

錬一郎が、まるで熟達の手代よろしく、その場で頭を下げた。

〇

「西郷札を、額面の二割で官軍が買い取ろう。ただしそれを払《はろ》うた薩軍の詳細も委細漏らさず伝えるべし」

数日後、壮兵小隊が各地の山々の寒村を渡り歩き、奇妙な布令《ふれ》を伝えて回った。

大隊本営からの返事は意外に早かった。いくらかの資金の割り当てすらも許可が出た。

「アガリの幾ばくかを大隊長殿にお渡しする旨を条件に、了承を取った。大隊長も別働第二旅団では新参者、上の方々の覚えをめでたくするためにカネが有益とお考えのご様子だ」

堀も堀なりにからめ手を早速使ったようだ。長州系の高官は何かと金に汚いと世間では噂だったが、その通りだったようだ。

壮兵小隊が各村々へ行くと、百姓たちは一も二もなく飛びついた。布令を出してから十日もせずに、集まった西郷札はその額面で実に五百円近くにもなった。東京の政府を差配する左右大臣や参議の月俸にも匹敵する額である。

百姓からすれば、元々補償の見通しなどまったくなかった紙切れが、二割とはいえ補償されるのだから応じるのは当然だろう。

百姓も元から暴利を吹っかけて薩軍に売りつけていた節があり、なかには結果として通常の売買の七割程度の金が戻ってきたと喜ぶ者もいた。

「百姓を侮っちゃいけねえぜ。戦国の頃なぞ、百姓が落ち武者狩りをして武具を売りさばいていたというが、当世の百姓もまだまだ落ちぶれちゃあいねえ」

ある村でそんな剛の者を見つけ、金を払って帰参した松岡が、佐敷の兵営でしみじみ言う。過去に一体百姓にどんな目にあわされたのか聞いてみたところ、

「松前の村の娘っ子を誑《たぶら》かそうとしたら、それがやくざ者とつるんだ美人局《つつもたせ》でよう」

それは自業自得ではなかろうか、などと思いつつも錬一郎は口をつぐんだ。

とまれ、西郷札が集まると同時に、どこの村にどれだけの薩兵が出没したという情報が一気に寄せられた。

これまでも哨戒のたびに聞いてはいたが、田植えで忙しい五月の百姓に、己に利のない話を問い詰めても得られる情報は少なかった。それがいざ金が絡むと、百姓は競って具体的な数字を口にするようになった。

「それより渡された金がもう尽きた。次はあるか」

兵営としている寺院の庫裏《くり》に、文机《ふづくえ》を何台か並べて臨時の事務所としているが、そこに松岡が戻ると、沢良木が紙幣の束を手渡す。

「ほれ、金や」

西郷札の買い取りに当たっては、沢良木が差配する糧食費を流用させてもらうこととした。明るみに出れば大問題だが、大隊のみならず旅団全体の糧食をも差配しかねない勢いの沢良木の下では、かなりの大金が動いているようだ。多少ならごまかしも利くのだろう。

「懐かしおますわ。昔はお殿はんに言われて、こないな裏金よう動かしましたのんや。お寺はんや公家はんトコの貯えをちょちょいと右から左に摘まませてもろてましたえ」

勤王公家に仕えていた頃のことを思い出してか、細い目がさらに細くなる沢良木だが、表情と裏腹に告白する内容はなかなか物騒だ。

「そんな悠長に言うとる場合やないで。大隊本部からの金も沢良木殿のお金も、すぐに切らしてしまう。結局、伊蔵がナンボ売買成立させてくるかが勝負や」

神経質そうな顔をした三木が、髪を掻きむしりながら帳簿に目を通して情報を整理する。ここに来て、帳簿仕事をさせると三木の右に出る者がいないことが分かってきたため、四六時中文書管理と情報の整理を任されている。

「堂島の米相場も、生き馬の目を抜く世界やったけれどもやな、米はナンボ言うたかて食うにせよ酒にするにせよ用途はある。今度の西郷札はそれすらない、まったくの無価値の空手形や。それに値ェを付けて売ろういうんやから、とんでもない先物商いや。どない転ぶか分かったモンやないで」

喋りながら素早く書類に目を通すさまは、有能なバンカー（銀行員）そのものである。

「ホント、お前さん、何でこんな壮兵に志願してきたのか、益々分からねえな。そんなにあの内儀に男らしさを見せたかったか」

「せやで。軍人奉公で女房を見返したらなアカンいうのんに、何が悲しうてこないな帳面めくってまんのや」

松岡の絡みに溜息をつきつつも、三木自身もそう嫌がっているように見えない。ようやく水を得られた魚のように、どこか興奮してもいるようだった。

「しかし、金の力はすごいのう。ようよう敵さんの規模やら居場所やらが見えてきたで」

ひらひらと三木が帳簿を振る。

「連中がここいらに進駐してきよったのが四月頃らしいが、これまでふんだくった糧食、締めて米やら麦やらが五十俵に、野菜に味噌なんぞが諸々や。米麦を、官軍基準でひとり一日八合で計算したら、大体三百、四百ほどの兵隊の兵糧やな」

一日八合とは後世から見れば相当な量に思えるが、食物といえば穀物中心の時代、まして肉体を使う戦場のことだ。少し後でも「一日玄米四合を食べ」がささやかな食生活という意味合いだった。三木の脳は、そのような当時の計算式を基にしていた。

さらに、地図を手元に引き寄せて、これまでに官軍への通報のあった村々に朱を付け、それらを括るように円を描く。

「西郷札を持って回ってきた村々を勘案してみると、これだけの広がりになる」

特に球磨川南岸の、鹿児島との県境に近い集落ほど、今回の布令で多く申告があった。官軍のこれまでの捜索網は、自主的に申告してきた球磨川北岸の集落の周辺に絞られていた。

「こいつら今まで官軍が出張っても、だんまりを決め込んでたな」

「まあ薩摩に近《ちこ》うおまっさかいに、色々しがらみもおまっしゃろ」

松岡と沢良木が地図を覗き込む。

「せやから探すのんやったら、こちらの薩摩よりの山々のほうやな。これを堀小隊長から大隊長に具申してもらえばええはずや」

球磨川南岸の山々を指す錬一郎の声にも熱がこもる。

そして、最後の最後の一欠片がようやく届いた。

「志方の旦はん」

いつも通り大きな連雀を担いだ伊蔵が、疲労の色合いも覗かせながら神妙な面持ちで庫裏を訪れた。

行商仲間に相談する間も惜しく、単身大阪へやって売買契約を取らせてすぐ佐敷へ戻らせ、これで十日余りである。此度の成否は、ひとえにこの行商人がどれだけの契約を勝ち取ってきたかにかかっている。

全身から滲む疲労は、強行軍によるものか、売買交渉によるものか。

「それでナンボほど売れた」

どれだけの西郷札が集まるかは分からないまま、売買契約の数は伊蔵に一任していた。額面で五百円ほどの西郷札であれば、百円以上で売れていれば収支は何とか持つ。多少値割れしてもある程度は補塡できよう。まったく売れていなければ、錬一郎らは責任をすべて押し付けられ、横領犯か何かとして軍法会議にかけられることだろう。

誰かがゴクリとつばを飲み込む音が聞こえた。

「堺と京に、物好きが、仰山おましたえ」

伊蔵が連雀を降ろしながら口を開く。

「額面にして六百円分、どちらも半値で買うとの売買が成立しましたわ」

取り出したるは、小切手で決済をした売買契約書。実に四、五十枚はあろうか。この契約書通りに売り切れば、実に二百円の実入りになる、が、

「おい、あと百円分、西郷札足りひんで」

三木が冷静なのか惚《とぼ》けているのか分からない、素っ頓狂な声を出すと、その場で固まっていた一同が、ようよう理解し始めたか、

「俺らで刷るか」

「そらええわ」

「大西郷はんは金のなる木でんな」

などと口々に言いだした。

「しかし志方の旦さん、あんた、もはやひとかどの商人でっせ」

伊蔵は心底からの褒め言葉でそう言ったのだろう。

「こらもう、お家再興する前に、一旗揚げたったほうがええやもしれまへんな」

錬一郎は苦笑いするしかなかった。

○

突撃喇叭が山中に突如として鳴り響く。

小さな峰の中腹から雄叫びが上がると同時に、地鳴りのような足音が峰を駆け上がった。

佐敷から徒歩で四時間進んだ、獣道が辛うじて通じている峰の上に、木々に隠れて土

塁が築かれていた。周囲の山々から見通すことは難しく、分け入って辿り着くのも困難な場所だ。

この周辺に、遊撃歩兵第一大隊を含む別働第二旅団が重点的に捜索網を広げたのは、まさに錬一郎ら壮兵小隊による捜索活動の賜物だった。

そして薩兵数百名が拠点としているこの土塁を見つけるに至った翌日、旅団はその兵力数千をこの山に投入した。

早朝ということもあり、薩兵は大半が眠りこけていた。迎撃する態勢も整わないまま、散発的に銃撃で撃退を試みる。しかし既に弾薬の数に限りがあったか、銃撃はすぐに止み、各所で再び薩摩示現流独特の猿のような叫声が上がる。

これが開戦初期の、まだ戦慣れしていない鎮台兵のみであれば戦意喪失には有効だっただろう。だが、元より遊撃歩兵第一大隊は士族壮兵や紀州銃兵で構成されているし、そうでない兵も多くが場数を踏んで戦慣れをしていた。示現流の叫声はもはや「薩摩の山猿じゃ」と戦場で物真似の対象になる始末であった。

そして、心にも弾薬にも余裕のある官軍は、白兵戦になる前に銃撃で敵兵を撃退した。示現流お得意の猿叫は、銃声と共に幾人もの悲痛な叫び声へと変わった。

じわりじわりと包囲網を縮め、ついに土塁のすぐそばにまで至った。

いかに地の利が薩兵にあっても、戦いはあっけなく三時間余りで決した。数十人の死者と百数十人の負傷者を出した薩軍は、生き残った兵が皆ことごとく投降した。これで人吉に通じる球磨川の八代口を官軍が制圧した。

その戦線の片隅で、土塁に辿り着いた堀が、後続の錬一郎を見つけた。

「おい、西郷札を持っているか？」

「へえ、ここに」

錬一郎が懐から一円の西郷札を取り出す。入手した西郷札は片っ端から伊蔵に託し、不足分は後日見つかり次第送ることとなった。人吉へ進軍すればさらに出てくるだろうから、充塡自体はすぐ叶うことだろうが、今は西郷札が足りないという奇妙な事態に陥っていた。

受け取った堀はもう片方の手で器用にマッチを擦り、西郷札に火を点《つ》けた。

「此度は大西郷様々だったな」

粗末な紙質の西郷札は、漆のためかよく燃えた。

「何や、燃やすのも勿体ない気持ちになりまんな」

「こいつが金にも情報にもなったことを思えば惜しくはあるが、せめてこの地で死んだ兵たちの、あの世の六文銭にと思ってな」

五月も間もなく終わろうという頃であった。これより数日もせずに官軍は人吉への総攻撃を開始、六月一日に薩軍が宮崎へ敗走したことで人吉を陥落せしめることとなる。

堀が手を離すと、西郷札はすぐに灰と化し、風に吹かれて崩れていった。

軍記物であれば、そこで話も終わっただろう。

だが、錬一郎が身を置いていたのは、英雄のひしめく源平争乱ではなく、銃と大砲で戦う十九世紀の近代戦であった。

敵を成敗して民の窮状を救ったという美談が、そのますんなり成り立つほど、世の中はもはや単純ではなかった。

○

人吉の城下町に遊撃歩兵第一大隊が入城したのは、陥落から数日経った頃だ。

様々な戦場を見てきた松岡も街に入った時、鼻を刺すような焼け焦げた匂いに眉をひそめた。

「これは酷い有様だな」

薩軍は夜に紛れての撤退に当たり火を放ち、家々の多くが焼け落ちた。官軍への焦土作戦か、自軍の夜道を照らさせるためか、はたまた混乱時の事故だったかは定かではない。焼け跡に黒焦げた死体がいくつも転がっていたが、既に戦場暮らしを二か月続けている錬一郎にとっては恐怖心を抱くものでもなくなっていた。

官軍が宿泊できる建物がほとんど見つからず、片端から無事な民家を徴発していく有様であった。焼け出されたのか官軍に追い出されたのか、多くの士民が家財道具を持って道に溢れていた。ある者は縁故を辿って近郊の村へ逃れる途中で、ある者は行先がなく座り込んでいた。焼け出された家には、熊本県が一時金などの救済措置を取るそうだが、焼け石に水だろう。

青井阿蘇神社の前を通過する。徳川時代の初めに作られたという社殿は健在だったが、境内には打ち首を並べるための獄門台が置かれていた。

「薩軍が置いたそうだ。士族は薩軍に入隊し、民百姓は銃弾作りに加われと。従わぬ士民は首を刎《は》ねると慄《おのの》かせていたようだ」

その境内には鎮台兵が監視するなか、投降してきた旧相良家中の人吉士族たちが数百人も集結し、官軍将校から訓示を受けていた。人吉士族は強制的に薩軍に徴集されていたが、投降した者は錬一郎達と同じく壮兵として官軍に編成され、今度は薩軍討伐に赴くのだ。

「何とも他人事にゃ見えへんな」

「ああ、そうだな」

三木も松岡も、戊辰の折には薩長側に恭順した藩がかつての同輩に銃口を向けてきたさまを見てきた側だ。それを「卑怯者」「裏切り者」と責め立てることはなかった。多くの壮兵の目に映るのは、かつて己も斯くあったという憐憫《れんびん》の情だった。

「陥落や言うて、何がめでたいのや」

錬一郎が、堪らず心の澱《おり》を吐き出した。

　堀が鼻で短いため息をついた。

「これが日ノ本の内で戦うということだ。外《と》ツ国《くに》に攻め入るなら斯様《かよう》なことは起きても、言葉の通じぬ異人だと見捨てておいて心も痛まなかろうがな。ここにいる者たちは、皆それを見てきたからな」

　ところで、と堀が錬一郎に顔を近づけて声を潜めた。

「西郷札、後はいかほど入手せねばならん」

　此度の戦いで彼らを勝利に導いた西郷札は、ほとんどが伊蔵の手によって堺と京都へ運ばれた。売買の成立したうちでまだ現物を入手できていないものは、

「額面で百円ほどになります。それをここで集めるんでっか？」

「この町では大っぴらに集めるな。集めれば百円どころではない。それを捌《さば》ききれるアテなどない」

「せやかて人吉の士民かて」

「俺たちは真っ当な橋を渡っちゃいねえんだ。これ以上は身を亡ぼすぞ」

　堀の横顔が、これまでになく能面のように冷たく見えた。

　奉行所与力が嫡男として、民を守る侍としての心持ちは、それを許せない。だが、錬一郎の心の中に宿る商売人の打算は、それを致し方なしと囁く。

「せやかて」

　それに続く句を継げないでいる錬一郎に、堀が泥を投げつけるように言った。

「大隊長殿からのお達しだ。どこぞの富農や商家と懇意になるために、西郷札を買い取るなどという話を持ち掛けるそうだ。百円の枠は残しておけ」

○

焼け落ちた人吉城に、洋式の簡易小屋が軍夫の手で急いで建てられた。人吉市中の民家を借り上げても足りぬということと、今後は人吉駐屯が長引くだろうということから、この小屋を兵舎とするようだ。切りたての木の薫りがする急ごしらえの兵舎の一角で、夕方、錬一郎がひとりで横になっていた。

「志方はん、夕餉ができましたえ。要りまへんか」

「腹減っとらんのか。四条流の飯やぞ。食わんならわてが貰うてまうで」

沢良木と三木が心配して覗きに来るが、ふたりに背を向けたまま一向に喋ろうともしない。他の壮兵も腫れものに触るように遠巻きに見ている。ふたりが顔を見合わせて肩をすくめたところで、どすんどすんと床を踏んで三人目がやってきた。

「おい小僧。何が気に食わねえ」

思えば近頃の松岡は、錬一郎のことを「小僧」「クソガキ」と呼ばなくなっていた。それは錬一郎を認めたからだろう。それをあえて「小僧」呼ばわりし、語気を強める。

「テメェ何だその不貞腐《ふてくさ》れ様は。土民どもを救いてえのは勝手だがな、それでテメェが破滅して俺たちまで巻き込もうってのか」

　松岡がどすんとその場に胡坐《あぐら》をかく。それでも錬一郎は背を向けたままだ。かつての汽車でのような喧嘩になるのかと、沢良木と三木がおろおろするなか、松岡の声が穏やかになる。

「俺たち全員生き残って、多少は山の村の連中に金を取り戻してやって、あまつさえ勝ったんだ。齢十七の伍長にできることじゃあねえ。お前さん、立派なこったよ」

　錬一郎の肩が、ピクリと震える。

「先ほどな、大隊長の野郎が百円分の西郷札を持ち込んできた」

　松岡の手元にずしりとした麻袋があった。今は見るのも億劫な西郷札であった。

「こいつの処理は伊蔵と、ここの三木に全部任せておきゃいい」

「え、わてでっか？」

「当たり前《め》ぇだろう。小僧は今傷心なんだよ」

「そんな無体な」

　そのふたりのやり取りに、思わず笑いが漏れてしまった。

「笑ったな」

　笑ったら、だんまりはもう負けだ。錬一郎が身体を起こして居住まいを正す。

「すんまへん」

「誰に対して謝ってんだ」

「分からしまへん」

「可笑しな分隊長殿だな」

「すんまへん」

松岡が麻袋をひっくり返す。

「見てみろ。大隊長の奴、商家にいい顔をしたかったんだろうな、百枚が限界だってのに、多めに引き取ってやがるぞ」

「やっぱり業突《ごうつ》く張《ば》りやであのオッサンは」

「ホンマよう言わんで」

その場にいた壮兵たちが声を立てる。

「お前ら、こいつぁ戦利品だ。いくらかナイナイしたところで誰も咎《とが》めやしねえさ。それ取っとけ取っとけ」

松岡は山賊が盗品を山分けするように、その場の壮兵たちに西郷札を無造作に一枚ずつ手渡していく。

「はぁ大西郷や、有難や有難や」

沢良木がいつにも増して茶化した口ぶりで受け取る。

「これ、ナイナイされたらわての責任になるのとちゃいまっか」

三木はぶつくさ垂れていたが、やがて諦めたのか一枚受け取る。

「ほれ分隊長さんよぉ、今回の一番手柄はお前さんだぜ。受け取っとけ」

そういって手渡された「日本通用　金壹圓」の西郷札を錬一郎も受け取る。

「負けて薩軍に投降した時にゃ、これを使って豪遊してやろうぜ」

松岡の言葉に壮兵たちがどっと笑う。やがて誰かが持ちだしたか、熊本の麦焼酎がそこいらに置かれ、酒宴が始まった。

薩軍による西郷札の発行は、宮崎に薩軍本営が移ってからは、後の世でいう「軍票」という形になって本格化したと見られる。発行総額は最終的に額面で十四万円にも達した。当然ながらこの戦役の後は商取引に使えず、ほとんど後世に残らなかった。それでも西郷人気を背景に一部は根強く愛蔵され、この後数年経っても西郷札の譲渡を巡る諍いが大阪などで起きたとも言われる。

「三途の川の渡し船じゃ、使えるんやろか」

焼酎をほろ苦く味わいながら、偽りの紙幣を肴に、そんなことを錬一郎は思った。

伍之章　延岡に散る意地

梅雨の訪れが早ければ夏も早く、そして一層暑い。

南九州の山々の青さはますます濃くなり、強烈な陽光の下で蟬もけたたましく鳴く。

遊撃歩兵第一大隊が宇土に上陸して既に四か月が経った。八月初旬で夏もいよいよ盛りを迎えていた。

六月に人吉で敗退した薩軍は遂に熊本県から撤退し、宮崎県から昨年（一八七六年）鹿児島県に編入された旧日向《ひゅうが》国に逃げ込んだ。

薩軍の占領する旧日向を奪還して薩軍を殲滅《せんめつ》すべく、官軍は七月二十四日からの総攻撃で旧薩摩藩領であった都城《みやこのじょう》を陥落せしめ、さらに北方の宮崎、そして延岡《のべおか》へ逃れた薩軍を全軍で包囲しつつあった。

錬一郎らの遊撃歩兵第一大隊にも、七月の都城総攻撃と前後し、人吉南方の薩摩国境方面からの移動の命令が下った。人吉から東へ延びる米良《めら》街道を進んだ佐土原を経て、彼らは日向街道を北上して延岡へ向かっていた。

「暑い。こら堪らん」

錬一郎が腰の刀を引きずるようにして歩む。

壮兵や鎮台兵の下級士卒に、夏服という上等な物は支給されない。暑さが増すにつれ、壮兵たちは腕を捲《ま》くったり襟を外したりと、各自でその場しのぎの防暑対策を施す。

「帽子など被っていたら、頭が茹で上がるぞ」

遂に、行軍中には軍帽の代わりに菅笠を着けてよいとの布令も出た。松岡は帽子を脱いで銃に括り付け、近在の百姓から買い上げた菅笠を得意げに被るが、その風貌はさながら山賊の首領のようだ。その松岡の狭い額にも玉のような汗が浮かんでいた。

「喉が渇いても生水を飲むなよ。医者曰く、血屎《ちぐそ》（赤痢）は生水でうつるらしいぞ」

先頭を行く堀が後ろを振り向く。南方という土地柄、九州では赤痢だけでなく各種伝染病が蔓延しており、病に倒れる兵隊は戦死者をはるかに上回った。

「蘭方医に聞いたんですけどな、赤痢対策にゃ一度沸かした茶がええらしいでっせ。先回りして調達しまひょか」

隊伍についてきている伊蔵が首を突っ込む。西郷札の一件で事実上の大隊御用商人として囲い込まれた伊蔵は、彼らと行動を共にして専ら大隊兵士向けに手広く商っていた。

もちろん、西郷札のような好機など滅多にないだろうが、「安定したお得意先があるいうんは、わしら小商人《こあきんど》にゃホンマ有難いことでっせ」と伊蔵は目を細める。大店で丁稚をしていた錬一郎には、その視点は新鮮だった。

「延岡へ行けば病院もあるから、そこまではせめて気を付けてくれや」

「医者なんぞ頼る必要はねえよ、戦場じゃあ傷は唾をつけて治すんだよ」

堀の忠告に、松岡は一向に構わず笠をくいっと押し上げる。

「またケッタイなこと言うたはるな。今時のお医者はみな西洋医術や。そないなモン頼らんでよろしぃ」

「蘭方医も大概だ。連中はどいつもこいつも藪だ」

三木が呆れて笑うが、松岡は意外に真面目な声色で言う。昔、余程に蘭方医に苦しめられた経験でもあるのだろうか。

ともすれば陽気な天気と会話のなかで、堀の目だけが笑っていなかった。

それを錬一郎だけが知っていた。

○

時を少し遡る。

人吉を発した遊撃歩兵第一大隊が佐土原に攻め入ったのは、七月三十一日の午後。

「此度はえらい抵抗してきまんな」

錬一郎が軍帽を手で押さえる。その頭上の数寸先を銃弾が風を切る。近くの民家から持ち出した家具や表具でこしらえた臨時の堡塁に、ぶすっぶすっと銃弾が刺さる音がする。

佐土原は元々、薩摩島津家の分家である佐土原島津家領で、薩摩との縁が深い。戦役勃発の直後から、佐土原藩主の子息で弱冠二十歳の島津啓次郎率いる旧家臣数百人が呼応し、熊本城や田原坂の戦いに参加していた。

彼ら佐土原隊は島津の係累に連なるという自負がある。他人の戦いに巻き込まれた人吉とは異なり、故郷と身内と名誉を守るための抵抗は激烈だった。

「とはいえ木原山、人吉と来るに従って敵さんもあまり撃ってこんようになりましたな」

沢良木も肝が大分太くなった。木原山では銃撃戦で怯えていたものが、今では軽口を叩きながら、身を乗り出さずに銃だけ敵陣に向けて発砲するまでに慣れたものだ。

「そら薩軍は西郷札発行するほどや。金も補給もあれへんさかいに。出し惜しみせなあかんやろな」

三木も嫁に誇れる武人らしさを身につけたようで、銃声に怯えることなくテキパキと鎖閂を引いて装塡を済ませる。

「いずれにせよ、長州征伐も会津の籠城もだったが、結局武士は一所懸命だ。故郷を背に戦う輩は強いぞ」

松岡が感心するように呟いた。

敵陣からの発砲が大人しくなってきたのを見計らって進撃の喇叭が鳴る。

「連中を怯《ひる》ませるぞ」

堀が立ち上がり、腰の軍刀を抜いて天に向ける。木原山以来、堀の元の軍刀は錬一郎が借り受けたままで、そのうちに堀は別のひと振りを自前で調達してきた。

「突撃じゃあ突撃！」

堀と壮兵小隊の一同が大音声を上げる。他の隊伍からも雄叫びが聞こえる。大声での脅しは薩摩示現流の専売特許ではない。

紀州銃兵が援護射撃をするなか、草鞋で堡塁を駆け上がる。松岡が特に最前列を走る。敵も街道に土塁を築いていたが、官軍兵が動き出したことで遂に怖気づき、敗走し始めた。

「追え、追えい！」

当初の予想よりも早く、この一日の戦いで佐土原は官軍の手に落ちた。ここまで薩軍に付き従った佐土原隊のなかには、なお島津啓次郎への忠義から薩軍と共に北方に落ち延びた者もいたが、故郷が陥落したことで鹿児島の「本家」に殉じる意欲を失い、投降する者も多数出た。

もっとも投降したとて、彼らに帰るべき家がありやなしや、定かではない。

佐土原の市街は戦場の常で酸鼻を極めていた。屋敷民家は多くが火に焼かれ、薩軍は道端に死傷者を放置して敗走、いや潰走していた。

川尻そして人吉でもよく見た光景だった。

その惨状を「またか」の一言で済ませてしまうほどには、既に錬一郎は戦に慣れた。

無事だった寺社や武家屋敷を徴発しようにも、先に旅団司令部や野戦病院や補給処が陣取った。

この日の遊撃歩兵第一大隊は哨兵任務を兼ね、天幕を張っての露営と相成った。

夜の一時過ぎ。ほとんどの者が寝静まり、虫よけの蚊遣火《かやりび》の煙が充満するなか、錬一郎と沢良木が寝惚け眼をこすりながら、銃を水平に持って歩哨をしていた。二時に交代するまでの我慢とはいえ、昼の戦の疲労が襲い来る。

「おい志方、少しこちらへ来い」

堀が音を立てずに歩み寄ってきた。上官の命令だからと特に何も考えずに、その場を沢良木に任せて外す。

「松岡は昼に、長州征伐や会津の籠城を、さも見てきたように言っていたろう」

「はあ、それが何か」

頭の動きが鈍る錬一郎だったが、堀の口調がいやに深刻であることに気づく。

「桑名藩兵は長州征伐に関わっていない。奴が言っていることは嘘だ」

理解するのに一拍かかった。

「もしやすると、敵の間諜かもしれん」

「そんな阿呆な」

目が覚める。だが堀はそれを阿呆な考えと思っていないことが、表情から読み取れた。

「川尻で、敵兵が攻撃前に逃げていたことがあったろう。あれは誰かが情報を漏らしていたのではと噂されたな。あの時松岡は遊郭へ繰り出して、その先どこへ行ったか、お前も誰も見届けていないのだな」

確かに川尻攻めの前の晩、松岡が盛り場へ着いてから一時間ばかり、誰も行方を知らない。

「そんなん憶測ですやん。分からしまへん」

「ああ、だが万に一つがあるのが戦場だ。しばらくお前が奴を見張ってはくれんか」

堀に肩を叩かれる。掌が、夏も盛りというのに冷たく感じた。

○

松岡に、特段の変化も不審もなかった。

延岡へ至るまでの高鍋や美々津《みみつ》で、佐土原と同様に薩軍との交戦があった。それ以外にも残党掃討として小競り合いもあった。

松岡はいつも通り遠慮する素振りもなく、豪放磊落《らいらく》に薩兵に銃弾を撃ち込んでいた。疑心は暗鬼を生ずという。疑う心を持ったことで己の目に曇りが出来ただけではないか。一方で堀の懸念を一蹴するだけの材料もなかった。

このまま何事もなく戦が終わればよい。そうすれば疑いを晴らせなくとも、少なくとも疑いを持つ必要がなくなる。

そうして棚上げしているうちに八月十三日夕刻、錬一郎ら遊撃歩兵第一大隊は、延岡南西の山中にある小黒木村の地蔵尊へ到着した。

「ここより延岡へ一気に進軍する」

普段であれば小隊ごとに伝達されるが、この時は珍しく遊撃歩兵第一大隊の全員が整列させられ、三好大隊長が直々に作戦概要を伝えた。

延岡を巡る戦い自体は昨日より始まり、官軍は南から攻めている。明朝、延岡南西の山地に展開した別働第二旅団の各部隊が、五ヶ瀬川を下って敵の後背に回り込むという。

「この戦役も既に半歳《はんさい》（半年）を数え、貴様らも四か月よく戦い抜いた。この延岡にて西郷軍に最後の鉄槌《てっつい》を下して降伏せしめることで戦も終わる。九州平定の要であるから心してかかるよう」

三好大隊長とは悶着はあったとはいえ、やはりひとかどの軍人で、国家への忠誠と部下への労《ねぎら》いを言葉に滲ませる。

「このことは外にはくれぐれも漏らさぬよう。以上、よく休め」

解散した一同は、戦の前の夕餉《ゆうげ》の準備に取り掛かる。その中心にはやはり沢良木がいた。

「ほう、かしわ（鶏肉）でっか」

沢良木の食材調達係となる伊蔵が、近在の村々との交渉を終えて戻ってきた。

「方々から三十羽ほど買うてきましたで。新鮮な肉を食うて、明日に向けて精をつけてもらわにゃと思いましてな」

「ほしたら薩摩汁にしまひょ。薩賊を平らげるっちゅう意味でも幸先よろしおまっしゃろ」

鶏肉の出現に、盛り上がる炊事場一同。

「ようし、薩摩を食らう前に手前らの給金も巻き上げてやろうぞ」

「さあさ張った張った、丁か半か」

地蔵尊の境内では、松岡と三木が軍用綿布を地面に敷いて、急ごしらえの賭場を開帳した。明日からは会戦とあって、兵卒たちには多少荒々しい娯楽が求められていた。

「まるで縁日やな」

錬一郎はひとり所在なげに佇《たたず》んでいた。山中の夕方は幾分か涼し気である。蜩《ひぐらし》の鳴き声も、大阪の街なか育ちの錬一郎には風流に感じた。

「松岡はどうだ」

堀が歩み寄ってきたことに気づき、すっくと立ちあがる。

「別段、変なことは、おまへん」

それは錬一郎の目から見た事実そのものだ。

「明日の戦は最後の大戦《おおいくさ》になるやもしれん。ここで万一こちらの動きを漏らされては、戦の終結そのものが遠のきかねん」

保秘の徹底は、大隊全体でも強化されていた。金稼ぎの匂いを嗅ぎつけた近在の百姓が、干し芋や急ごしらえの小麦菓子を売りに来たが、一切の立ち入りを禁じられた。出入り商人の伊蔵も夕方からは禁足が命じられ、「稼ぎ時やいうのにけったいな話ですわ」と愚痴をこぼしていた。

「今晩を乗り切れば問題はないんだ。要らぬ心配をさせて済まないな」

堀の労いに小さく頷く他に応答できず、その場から逃げ出すように境内へ行く。

松岡と三木が錬一郎を見つける。

「お前さんも賭けるか」

「アカンアカン、分隊長はんは賭ける金をみぃんな女に注ぎ込んどるさかい」

「なんでぇ、そりゃカモにもならねえじゃねえか」

ふたりの掛け合いに、その場にいた壮兵や紀州銃兵たちが笑う。それに合わせて錬一郎も笑おうとしたが、自然に笑えた気がしなかった。

「おう、大戦の前にビビってちゃあならねえぜ、分隊長殿よお」

がははと笑う松岡には何の屈託も見えなかった。錬一郎のなかで一層、罪悪感と疑念が入り混じった感情が強くなった。

晩になって浅い眠りに落ちたと思ったら、再び件の不安が頭をもたげてくる。元より露営で、暑さによる寝苦しさとノミや蚊による痒《かゆ》さが相まって、ふっと目が覚める。すぐ近くに松岡が寝ていることを認め、安堵して再び横になる。それを幾度も繰り返して朝を迎えた。

「大丈夫でっか、志方はん」

朝八時に五ヶ瀬川に沿って東へ進軍を開始したが、沢良木から心配されるほどに目の下にクマが出ていた。

「何を心配しているか分からんが、戦いに身を投じれば詰まらんことだ」

心配の元凶である松岡は、何事もなく朝までぐっすりと眠り、元気溌剌とばかりに進軍していた。

「松岡はんが景気ええのは、昨晩珍しくしこたま稼いだからでっせ」

「これを軍資金に延岡で女を買おうぜ、分隊長殿よう」

そうだ、松岡は逃げなかった。ただの杞憂に過ぎなかったのだ。堀中尉も時には疑心暗鬼に陥ることもあろう。気にする必要はなかったのだ。

「そら楽しみですわ」

そう口にした時、幾分か心が軽くなった気がした。

遥か前方、川の流れる先から砲声や銃声が響いてきた。

「早速、祭が始まってやがるぞ」

彼らがその祭に加わったのはそれより四時間後、正午近くである。

そして、心が軽くなり過ぎていたからか、眠りが浅すぎて注意散漫になっていたからか。

一発の銃弾が飛んだ直後、錬一郎が倒れた。

○

「大騒ぎをし過ぎだよ」

学校らしき建物の一室で、軍服に白衣を羽織った五十ばかりの軍医は、呆れた口ぶりで言った。

「面目ありまへん」

額に包帯を巻いて座った錬一郎は顔を赤くした。

「敵さんの銃弾は側頭部をかすめただけ。顔面から地面に衝突した傷のほうが激しいが、こりゃただの擦過傷だ」

延岡攻略戦の最中、昨晩の眠りが浅かったせいで足元が不如意となって、ふと石につまずいてしまった。その時、丁度耳元で銃弾が空気を切り裂く音がし、そしてこけた。

一瞬何か分からなかったが、気が付いたら頭から血がどくどく吹き出していた。

沢良木や三木が大騒ぎする上に、錬一郎の気も遠くなった。実際のところは眠気と貧血によるものだったが、駆け付けた衛生兵が錬一郎を担ぎ、延岡近郊の征討本営近くに設置された病院まで搬送したのであった。

「明日も戦があるだろうから、今日は安静にしてよく寝てから戦線に復帰したまえ。包帯はまあ折角巻いたのだし一週間ほどつけておきたまえ。その後は必要なら巻き替えてやるよ」

　軍医の扱いもぞんざいとなったが、隣の大部屋には多くの負傷兵が寝かされている。ほぼ健康体の身で介抱されるのは確かに厚かましい限りである。

「いや、わし軟膏もってまっさかい、それで何とかしますわ」

　錬一郎がポケットから取り出したのは蛤《はまぐり》に入った軟膏だ。山城屋を辞去した際に、久左衛門からもらったものだが、これまで大した怪我もせず使う場がなかった。

「それはもしかすると大阪の山城屋かい？」

　軍医が、蛤の墨書を見て気づいたようだ。

「へえ、御存じで？」

「私は元が蘭方医でね、北浜の適塾で学んだものだよ。あすこの軟膏は、塾生が喧嘩をした後によく買いに行ってね」

「有名な福澤諭吉先生のおられたという？」

　犬養が師事する福澤諭吉も、そういえば適塾の出身者だったのではと思い出して尋ねてみると、軍医はぱぁっと表情を明るくした。

「福澤君か。あれは酷い奴でな。一度、私の髷を切ろうとしやがって、切らぬから飯と酒を奢れと脅されたよ。あれには参ったなあ」

　思い出話が長くなるかと身構えていると、ドタドタと足音がして数人の男が入ってきた。

「おう、無事か」

松岡と三木と沢良木、それに堀である。戦況が落ち着いてから駆け付けてくれたようだ。全員が心配そうな顔をしていたが、当の本人のけろっとした顔と、

「お仲間かい。丁度いい、すぐにでも引き取ってくれたまえ」

という軍医の言葉に、緊張が緩んだ。

「お前ら、あんな傷でアタフタしやがってよお、情けねえったらありゃしねえ」

「そんな松岡はん」

「せやかてなあ」

松岡以下三人の掛け合いが医務室に響くが、

「君、歩兵隊にいた勘兵衛じゃないか」

軍医が、聞き慣れぬ名を口にした。その目線の先には松岡がいた。

「私だ。歩兵屯所の手塚だよ」

その顔をまじまじと見て、やがて松岡の顔面から血の気が引き、額には汗が浮かび始めていた。

「あんた何でここに」

「そりゃあ私は元々蘭方医だったし、戦地の手術経験もあったからね。このご時世こういう商売やるしかないよ。いやあ、君も元気にしていたかい」

軍医は飄々《ひょうひょう》としたものだったが、松岡はじりじりと後退し、やがて、

「便所」

と一言言い残してその場を立ち去った。

「おい、誰か松岡を追え。逃げ出させるな」

堀が咄嗟の判断で三木と沢良木に指示し、ふたりが慌てて追いかけた。

「何だい、水くせぇなぁ」

手塚が頭をポリポリとかきながらぼやく。

錬一郎がおそるおそる尋ねる。

「あの、軍医殿は松岡殿のお知り合いで？」

「松岡ってのは、勘兵衛のことかえ？　あれは私が幕府陸軍の軍医をしていた時に、よく患者として来たものさ。荒くれ者が多かったが、彼はそのなかでも折り紙付きでね」

「あの、幕府陸軍いうのはあれでっか、桑名の槍備のことで」

手塚がキョトンとする。

「いやいや、江戸の市中で雇い入れられて兵隊になったのさ。元々士分でなくとも御家人になれるってんで、あの頃はよく食い詰め者が幕府陸軍に入ったものさ。あいつぁ武家じゃあないよ」

○

瓦解する前の幕府は、西洋列強の脅威や国内の討幕派に対抗するため、洋式の軍服を着て洋式銃で武装した陸軍を設立した。二百七十年余りの泰平の世で役人と化した旗本や御家人は軍隊には不向きとして、その兵隊は百姓や流れ者を集めて作られたという。今や国民皆兵を謳うはずの新政府が士族壮兵を徴募しているのと、皮肉な対照を成していた。

「全部嘘だ、とは言わねえ」

三木と沢良木だけでは抑えきれず、騒ぎを聞きつけた周囲の兵隊と合わせて五人がかりで捕えられた松岡は、軍医が貸してくれた一室に連行され、堀や錬一郎たちに聴取されることになった。

「この壮兵部隊は徴募の時に『士族平民ヲ不論』って言っていたはずだ。根っからの武士じゃあねえが問題ねえだろう？　何より、俺ぁ赴いた戦についちゃあ嘘を言ってねえぜ」

縛に就いた石川五右衛門よろしく、松岡は堂々としたものである。

「松岡よ、お前は薩軍の間諜か」

「そんなわけあるかよ。今も昔も、薩賊の敵でさぁ」

堀の問いかけへの回答はすぐだった。続けて堀が畳みかける。

「桑名の槍備というのは嘘だな」

「同じ戦場にいた奴の経歴よ。博打好きで気が合ったんだが、伝家の槍じゃひとりも殺せないまま、鳥羽伏見で流れ弾に当たって死んじまった。そいつが松岡某なんていうご立派な家名も持っていたもんだから頂戴したんだ」

以前、大阪鎮台の射的場で鳥羽伏見の話をした時の、松岡のどこか遠い目は、そのかつての戦友を見ていたのだろうか。

「歩兵隊であれば長岡でも戦ったと聞くが」

今度は尋問ではなく、おそらく個人的な興味として堀が問うた。

「小隊長にゃ黙っていて済まなかったが、同じ戦場を踏みながら、力及ばずに会津へと撤退した側でさぁ」

言葉とは裏腹に、屈託のない笑みを浮かべる松岡。

「俺ぁ生まれも育ちも江戸っ子よ。桑名なぞ行ったことも見たこともねえよ」

言葉が元より江戸っ子染みていたが、てっきり桑名藩の江戸詰めの武家の出と思っていた。まさか本当に江戸っ子だったとは。

「俺ぁ貧乏御家人の奉公人をしていたんだ。文久の頃に幕府で陸軍を新設するってんで、俺もボンクラご当主に従卒として連れてかれてな。そこから長州、鳥羽伏見、長岡、会津、箱館と戦ったもんだ。当のご当主は鳥羽伏見の敗戦の時にどこぞへ消え失せちまったが、俺ぁその後も戦った。薩長の連中をバッタバタ倒した射撃の腕は嘘じゃねえ」

右腕を立ててパンパンと叩く。

「名ばかり士族より今まで余程武功を挙げたつもりよ、文句あるめぇ？」

ここまで気風《きっぷ》の良い江戸弁でベラベラ喋られて開き直られると、錬一郎以下、どうこう言えたものではない。

堀は構わず追及する。

「なぜ嘘をついた。そして、先ほどはなぜ逃げた。お前は前金を貰うているから逃げぬ、と、徴募された頃に言っていたと聞いているが」

神戸でも確かにそう言っていた。それまで饒舌《じょうぜつ》だった松岡の口の動きが鈍る。

「鳥羽伏見での慶喜《けいき》様じゃねえが、逃げ癖が付いているんでさぁ。分かるでしょうや」

松岡の視線が堀、三木、沢良木を順に移る。三人は押し黙ったままだ。部屋の外からは少し離れた医務室に集う兵隊の騒めきが聞こえてくる。

「そもそもが、借金貯め込んだから口入屋に頼んで武家奉公に入ったんだ。幕府陸軍に入ってからは負け戦に次ぐ負け戦で、官軍に追われて蝦夷地まで逃げた。瓦解からこっち、また借金取りだ。逃げるのは慣れてるんだ」

松岡の浮かべた笑みは、諦めか、自嘲か。いずれにしても曇りはなかった。

「そりゃ給金を失うのは莫迦らしいが、俺もよ、一丁前のお侍になってみたかったんだ。それが嘘だって分かっちまったら、金よりも何よりも、情けねえ男じゃあねえか、俺あ」

一丁前のお侍になってみたかった。

それは山城屋を飛び出して、大阪鎮台の壮兵徴募に応じた己と、悲しいまでに同じだった。

「情けねえじゃねえかよ。だから、とてもいられねえと思ったんだ」

何も言えなかった。

重い空気を誰も振り払えぬまま、堀の命令でようやく兵舎となった寺へ戻った。

「神戸の一件もある。穏やかにいこう」

堀は錬一郎にだけ小声で耳打ちした。隊内で公にするつもりはないようだ。

病院を出た時、錬一郎が包帯の上から軍帽を目深にかぶりながら、先を行く松岡の背中に問いかける。

「松岡殿」

「なんだ」

「延岡の薩兵どもを倒して大西郷をひっ捕らえたら、延岡の遊郭へ連れてってくれまっか」

唐突な話に、松岡が不意を突かれたか歩を一旦止めて振り返る。

「何でぇ」

「今日、進軍中に言うてはりましたやろ。昨日の賭場のアガリで女買おうって」

「……そうだったな」

進行方向から射す夕日が影を作り、松岡の表情は読めない。

「約束、違えたらあきまへんで。武士に二言はあらしまへんで」

それを聞いた松岡が、はんと鼻で笑った。

「女の味を覚えやがって、色ガキが」

ガキ呼ばわりは、久しぶりであったが、今はそれも心地よかった。

「武士に二言はねえぜ」

逆光の中、松岡はにやりと笑っているように見えた。

その十数時間後。八月十五日朝、官軍は延岡北方の和田越の峠と、それに西から連なる長尾山において、薩軍との大会戦に突入した。

後に和田越の会戦と呼ばれる戦いの最中、遊撃歩兵第一大隊の松岡一等卒の消息が途絶えた。

○

延岡の市街から北へ延びる豊後《ぶんご》街道が通る和田越に、官軍将兵五万が殺到した。

鎮台兵、近衛兵、壮兵、投降士族隊、さらには海上の軍艦から、雨あられと大小の砲弾が撃ち込まれた。薩軍が占領している和田越や長尾山の南方は平坦な田畑で水が張られた水田などは泥沼と化していた。その平地を薩軍に向かって北上し、敵兵を討ち取るよう命じられた。

旅団全体も、遊撃歩兵第一大隊も、中隊、そして小隊も、硝煙漂うなかを無我夢中で前進した。進軍喇叭があちこちから鳴り響くが、その調べが不意に途切れる。喇叭手が銃弾に倒れたのだろう。

泥田に足を取られた兵は、峠の上や山腹の薩軍から格好の的となって、幾人も撃たれて悲鳴を上げる。そうならぬように乾いた芋畑を進むが、軍服は泥まみれだ。銃を手放さず、泥の塊と化した足を前へ前へと引きずる。

錬一郎に周囲を見ている余裕などなく、必死に銃を撃っていると、どこかから勝鬨《かちどき》のような雄たけびが聞こえてきた。時を同じくして、薩軍からの銃撃はみるみる減った。錬一郎の気付かぬうちに、官軍の勝利に終わっていたらしい。

そして夕方を迎えた時、点呼に松岡の姿がなかった。

戦場にそれらしき遺体は転がっていなかった。誰も松岡の行方を知らなかった。

記録上、別働第二旅団全体での戦死は将校ひとり、下士官六人、兵卒十人の計十七人。兵卒十人に行方不明者が含まれるのか、下っ端下士官に過ぎない錬一郎には知る由もなかった。

「松岡はんは、立派に武士らしく散ったんや」

翌日、長尾山で哨兵に当たっていると、三木が珍しく熱っぽく語った。

「算盤勘定しか知らんわしよか、ナンボも武士らしゅう戦わはった。これ以上の武士の面目があろうか」

長尾山の山頂にある一本杉の付近から、和田越付近を見下ろす三木の目は、充血して赤く見えた。バンクに勤めていれば良いものを、女房に良い所を見せようと好き好んで兵隊になった男だ。根が激情家なのだろう。そんな素顔をようやく見せてくれたように思えた。

「そうでんなあ」

沢良木は、対照的に控えめであった。

「あては、何とかどこかで元気にしてくれとったら、それでよかったんどすが」

頭に血の上っている三木が、沢良木に食って掛かる。

「何や沢良木はん、アンタ松岡はんの武家の誇りを、何やと思うとるんでっか」

誇りを保たねば、武士は武士ではない。大阪であっても、少なくとも徳川時代はそうだった。今はその誇りすら武士、いや士族には残されていなかった。

三木はそのために、今までのすべてを擲《なげう》ってここへ来ていた。

普段なら沢良木が謝って終わるだろうが、この日の沢良木は俯きながらもぼそりと言い返した。

「せやかて……死んで花実は咲きまへん」

「何やと！」

三木の語調が荒くなれば、沢良木もいつになく細い目を見開いて早口になる。他の壮兵たちは、ふたりの口論を遠巻きに見ることしかできなかった。

「生きとれば……生きてさえおれば、この先、やれ阿呆なことをしたなあ、それ厳しい戦いやったと、笑いあうこともでけますやろが。死んだらそれも叶わんのだっせ？　生きていてくれと願うのが、何がアカンのだすか」

いつもと様子の違う沢良木に、三木も一瞬気圧されるがすぐに目を剝く。

「松岡はんはな、わしみたいな腰抜けと違ごて、おどれから武士になりにいった、ホンマの武士や。その武士が誇りのために立派に散ったんや。それを無駄死に言うたら、松岡はんは、松岡はんは、ホンマに死んでも死にきれへん！」

「せやから、まだ死んでまへん！　松岡はんが死ぬわけあれへん！」

「せやったら逃げた言うのンか！　武士になろう思てた男が逃げて、誇りはどないなるんや！　この青侍風情が！」

「なんやて！」

「やめえ！」

錬一郎が、そこでようやく割って入れた。

「堪忍して下さいや。ホンマに」

錬一郎の懇願するような声に、ふたりの荒い息はやがて落ち着き、そのまま押し黙る。

気まずい沈黙だけが残ったところへ堀が歩いてきた。

「お前ら喧嘩は後でやれ」

ようやく仲裁に来たのかと文句も言いたくなったが、どうやらそうではないようだ。

「沢良木。急ぎ征討本営へ行け」

「ど、どういうことでっか」

事情を呑み込めない沢良木が問うと、堀がさもつまらなそうに言い捨てる。

「お前さんを、今日付けで征討本営付の調理人にするとの仰せだ。宮様に飯を出せということで、お前の四条流包丁道であれば相応のもてなしができよう、とな」

旅団内で沢良木の腕はもはや知れわたっていたが、これに上が目を付けたという。

「明日十七日の晩に、将校の慰労会がある。その手伝いに早速加われということだ」

これまでは兵員も足りぬと慎んでいたのだろうが、戦も終わるという目算で、あとはゆっくり美味い飯を食って物見遊山というのが上層部の気分なのだろう。

「そんな勝手な」

錬一郎が吐き捨てると堀が「言うな」とばかりに睨みつけてきた。

「済まんが頼む」

堀の上官らしからぬ言葉に、沢良木はいつもの福々しい顔に戻って軽く肯いた。

「お偉いさんに馳走を出すよりも、皆さんのお飯《まんま》作るほうが余程楽しおますけども、あては元々、天朝はんにご奉公するためにここへ来たんどす。有栖川《ありすがわ》の宮様にお出しでけるんでしたら、そらええことどす」

沢良木は寂しそうに呟いた。

堀は、どこか居心地悪そうな三木にも向き合った。

「三木、お前も征討本営だ。本営主計課への転属だ」

「へ？」

素っ頓狂な声を出す三木。

「前線の兵員は余ってきたが、軍費の出納をできる人間が足らんとのことだ。この先、兵を引き上げるための算用も活発になろう。お前さんのバンク勤めの腕が欲しいとな」

おそらく、西郷札の一件で、その会計処理能力を、大隊上層部に認められたのだろう。

先程まで頭に血の上っていた三木は、沸かした湯が冷めたように味気ない顔をした。

「まあ、武張った働きやのうて算盤勘定のほうが、わての性に合《お》うとるいうことでんな」

その武を示すために志願してきた三木にとっては、悔しさもひとしおだったろう。

堀がそれ以外に幾人にも転属を言い渡す。壮兵小隊からは戦死者も戦病人もそれほど出ていないというのに、まるで損耗の激しい部隊のように半分の人数になった。

「あの、わしは」

分隊で残されたのは錬一郎だけで、てっきり己もどこかへ転属になるのかと思いきや、

「志方、お前はまあ俺の副官になってここに残れ」

堀がそう命じたのは、他の分隊にいまさら入るよりも、多少居心地が悪くはないだろ

という温情だったのだろう。

「はあ」

その温情を理解する余裕はなく、もはや己以外誰もいなくなった、という思いだけが胸中を占めていた。

風が吹き、一本松の枝葉がサラサラと鳴った。

○

八月十九日、長尾山の哨兵任務にあたっていた遊撃歩兵第一大隊は、前日に任務を別部隊と交代し、延岡市街の寺を屯所としていた。

堀の副官となった錬一郎は、昨晩、征討本営の宴会に行く堀に付き従い、深夜の二時頃の帰還となった。

「莫っ迦野郎、薩長以外を何だと思ってやがんだ畜生。穴埋めじゃねえんだ」

などとわめく、酔っぱらった堀を何とか寺へ連れ帰ったはいいものの、翌日の昼になっても泥のように眠り続ける堀を待っていたら、手持無沙汰で仕方なかった。

この日、遊撃歩兵第一大隊は待機を命じられていた。

任務はなく、そもそも各地の警戒自体が縮小していた。薩軍では大西郷が解散命令を下したらしく、続々と薩兵が投降してきたのだ。後は、北方の長井村に包囲されている大西郷以下の名だたる敵将を捕らえることで、この戦も終わるだろうと誰もが噂していた。

「志方君」

寺の本堂に、懐かしい声がした。

振り向くとそこには、見覚えのある洋服姿がいた。

「犬養はん」

「やあ、その額の傷は大丈夫かい」

九州の陽に焼けたのだろう、随分と黒くなった顔に笑みを向けて、隣に腰をおろす。

「こんなん、もうすぐ治りますわ。犬養はんは今までどちらへ」

「一度東京に戻った後に、熊本に戻って鹿児島や大分方面へ取材に出ていてね。いやあ九州各地を旅してまわったような気分だよ」

言葉遣いもどこか砕けて、以前よりも逞しく見える。色々なものを戦地探訪の旅で見てきたのだろう。

「宇土で別れた時に聞けなかった話を聞かせてもらいたいのだけど、ところで皆さんは」

お元気ですか、とは続けなかった。昨日会った誰かが今日は死んでいることも、この戦場では常だったのだろう。

錬一郎は、力なく笑った。

「バラバラですわ」

犬養は何も言わず、軽く肯《うなず》いて促す。

「松岡どのは十五日の和田越で」

その先を、どう言えばいいのか。

「戦死、扱いなんでっしゃろか。分からしまへん」

それが錬一郎に言える精一杯であった。

「他のお二方は」

犬養は記者である。言葉を穏やかにしながらも追及の手を緩めなかった。

「沢良木はんと三木はんは、御栄転ですわ。わしは小隊付のままで、しいて言えば堀小隊長の副官みたいなもんですわ」

問われもしないのに己の身上を語るのは浅ましいことだと、母に口やかましく説かれた武家の倫理でも、山城屋で叩き込まれた商人の作法でも、教えられたはずだった。だが、犬養はそういった武家や商人の理屈から自由な所にいるようで、自然と口が軽くなった。

「皆、どこへ行くのやろう」

犬養は押し黙っていた。その沈黙を破るように、俄《にわ》かに屯所の外が賑やかになった。

「えらいこっちゃ、えらいこっちゃ」

ひとりの紀州銃兵がただならぬ様子で境内へと駆け込んできた。

「大西郷が、可愛岳《えのたけ》を越えて南に脱出しよった！　桐野や村田やらもついていったらしい！」

「何やと」

どよめく一同。延岡の地で勝敗を決するつもりだった官軍の目算は、大きく狂った。

「まだ戦が続くのか」

犬養がぼそりと呟く。

「どこへ行くか、などという哲学的な悩みをする余裕はないよ。君も僕も、まだ戦わなきゃいけない」

そう言うと犬養は立ちあがり、征討本営へと早足で向かった。

○

「戦地直報　第八十七回　八月十八、十九両日の報　日向延岡　犬養毅
（中略）
八月十九日　報
賊、重囲に陥り、昨今の内平定の筈なりしに、昨十八日午前五時暁、霧に乗じ、

第二旅団の持場、三好少将と高橋大佐（二旅団の人）の間、河ノ岳に切込む。賊勢、殊に猖獗《しょうけつ》、遂に戦闘線を切絶したり。土人の説には、桐野西郷外の巨魁等、曾木村を指して脱走せしと云う（曾木は三田井街道なり）。巨魁の脱せし後を進撃す可らざる為に、余の賊軍は連絡の絶ゆる処に蹙し、日暮迄劇戦せり（脱すると否とは未だ詳ならず）。

（中略）

因て三田井近傍へ援兵を回し、警備を厳にす。未だ巨魁の行衛は詳ならず。」

（『郵便報知新聞』明治十年九月三日）

前日に将校たちが宴会を開いたように、官軍全体が弛緩していた。その隙を突いた完璧な逃避行であった。薩軍残党の行方は杳《よう》として知れなかった。

「今やったら手薄な熊本鎮台を落とせると思うとるのやないか」

「最後は故郷鹿児島で花と散らん、と思うとるのちゃうけ」

「人吉よろしく、どこぞの山里に籠って戦うってのもひとつ手ぇやの」

壮兵たちも銘々の推理を披露するが、官軍上層部の見当も左程変わらないらしい。可愛岳の逃避行が発覚した後も、壮兵小隊や遊撃歩兵第一大隊には、近隣村落や長尾山での哨兵くらいしか命じられなかった。

四日後の八月二十三日にいたっては、兵は休養せよとの命令が出された。魚釣りに繰り出したり、古刹参拝や土産買いに出たり、延岡の遊郭を覗く者もいた。賭場を開帳する者がいなくなったので、兵舎は酷く閑散としていた。

錬一郎も従卒であれば、将校たる堀の遊びにも付き従うべきだろうが、当の堀が、

「休養日まで付きまとわれちゃ、俺の気が休まらねえ」

と言うので、そちらも仕事はなかった。

こういう時に話し相手になりそうな犬養は、可愛岳の大脱走劇以来、連日のように俥《くるま》や渡し船に乗って取材に出かけていた。

征討本営だけでなく、三田井に進駐した別働第一旅団などの各地の部隊指揮官の話を聞き、記事がまとまり次第延岡の郵便局から東京へ速達で送るなど、錬一郎たちとは逆に多忙を極めていた。時折顔を出してくれるのだが、本業を邪魔するわけにもいかない。

結局、ひとりやることもなく街を歩いていたところ、意外な人物が声をかけてきた。

「やあ君、まだ包帯つけてたのかい」

ひょこひょこと、小さな紙包みを手に歩く、先日の軍医だった。

そう言えば、一週間でいいと言われた包帯は、確かにそろそろ取ってもよい頃だろう。

「どれ、外してやるから来たまえ」

「なるほど、勘兵衛は桑名藩士だと名乗っていたのかえ。それをバラしちまったとは申し訳ねえことをした」

手塚と名乗った軍医は、ばつの悪そうな顔で番茶をすすり「あちち」と口を離した。医務室で包帯を取ってもらった後、番茶を煎れてくれ、紙包みから饅頭を出して錬一郎にくれたのも謝意からなのだろう。延岡の銘菓で破れ饅頭といい、確かに美味であった。

「手塚殿は徳川方におられたので？」

相手は堀より上官に当たる大尉相当官である。丁寧な言葉を心がける錬一郎だったが、向こうはいかにも江戸の水で洗われたような飾らぬ物言いであった。

「私ゃ常陸府中藩の江戸詰め藩医だったんだ。蘭方医学を大坂の適塾で習ったものだから、御公儀のお召し抱えを受けて、幕府陸軍付の軍医になり、瓦解からこの方こちらのお世話になってるって寸法だ」

軍医は薩長が牛耳る軍にあって、藩閥とは関係なく出世が叶う数少ない領域のひとつだ。旧徳川方でいまひとつ栄達とは無縁そうな五十絡みの手塚でさえも大尉相当の二等軍医で、少将相当で軍医の頂点に立つ軍医総監に今あるのは徳川将軍家の奥医師だった松本良順である。

○

「勘兵衛とは幕府陸軍の歩兵隊屯所で出会ったんだが、あれは深川辺りの荷方の倅《せがれ》でね。戦働きよりも隊内の喧嘩で生傷が絶えないような奴で、よく世話してやったもんだ」

多少痛い目にも遭わせたがね、などと付け加えた辺り、松岡の医者嫌いはこの男によるものだったのではなかろうかと合点が行く。

「やくざ者と大した違いはなかったね、あの頃は」

猫舌なのか、番茶をふうふうと冷まして啜《すす》る手塚に、十年経ってもやくざ者さながらだったた、とは言いだしにくかった。

「戦場じゃなかなかの武勇を発揮したらしいが、私は江戸開城でお勤めを降りて、それ以降は知らないんだ。大方会津か蝦夷地かまで戦ったんだろうが、まさしく奴は戦でしか生きられないような人種だ。治世のごろつき乱世の精兵ってね。清国じゃあ『良い鉄は釘にならず、良い人は兵にならず』とも言うが……おっとこれは失敬」

医者の癖に口悪い男であるが、手塚の口ぶりはそんな松岡を嫌っていないふうであった。

手塚が手元の湯飲みに目を落とす。

「鹿児島の叛乱が治まってみたまえ。ああいう男は生きづらくなるだろうねえ」

四月に、熊本城でそんな話をしたことがあった。あの時は、戦が終わるのはしばらく先だと思っていた。だが現実に一度は終わろうとしたし、続いてもそう長くはないだろう。あの時以上に、切実さを増していた。

征韓論や征台の役を主導したのは専《もっぱ》ら薩摩閥の血気盛んな士族たちであった。鎌倉武士の気風を引き継ぐとも言われた彼らが、この戦で一掃されつつあった。

「ほしたら松岡殿は、そういう輩はどこへ行けばええのんだす」

学も技術も縁故もない、ただ武の道しか誇ることのできない時代遅れの武士たちは、この国に居るべき場所があるのだろうか。

「さあなあ。あれは平時の軍人で納まる器じゃないからねえ。北海道で屯田兵でもやるか、あるいはいっそ清国や朝鮮にでも行ってみるってのも、ありかもしれんねえ」

達観したような口ぶりである。彼は見てきたのだろう。戦うことしかできない男たちを、戊辰の前後に幾千と。

「私の家も藩医などやっていたが、私の代で蘭方医になっちまったし、上の倅は法学校で学んでいて家業など吹っ飛んじまったよ。これが当世の流れってやつだろうから、それに抗うこたぁできねえ」

思えばこの枯れたような軍医自身も、その流れに翻弄されたひとりだろう。

「君は、この戦の後はどうするね」

「わしは……」

武人として武功を挙げ、道場を再興し、へぼ侍と呼んできた者たちを見返す——そう決めてここへ来た。かつてはそう即答できたのに今は躊躇《ためら》いがあった。

軍に入っても、堀のように藩閥の専横で嫌な目に遭い、武人の本分でないところで頭を悩ませながら長く仕えなければならない。軍を退いたとしても、撃剣の道をこの先誰が習うのか。何より、今の己自身にとって撃剣は果たして目指すところなのか。分からなくなった。

「わしは、ただのへぼ侍ですわ。どないもこないも考えとりませんわ」

手塚もそれ以上聞かなかった。破れ饅頭を口に放り込み、多少冷めた茶で流し込む手塚。しばらくして、ふと思い立ったように、

「どうだい、もしこの戦地で医術の有難さを知ったなら、うちの倅の代わりに医者でも目指すかい？　次男よりも見込みがあるかもしれん。東京に来るんなら、うちか弟子の家で書生として面倒みてやるぞ」

以前であれば、迷うことなく軍人を目指すと言って、断っただろう。

「わしは元々薬問屋の丁稚ですねん。医者も悪うおまへんな」

「お、乗り気だな。よし、戦が終わって東京へ来る決心がついたら、ここへ連絡したまえ」

手塚は手元の便箋に東京市中の小石川の住所を書き、最後に「良仙」と己の名前を記した。

「私が居なくとも家の者にこれを見せたまえ。待っているよ」

○

その翌日、遊撃歩兵第一大隊に南進の指令が出た。向かう先は薩軍の本拠地、鹿児島県の旧薩摩藩領内だ。

「とはいえ、薩軍の残党が薩摩のどこへ行くのか、皆目分からん」

櫛の歯が欠けたような壮兵小隊にあって、誰もが戦意をいまひとつ見せぬまま、何より堀自身が気力がなさそうな様子のまま、寺の本堂で告げられる。

「この大隊が進軍するに当たって、斥候を仰せつかった」

「何をすればエエんだすか」

ある壮兵の問いに堀が投げやりに答えた。

「平服で薩軍の行方を追う、まあ言うなれば探偵か隠密だな」

この時代、探偵という言葉は、刑事やスパイを指した。

「銃や刀は持たず、行商人や記者に扮装して街道を各方面に向かい、薩軍の残党を見つけ次第、後続の本隊へ連絡する。服装は伊蔵に古着を用意させた。それで間に合わせるぞ」

伊蔵が廊下から現れ、両手いっぱいに抱えた古着をどさっと床に置いた。

「ちょ、ちょっと待ってんか。銃も刀も持ったらあきまへんのか」

「脇差やピストルくらいなら、とのことだ」

「それがナンボの足しになりまんねや。そんな無体な」

「そないなケッタイな任務できまっか」

戦場となっているこの地で、武器を何ひとつ持たず放り出されることが、どれだけの恐怖か。これまでは最新洋式銃を手にしていた安心があったが、それを奪うというのか。

「お、逆らうか。いいぞ、この場で叩ッ斬ってやる」

堀は冗談めいた口振りながらも、腰の軍刀を摑んで床板にドンッと打ち付ける。凄みを見せる堀を前に一同が押し黙る。

堀が一旦大きく息を吐く。

「正規の訓練を受けた鎮台兵や、銃での戦いに特化した紀州銃兵じゃ、これは務まらねえ話だ。お前さんらのような世慣れた曲者じゃねえと、敵さんの目もくらませられねえ。そういうご判断を上は下したわけだ。まあ厄介払いなのは否定できんがな。汚れ仕事ばかり押し付けやがって。探索中に何人か戻らなくとも、俺は戦死扱いにしておいてやる。郷里のお家には多少の恩給も出るだろうよ」

堀の極めて個人的な恨みつらみが混じり、最後はもはや脱走の幇助《ほうじょ》ですらあった。

流石の壮兵たちも逡巡を見せていると、錬一郎が立ち上がった。

床に置かれた古着の山から紺の絣《かすり》と股引を取り上げた。他の壮兵が黙って見ているなかで、ぱっと軍服を脱いで六尺褌姿になり、あっという間に着替える。

「わしは元が道修町の薬問屋山城屋の手代でおまっさかいに」

帯を締めて裾をたくし上げた後、烏打帽を被りながら商人口跡で喋る錬一郎の出で立ちは、まるきり浪速の行商人であった。

「小隊長殿も言うてはったけど、この装束で腰に刀があったら、確かに可笑しおまんな」

錬一郎は脱ぎ捨てた軍服の横に置いてある、かつて堀から渡された軍刀を突き出す。

「これはお返しします」

これまでに受けた恩を、突き返すような気持ちになった。

「そうか」

堀も一瞬もの悲しい表情になったが、特段に何かを言うことはなかった。

やがて十数名の壮兵は、錬一郎に圧《お》されるようにめいめい古着を着た。行商人や土方のような出で立ちで、各分隊の二、三人ごとに行先を命じられた。

「志方、お前の分隊はお前だけだ。他の分隊と共に行動してもいいが」

堀はひとり、軍服姿のままである。この後は大隊の幕僚付となって本隊と共に南進し、事前に設けた合流地点で、壮兵たちの情報を本隊で統括するという。

「わしはひとりで……」

「それなら私がご一緒させていただいても?」

思わぬ闖入者《ちんにゅうしゃ》が居た。

「犬養はん」

現れるのはいつも突然だ。廊下からニコニコしながら堀のもとへ歩み寄ってきた。

「これは軍機に関わる話だ。聞かせるわけには……」

「私は鹿児島へも行ったことがございますし、足手まといにはならないかと。鹿児島へ到着するまでは一切東京の社へもこのことは漏らしません。同行させていただけませんか？」

犬養の物言いは極めて物腰が柔らかいが、どこかに頑固なところがある。この時もそうで、堀もすぐに諦めた表情になる。

「……よかろう。うちのが世話になる」

遊撃歩兵第一大隊を隷下に置く別働第二旅団が南進を開始するのに先立って、彼ら壮兵部隊の面々は、延岡から南と西に延びる主たる道を先に行くこととなった。

兵舎となっていた寺の前に呼び寄せた倅に、犬養と共に乗り込んだ時、堀がマッチと洋煙草の入った紙箱を寄越してくれた。

「刀は不要だろうが、これはやろう。ここまで色々嫌な勤めもさせてきたな。これで手柄を挙げたなら、後々口添えはしてやりやすい」

軍に残りたければ、ということだろう。その気持ちが、今の錬一郎にどれだけ残っているかも、あるいは薄々感じているのかもしれないが。

「お前がどこへどう転ぶかは分からんが、武運を祈っているぞ」

倅引きが立ち上がり、出発した。

六之章　パアスエイド

土煙と足音と槌《つち》の音が、蜩の鳴き声と共に夕闇にじっとりと溶け込む。

宮崎の街に彼らが入ったのは、日もほぼ沈もうという頃だった。延岡から宮崎は二十二里（約八八キロ）あり、それも山と日向灘に挟まれた街道を縫うように南下するしかない。徒歩であれば優に三日かかる距離を、ふたり掛けの俥を二度乗り継いで、何とかその日のうちに辿り着けた。

しかし、明かりを点けねば足元もおぼつかないほどの暗さになりつつあるのに、街の中はまるで祭りでもあるかのように喧騒に包まれていた。

「災い転じてではないけど、賑やかさはなかなかのものだね」

燃えた家屋を建て替える大工や土方がおおわらわで、官軍の大量の人員物資がひっきりなしに行きかう。商人としては、物があれば飛ぶように売れるこの地は垂涎《すいぜん》ものだろう。その逞しさの裏に隠れた悲喜交々《こもごも》へ思いを馳せる余裕は、当面の彼らにはない。

「まずは今晩の寝床や」

鳥打帽を被りなおす錬一郎は、紺絣をたくし上げて股引と草鞋の軽快な旅装束、背中には風呂敷包みと、どこへ出しても恥ずかしくない行商人姿だ。今のふたりは、大阪の薬問屋の商人と同行の記者ということになっている。軍御用達の宿を使うわけにはいかない。

　街で営業する宿はただでさえ一部が戦災で営業休止で、加えて大工や土方の出入りが激しいためどこも満室であった。結局、十軒ほど断られた末、不愛想な嬶《かかあ》が営む木賃宿に場所を得た。

「灯り代が勿体ねえけん早《はよ》う寝え」

　ひとつの蚊帳《かや》とふたり分の煎餅布団を乱暴に渡されると、ごろ寝の大部屋の片隅の二畳ほどにいそいそと蚊帳を張る。宿泊料は十銭と通常の相場の倍だが、ノミや蚊に泣かされた露営の日々に比べれば、天井の有る宿屋で蚊帳の中で寝られるのだから天国のようだ。

　落ち着いたところで明日の行程を密議しようと考えていたが、蚊帳と布団の用意を終えるや否や嬶が行燈《あんどん》の明かりを消す。戦災の余波で油に事欠くのか、元から吝嗇《けち》なのか。

「厠《かわや》へ抜けて話そう。他に聞かれるのもなんだし」

　旧暦ではこの日は七月十六日で、昨晩満月を迎えたばかりで外のほうが明るい。しかし、地図を出して話せるほどの明るさではない。

「ほな、ちょぃと火ぃ点けましょか」

　ぼろ宿の建物を出て厠の近くに行くと、錬一郎は堀から貰ったマッチを擦り、早速煙草に火を点して吸い始めた。

　犬養が地面に地図を置き、月明かりと煙草の火を頼りに指さしていく。犬養もこの数か月、九州の北から南までを行き尽くし、主要な市邑《しゆう》と街道の位置は大まかに分かるという。

「大西郷らは可愛岳を越えて延岡西方の三田井に出没した。そこから行方を晦《くら》ませて、官軍が占領する主要な市邑に出たという話はない。彼らが鹿児島へ向かって進むには三、四ほどの選択肢がある」

まず、日向平野に出て霧島連峰を東から回り込む形で薩摩に入る経路。都城を経由して国分へ進入できる。途中から高原で南に分岐して山道を行く道もある。

次に、山中を突破して人吉方面へ抜ける経路。これは大口など西側の関所跡から街道に出て、錦江湾に面した交通の要衝である加治木に続いている。

いずれも同じく斥候に出された別の壮兵たちが赴いている。

「そして我々ふたりが探るのは加久藤《かくとう》だ」

霧島の北方に広がる盆地の西端にある、山の峰が切れた箇所が加久藤である。人吉や小林に街道で通じる交通の要所で、ここから鹿児島の街道に直結して加治木に至る経路だ。

「もっとも、これは大西郷らが霧島の山々を踏破しないという前提だけれどもね」

現に延岡では、踏破しないだろうと警戒が薄まっていた可愛岳で、官軍の意表を突いて脱出が成功した。しかし考え出すと細い山道などきりがなくなる。

「明日のうちに加久藤の東にある小林に入って薩軍の噂を収集すれば、既にどの道へ行ったか、あるいはまだ来ていないか分かるんじゃないかな」

「ほな、そこで明日は網張りまひょ」

後続部隊は三田井方面から日向山地を南進する。都城か大口かあるいは加久藤か、見極めるのは五日後、八月二十九日に北方にある大河内村に本隊が到達した時点である。ここからなら、どの経路に出られても等距離で出向ける。

「あと五日でどこまで摑めるかや」

二本目の煙草を取り出して火を点す錬一郎。既に地図に目を通したから煙草の明かりは必要ないのだが、高まる心臓の鼓動を落ち着けたかった。戦国乱世の軍記物めいた探索の旅に、高揚感を抱いていた。

「これで首魁を見事見つけた暁には、まごうことなき英雄だね。その時は記事にさせてくれたまえ」

犬養も満で二十二、錬一郎とそれほど変わらぬ心持ちなのだろう。悪戯気な笑みを月明かりの下に浮かべていた。

○

八月二十五日早朝に宮崎の宿を出て俥を走らせ、日向国南方の西諸県《にしもろかた》地方の中心となる小林の街に辿り着いたのは、正午頃だった。

霧島連峰の北に広がる盆地は、青々とした水田が広がっていた。炎天下の街道を行く俥の上で、風は稲の薫りがした。備中、今でいう岡山県の出である犬養は「どこにでもある鄙《ひな》びた光景だね」と笑っていたが、大阪育ちの錬一郎にとっては田舎の風景はどれも新鮮だった。唯一、西の空の入道雲の下が水気を帯びたようにどす黒く、雨の気配を感じさせたことが懸念材料だった。

幸いにして雨が降り始める前に小林についた。

この地も五月から七月にかけて、官軍と薩軍の戦場となっている。元は薩摩藩領で多くの士族が薩軍に従軍した地だ。戦の傷跡は焼け落ちた街並みのみならず、人々の心にもまだ色濃い。その地でどう立ち回るか。

途中で犬養を政庁の仮庁舎前に落とす。元は薩摩藩の地頭仮屋が置かれていて、その建物を政庁としていたというが、戦で焼けたらしく、急ごしらえの仮造りの建物が築かれていた。

政庁前には申し訳程度に官軍が屯《たむろ》していたが数は少なく心もとない。政庁の官吏に取材するという犬養を後にして、錬一郎はそのまま俥引きが懇意にしている俥屋まで乗った。

「わて、大阪から薬の商いで来たんやが、薩軍はん、まだこの辺りで気張ってまんのか？」

胡麻塩頭の亭主は、土間と直結した番台で丸眼鏡をくいと押し上げて一瞥する。もしや薩軍贔屓の元士族かとヒヤッとしたが、亭主はそれ以上特に怪しむ素振りはなかった。

「ここらの薩軍は官軍が七月に追い払ったど。学校や陣屋が焼けて、おいも商売に差し障りば出たと」

「これから加久藤のほうの街道にも行くのやが、残党なんぞも出やしまへんか？　わてらそれが恐ろしゅうて、ヒヤヒヤしてまんのや」

「そげな噂もなか。安心して商売したらよか」

俥屋を後にし、一度通過した政庁辺りへ戻ると、犬養が渋い顔をして待っていた。

「ここの官吏は、薩軍の再出没に酷く怯えているようだよ。薩軍が出没したかと聞こうものなら『そんな噂があるのか！』と軽く恐慌をきたしていたよ。これじゃあ、有ると無いことに怯えていそうで、あまり頼りにはならないね」

鹿児島の県庁は、官軍が軍艦で鹿児島に乗り込んで奪還した後、東京から新たに官吏が送り込まれ、その下で各市邑の政庁も再編成されている。再び薩軍が占領しようものなら、真っ先に彼らは犠牲になることだろう。官軍や邏卒も数はおぼつかず、撫民（住民対策）で手いっぱいとのことだ。

「小林には五月に大西郷を泊めた家もあるらしい。街道沿いにある時任《ときとう》という士族の家がそうだというから、西郷の談話を聞きに行ってみようか」

「他に頼れる伝手も、あらしまへん。行きまひょ」

政庁から徒歩で一時間もしないうちに、時任邸へ辿り着く。田舎らしい素朴な造作の武家屋敷で、この辺りの言葉では「分限者《ぶげんしゃ》どん」と呼ばれる家柄だそうだ。

「私は東京から参った記者で、犬養仙次郎と申す者です。西郷閣下がこちらで逗留なすったと伺いまして、その当時のお話を伺えないかと参った次第です」

犬養が玄関で挨拶すると、家の下女が警戒するように睨み、そそくさと引っ込む。しばらくして亭主が出てきた。線の細そうな田舎文人という風体である。

「おいが話すことはありもはん」

地理的にも歴史的にも鹿児島に近いこの地の言葉は、宮崎や熊本とは違って聞こえる。

「おはんら、官軍の手のモンか」

冷ややかな表情と物言いにドキリとする。流石にこちらの正体を見破ったわけではなさそうで、ただ警戒の心を口にしただけのようだ。

「そのようなことはございませぬ。官軍を取材したことはあっても、私は官の途についたことはございません」

犬養の顔を胡散臭そうに見やる亭主。このまま亭主の警戒心を放置していては、聞ける話も聞けぬ。

「あのう、旦はん」

「おんしゃなんや」

「わては大阪の薬商人でおます。ここの記者はんと汽船から同行させてもろうてましてな。この方のトコの新聞は、大阪でも売ってるくらいに名の知れたモンでっせ。ほれ」

錬一郎が背負った風呂敷を降ろして、中から以前伊蔵から購入した『郵便報知新聞』を取り出し、犬養の署名の入った記事を見せる。西郷のことを悪しざまに書いている紙面ではないので、見せても問題ないだろうと判断した。

「どないだすやろ。お話だけでも聞いたったら」

亭主は紙面に目を通すと、ふんと鼻息をついて錬一郎を睨む。

「大阪の薬売りが、どげんしてここに」

「へえ、そらもう薬問屋にとったら、戦場言うのはエエ商売のタネでおまっさかいに、官軍であれ薩軍であれ、買《こ》うて下さるお方を探してまんのや。大阪も近頃は景気が悪《わ》ろおましてな、こないして出張らなあきまへんのや。ほいでも地理には暗《くろ》うおますし、何よりわてては大西郷閣下を内心お慕いしとりますよってな、こないして西郷札もお守りに持っとりますねん。ほいで、西郷閣下のお話も聞きとうて、こないしてご一緒させてもろてまんのや」

ご丁寧に、小道具として西郷札まで取り出す錬一郎。こてこての浪速の商人口跡はなかなか身からは抜けぬし、何より他の地の者に真似はできない。話す言葉は、己の身分証明書のようなものである。

「百味簞笥ば背負うとらんが」

漢方薬の行商といえば、薬を小分けにした小引き出しのある百味簞笥を背負っているのが相場である。流石に商売用の小道具まではままならなかった。

「そらもう、こないな戦場へ来よったら、あないな大荷物もよう持ちませんわ。小商いやさかい絞り込みが肝心ですわ」

もはや錬一郎は、本当のことを言わないどころか、堂々と人を騙しながら良心の呵責《かしやく》などについて心をわずらわすこともない。とどめとばかりにもうひとつ風呂敷から出す。

「わてんとこの売りはこれひとつ。大阪船場は道修町、山城屋謹製の軟膏でおます。旦はんも、如何《いかが》でっか」

出征前に久左衛門から貰った、蛤入りの軟膏を差し出し、精一杯の笑顔を浮かべる。

「薬には難儀しとりもはん。よか、上がれ」

亭主はつまらなそうに応答し、それ以上追及しなかった。

畳の客間に通されると、下女が恐る恐る出してきた冷えた茶を、遠慮なくいただく。

亭主は今度もまた大きな溜息をついた。

「おいはもう官軍には十分協力しちゅうど。これ以上何ば求むか」

額には、夏の暑さのせいか心痛からか、玉のような汗が光る。外は先ほどより薄暗くなり、蒸し暑くなってきた。これは間もなく雨が降るかもしれない。

「小林の士族はもはや官軍に下ったたち。薩摩ン兵児《へこ》どんらごつ、戦いにも長けとらんし、大層な名分もなか。おい達はこん小林を一所懸命すっことだけが望みじゃっど。ないごて（どうして）それ以上を詮索すっとか」

西郷や薩摩方への義理も、小林の中での武家の体面も、そして官軍占領後の気苦労も、その線の細い一身から滲み出ていた。

その心の強張りを解きほぐすように、犬養はゆっくりと語りかける。

「私は、ただ西郷閣下の人となりを知りたいだけなのです。東京に限らず、この日ノ本中が、固唾を呑んで見守る大戦を、なぜあの西郷閣下が起こしたのか、身近で見知った方にしか分かりえないことがあると思っています。それを知って新聞で世に問いたいのです。それに対して如何《いか》なる思いを抱くかは読者に委ねます。私はただ淡々と書くのみです」

　薩軍派閥にも官軍贔屓にも、双方に取材をしてきた犬養の言葉は、静かだが誠実さを感じさせる。時任の亭主はそれでも逡巡を見せていたが、既に玄関口でのような拒絶の色はなかった。

「それにしても、戦場を遠く離れた東京や大阪の童にさえ、閣下を祭り上げる囃子《はやし》歌が流行るくらいです。実際に見た人柄というのもさぞ良いんでしょうな」

　多少わざとらしい感じもしたが、その外連味《けれんみ》が亭主にはおかしく感じたか、ふっと笑った。

「そうごわんな」

　そこからは、亭主の口は一気に軽くなった。

「閣下は本当にご立派な御仁じゃ。おいは今もお慕いしちょっど。相撲取りごつ巨漢でな、普段は寡黙じゃっどん、時々面白かこつ言うて場を和ます。陸軍大将じゃっどん、おいはおろか下女に対してさえも礼節を欠かさん。華美は好まず、まるで山ン猟師ごつ着物も粗末な大島絣に兵児帯じゃ」

　官軍に再占領された今、それでも西郷を慕う心のうちは周囲にも言いづらかろう。溜っていたものを一気に吐き出す亭主。

「尭舜《ぎょうしゅん》の王者も、かくあったち思うちょっど。こん国に今やそげん御仁はもうおらん」

大陸の神話を持ち出してきた亭主は言外に、大久保卿をはじめとする今の政府への非難を込めた。

この数年来、この国の各地では士族だけでなく、地租改正や徴兵令や学制発布など急進的な改革に対する多くの不平が満ち溢れつつある。薩長の大官小官が、その権力を私腹を肥やして権勢を誇るために乱用するさまは、錬一郎が軍に入ってからいくらでも目にした。

そういう風潮に対する士族叛乱や農民一揆などを邏卒と鎮台兵の強権で押さえつけ、その芽になりそうな新聞や言論人を讒謗《ざんぼう》律などで締め付けてきたのが、この数年である。

その不平不満が、九州の奥地の小林にまで充満していたからこそ、薩軍に彼も靡《なび》いたのだろう。熊本の髭面の口やかましい戸長も、この類の人だったのだろう。

「あん御仁を失《うしの》うては天下国家の損失じゃっど。官軍はあん御仁を捕まえた上で、お命だけは救うちくれんかね」

その嘆願が届くことはあるのか。

ゴロゴロと遠くで雷のなる音がした。いくばくもせず、ぽつぽつと雨が降り始めた。

○

二十五日の昼過ぎに降り出した雨は、すぐに止む気配はなかった。

錬一郎と犬養が時任の家を辞して、市中に宿を探しに行った頃には、嵐のような土砂降りだった。びしょぬれになりながら市中を駆けていくふたりの横、道沿いを流れる小川は既に茶色い濁流が溢れていた。

街道の行商人などが泊まる多少高級な宿に転がり込むと、同じように濡れ鼠となって駆け込んできたらしい旅客たちが、口々に文句を言いながら荷物を降ろした。

嵐は翌日になっても激しくなるばかりだった。二十六日の早朝、雨が屋根を叩きつける音に起こされた錬一郎が顔を洗いに外へ出ようとすると、井戸は屋外で暴雨に晒されていた。濡れないようにと、軒先には順番待ちの客が幾人も待ち構えていた。

「酷か雨じゃっど」

「こいじゃ今日は加久藤へは戻れもはん」

鹿児島に行き慣れた客なのか、道の様子を不安げに語る。この暴風雨の中を薩軍探索に出ようものなら己の身が危ないし、おかしな奴がいると怪しまれかねない。

「折角ここまで俥で飛ばしてきたいうのんに、これで手がかりも得られんままでは……」

顔を洗いに出たというのに、頭と着物まで濡らして帰ってきた錬一郎が焦りを口にする。苛立ちを鎮めようと煙草に手を出すが、マッチも湿気ていて中々点火せず、ますます苛立ちは募る。

犬養は四畳半の部屋の中で、宿から借りた木箱を机に書き物をしていた。

「やあ、やっぱり湿気てしまうなあ」

「犬養はん、そない悠長な」

「落ち着きたまえ。薩軍がこの辺りに出たという様子はないんだ。もし出たなんて噂があれば、今頃他の客たちが恐慌をきたしているだろうさ。むしろ、この宿に出入りする他の客から街道の様子を聞いたほうが情報収集になるんじゃあないかな」

そう言うと、再び己の書き物に目を戻す。ああでもない、こうでもない、と呟きながら、何かを墨で書いては線を引いて消す、ということを繰り返していたが、やがて息をついて筆を止めた。

「ところで、犬養はんは、何を書いてはるんでっか」

煙草を咥えた錬一郎が問うと、犬養が書き物を見せてきた。

「この前、君が参加したという和田越の会戦は僕も見に行っていたんだ。その時の様子を書いてみた。ああ、煙草の火は気を付けてくれよ」

手渡された紙には漢詩が記されていた。

乱弾劈樹絶完存　(乱れ飛ぶ弾が樹を裂き、無事なものはない)
惨淡風醒稲葉村　(惨憺たる様で、稲葉村の風は生臭い)
殷血染尸々猶暖　(死体は大量の血で染まり、まだ温かい)

怒皆睨天口将言（死者は皆、怒りながら天を睨み、何か言おうとしている）

「稲葉の村に築かれた塁《とりで》で、二十七人もの薩兵が絶命していた、その時の光景を記したつもりだ。今度の郵便で東京へ送るつもりだ」

まるで錦絵に描かれたような鮮烈な情景が、鮮血の温かさや死人の臓腑から漂う悪臭と共に、錬一郎の脳裏にありありと浮かび上がる。

「これはまた……」

この漢詩の臨場感に圧倒されていると、犬養は障子の向こうを遠い目で見やる。

「君も色々見てきただろう。僕も色々見てきたつもりだよ。この地に英雄はおらず、只々悪鬼のやるような汚れた所業を薩兵も官軍も繰り返す、そんな光景をだ」

相部屋ではないのをいいことに、人の目を気にせずにどさりと後ろに倒れ込む犬養。

「なあ志方君。君は、今でもその撃剣の技で、君の名を戦場に鳴り響かせたいかい？」

なぜか、いつもと変わらないはずの飄々とした表情の裏に、迫力を感じさせる。

「そんなん、もう分からしまへん」

じきに錬一郎の口からは、別の思いが漏れ出した。

「鉄砲であれ刀であれ、何を使うても勝ちは勝ち、負けは負けや……いや、そもそも何が勝ちなのか、分からんようになってきましたわ。わしはこの戦で武人となって、撃剣の道に磨きをかけて道場を再興させるのが、わしの勝ちいうことやと思うとりました。

せやけども、今はそれを目指すべきなんかハッキリしまへんのや」

犬養が詩に記した凄惨な光景だけではない。堀という身近な尊敬できた武人が、薩長が牛耳る今の官軍にあって理不尽に振り回されていた。その皺寄せが己らにも何度も降りかかってきた。それは官吏ではあっても「武人」には思えなかった。豪放磊落に戦いに身を投じてきた松岡のほうが古《いにしえ》の戦国武者らしく思えたが、それを目指したいとも思えなかった。道場を再興するというかつての志は、今の己の中で何か霞がかかって見えてきた。

「武人たるいうのは、いかなることなんでっしゃろな」

ざあざあと、外からの雨音は激しい。

寝転がっていた犬養が起き上がる。しばらく返事せず、唐突に話題を変える。

「例の、遊撃別手組という集団に出会ったよ」

かつて錬一郎が入ろうと志した、剣客家による部隊である。

「五月ごろだったかな。鹿児島の占領地の警備に当たるべく、大阪鎮台から送り込まれた別手組を取材したんだが……あれは酷いものだった」

大きな溜息が聞こえた。

「剣で戦うのだと威勢はいいが、孫子の兵法を妄信し六韜三略《りくとうさんりゃく》を諳《そら》んじるばかりで、上官の命には逆らってばかり。小隊長がひとりやめてしまったよ。見かねた新しい隊長は、敵軍に竹刀《しない》で突入する蛮勇を見せて、連中を黙らせていたけれどもね」

遊撃歩兵第一大隊の壮兵小隊も、なかなか豪傑揃いだったが、遊撃別手組は輪をかけて面倒くさい面々だったようだ。この遊撃別手組について六月二日付の『郵便報知新聞』に掲載された「戦地直報」で、犬養が書いた記事の中ほどにはこう記されている。

「附言す。某少尉隊長たるの後、六日七日の戦に此隊を率ひて将《まさ》に賊軍を突かんとするに当り、剣法家は如何なる故にや、日頃の言にも似ず突進せざりしと。」

「それだけエラそうに言うときながら、突撃せえへんかったんですか⁉」

「口ばかりの、武人の風上にも置けない連中だったよ」

犬養がふっと鼻で笑い飛ばして諧謔《かいぎゃく》的な顔になる。

「武人とは何をもって定義されるのか。今は刀ではなく銃だ、という話で僕も理解してきたが、剣や鉄砲を持つことが武人たることの真価じゃないのかも知れない。武人たることとは、この文明開化の今では目に見えない力を持つことであると言えるのではないだろうか」

「どういうことでっか」

「パアスエイドだ」

「ぱ？」

聞き慣れない異国の言葉だ。

「エゲレス語で、説いて得心せしめるという意味で、漢語に訳せば『説得』『説諭』とでもいうところかな。論と理を以て、向かい合う者に道理を説き、その通りだと思わせる。この一連をパアスエイドというんだ。エゲレス語を用いるエゲレスやメリケンでは、衆民の代表を集めたパアラメント、つまり民撰議院でパアスエイドして国の政《まつりごと》を動かすほどだ」

「また、パァとかペェとか、エライ難しい話を」

「簡単なことさ」

錬一郎を指さす。

「松岡さんから聞いたよ。誰も君を相手にしなかったところで、君は道理をもって説き伏せ、己の行動で自らを分隊長だと認めさせたってね」

それは、鎮台にいた時のあの冷たい境遇から、殴り合いを経て神戸でようやく摑んだ、ささやかながらも確かな戦果だろう。

「男には殴り合うことも必要だ。だがそれで終始しては結局解決しないことを、君のような商人、もとい元商人は知っているはずだよ」

武人になることだけを追い求めていた時には決して理解できなかっただろう。だが今の錬一郎には、犬養の言葉が腑に落ちる。

「柔よく剛を制す、でんな」

灘の浜東の若旦那、嘉納治五郎が口にした言葉が、錬一郎の口をついて出た。

「へえ、君もなかなか学のある男だね」

知識で犬養を感心させたのは初めてではないかと、どこか面映ゆい気持ちになる。

「僕も実は軍人になりたいという思いを抱いたことがある。だから君の葛藤はよく分かる。だからこそ君には、パアスエイドする道を勧めたい。僕も今は政や人道を説くものになるつもりだ」

いつもは、どこかフワフワとして聞こえる犬養の声色に、いつになく固い決心が見えた。

「東京へ来たまえ。一緒に、慶應義塾で学ばないか？　学費を稼ぐ手段も、僕が手配をしてやれるよ」

「そうでんな」

つい先日、手塚軍医からも、似たような誘いを受けたばかりである。

医術の道を進むか、弁論の道を歩むか。今まで考えたこともなかった道が、目の前に開けつつある。今まで感じたことのない高揚感が湧き上がってくるのが感じられた。

「この戦が終わった暁には、見極めたります」

ぐっと拳を握った。

○

雨が止んだ二十七、二十八両日、小林の宿を拠点に市中や街道沿いに捜索を広げた。犬養が政庁や軍、錬一郎が商人や百姓、と手分けして聞いて回ったが、薩軍らしき一行の情報はまったくなかった。

「明日には大隊に合流せなアカン。今晩で捜索は終わりですわ」

溜息をつきながら錬一郎は取っ散らかった荷物をまとめる。

「僕はこの後熊本へ向かって、君たちと行動を別にするよ。西郷の足取りを摑めなかったのは残念だが、ここで本当にお別れだ」

犬養は書き溜めた文を、東京までの長距離郵便に耐えうるよう油紙で念入りに包装する。

「仰山書かはりましたね。どんなことを書いてはるんですか」

「半分は戦の詳細についてだが、あと半分は普通の市井に生きる民草《たみくさ》の様子さ」

「へえ、そんなんも新聞には載せるんでっか」

「新聞には載らないだろうけど、僕には印象的でね。戦場をずっと見て回って来たけれども、どこでも民草はしたたかだった。薩軍や官軍に住む家を奪われ、田畑を踏み荒らされて、それでも生業《なりわい》を守り、あるいはまったく別の商機を見つけて逞しく生きている人々を、僕は九州で沢山目にしたよ」

九州に来るまでは、戦は武人たちの独壇場だと思っていた。だが実際の戦場には実に多種多様な人種が出入りしていた。軍の荷を請け負う軍夫たち、休息する兵に菓子や土産を売りに来る行商、そして兵に春をひさぐ遊女たち。食糧を徴発された時に最初から吹っ掛ける百姓もいれば、焼けた街を逞しく再建する町民たちもいたし、昨日まで共に戦っていた薩軍に翌日から刃を向ける地元士族隊もいた。

「わしも、そういう連中を仰山目ぇにしてきましたわ」

この数か月の戦いのなかで、錬一郎が目にしてきた人々は、戦に巻き込まれて苦しみながらも決して泣き寝入りせず、今日という日を生きていた。

刀や銃大砲では測れない、別の強さ。それは先日犬養が言っていた「パアスエイド」もそうなのだろう。それらに触れた己は、その強さを身に着けることができただろうか。

ふと、宇土の盛り場にいた鈴を思い出す。あの娘も強く生き抜いていた。たった二度しか会えなかったが、その行く末に多少なりとも立ち入ってしまった。

今はどこで何をしているのだろうか。宇土から立ち退かされても、無事に生きているのだろうか。

「このしたたかさを国力に転換すれば、この国は今までにない力を持つと思うよ。そのためには民撰議院に基づく政体こそが相応しいはずなんだ」

犬養は政談弁士のように熱く語る。

錬一郎は、この戦に赴く前の日々に思いを巡らせる。

「浪速の商売人ちゅうモンを見てきましたが、利に聡く、新奇なモンも尊びながらも、因循姑息ともよう折り合いをつけますわ。武家が十年一日で変われへん時に、商人はひと月、いや数日で変わらな、利をすぐ取り逃がしますよってに」

幕末、御一新、大名の没落と大阪の衰退、そして西南戦役と目まぐるしく変わるこの十年余りの世を、彼らはしぶとく生き残ってきた。そして己自身も、実のところその末端に連なっていたと、大阪を遠く離れた九州の山奥でようやく気づくことができた。

鍊一郎よりも一枚も二枚も十枚も上手な商売人たちが、今この国を動かしている薩長や公家に取って代わる日が来れば、この国は御一新の時よりももっと目まぐるしく変わっていくのかもしれない。薩摩士族であった五代友厚《ごだいともあつ》が、大阪にあって商売人たちを後押しするようなご時世だ。これまで皆が士族のようになろうとしていたのが、古臭くなりつつある。

「士族も公家も百姓も、等しく商売人になったら、どないな世の中になりまっしゃろな」

鍊一郎の問いに、犬養は西洋人のように肩をすくめた。

「そんな世になる日も、遠くないだろうね。そして、それすらも通り越してしまった暁には、皆が皆どうなっていることやら。この先の世界がまるで想像がつかないよ。恐ろしいね」

そう言いながら犬養の瞳の奥には、野心が見えた。この想像もつかない世界で勝ち抜いて見せると。

その瞳に見据えられた鍊一郎の心の奥にも、同じような火が灯ったように思えた。

「明日から寂しくなりまんな」

「間もなく戦は終わる。その暁には東京の慶應義塾へ是非来たまえ」

行燈の明かりの中、そんな約束をしていた時である。

意外な来訪者があった。

「山城屋どんは、いちょっど？」

時任家の下女である。

○

時任家の下女は近在の百姓娘らしく、随分と聞き取りづらい西諸県言葉で話す。要約すると、亭主の大事な客が怪我をしており軟膏薬が欲しい、という旨を早口で慌てていうものだから、まず落ち着かせて聞き取るのに時間がかかった。

「旦那さぁが、薬屋どんだけ、来てほしいち、言うちょっ」

ふたりで立ち上がったところを、娘が犬養を制止した。ふたりは顔を見合わせたが、錬一郎が風呂敷を手に立ち上がる。

「よろしおま。すぐ参りまひょ」

「お気をつけて」

緊張した面持ちの犬養に見送られ、下女の後ろをついていく。

半月の月明かりの下、下女の持つ提灯の明かりを頼りに時任邸へ急ぐ。小林の街の中とはいえ、街道のすぐそばに水田が広がり、カエルや虫の鳴き声が辺り一面に響く。

病人か怪我人がいるのだろう。こんな夜中に人を呼びにやる火急の用など、そうそうない。だが火急ならば医者の領分だ。行商の薬屋を呼び寄せるよりは懇意の町医者を呼ぶべきだ。そして、わざわざ犬養に来るなというのは妙な話だ。

静かな夜道の中で思いを巡らせるなか、早足で進む。息が上がる。

武家屋敷が並ぶ筋に到着し、時任邸の門に辿り着くと、男がふたり立っていた。下女の持つ提灯が近づくと、警戒して腰元に手をやる。その腰には大小が差してある。引きつった下女の顔を認めると男たちは手を大小から離す。

——薩兵か。

声にも顔にも出さず「どうも」と頭を下げて通り過ぎる。錬一郎を睨むふたりの男は着の身着のままと思しき泥まみれの装束で、つんと汗臭さが漂った。

もし官軍と気づかれて後ろから斬られたら、逃げる道などない。背中に嫌な汗が走ったが、幸いにしてそのまま玄関まで通され、先日己らが通された客間へ連れられて行く。

「夜遅うによう来なった」

時任の亭主は行燈の照らす客間で正座して、ふたりの男と向き合っていた。

「奥におわす菊池どんが、顔や身体に傷ば負うちょっど。おはん（貴方）の軟膏薬を菊池どんにくれしゃったもんせ」

行燈に照らされている手前のひとりは、やつれた細面に無精ひげを生やした、肩幅の広い男である。歳頃は三十後半と見える。細い目の放つ鋭い眼光にヒヤリとさせられる。左の腰に差しているのは、金銀で螺鈿《らでん》のような細工を鞘に施した、酷く瀟洒な太刀。

そして奥にいる客の顔は、影になってよく見えないが、影の中に座っていても分かるほどの大男である。

ひとつの予感があった。

「よろしおま」

錬一郎は努めて平静を装った。手に下げた風呂敷から蛤の貝殻に入った軟膏薬を取り出して、奥へ持っていくと、

「上方の御仁にごわすな」

大男の大きな目が、錬一郎を見定めた。近くで見ると大男は四十か五十ほど、このご時世では老人の域に差し掛かる頃合いだ。薩摩人らしい目鼻立ちのハッキリした顔つきである。その顔や腕には、草木の生い茂る山道を潜ってきたのだろうか、無数の細かい傷が見えた。

「へえ、大阪道修町の山城屋っちゅう薬問屋から行商に来とりま」

居住まいを正して頭を下げる。

「おいも若か頃に京や大坂によう行きもした。上方言葉が懐かしごわんな」

菊池が鷹揚《おうよう》に身体を揺すって、短く刈り込んだ坊主頭を頷かせる。

「旦はん、大阪でいうたらどちらがお懐かしゅうおますか」

「北鍋屋町の専称寺でごわす」

船場の中心地のひとつである、三休橋筋を南に行ったところにある地名である。その

寺の名を、錬一郎は知らなかった。

「幕府の海軍塾があり、御家の御用でよく出入りしちょりもした」

隣で沈黙を保っていた細面の男が、酷く訛りの強い早口の薩摩言葉で苦言を呈したように聞こえた。ただでさえ放つ空気が只者でなく、その言葉はまるで真剣のように鋭い。

「よかよか、半どん。おいはこン二才《にせ》（若者）と思い出話ばしたかだけじゃ」

菊池と呼ばれた大男は、ゆったりとした薩摩言葉で話し、錬一郎でも聞き取りやすい。

菊池が身を乗り出す。照らされた大男の身は、粗末な絣《かすり》の着物を纏《まと》っていた。

「おはん、歳はいくつじゃ」

「十七でおます」

すると菊池はほうと感嘆の声を上げる。

「おいも、おはんと同じ年頃の息子がおりもす。こン戦に共に出とったが、今はもう官軍の縛にあってお慈悲をいただくばかりにごわす」

どんぐりどころかクリほどもありそうな巨大な眼《まなこ》を、沈痛そうに酷く細める。

「十七で戦ちゅうのンは、エラい話でおまんな。わてなんぞは恐ろしゅうて恐ろしゅうて」

はは、と笑いながら手元の軟膏を、乗り出してきた菊池に両手で渡す。

大きな掌で受け取った菊池は、穏やかな笑みを浮かべる。

「おいには、おはんは、まっこて立派な若武者に見えもっそ」

え、と声が漏れた。

「おはん、武家の出じゃっど？　そン手を見れば分かりもそ」

菊池の視線は、節くれだった錬一郎の手に注がれていた。

固まる時任の亭主をよそに、菊池の隣の「半どん」は無表情なまま、左の腰に手を伸ばした。鞘から鋭い太刀をいつでも抜けると言わんばかりに。

剣術を続けてきた錬一郎には分かる。この男は凄腕の剣士だ。唯一、菊池のみが何事もないかのように、蛤を開けて軟膏を指で掬《すく》うと顔や腕に塗り始めた。

何かを間違えば殺される。汗がぶわっと噴き出てきた。

どう答えればよいのか。逡巡する余地はなかった。

「いかにも、某《それがし》は大坂奉行所与力の倅でござります」

菊池は背中にも軟膏を塗り終えて、笑ったまま問う。

「ないごて、ここへ」

錬一郎は肺腑に溜った空気を大きく吐き出す。

「公方様がお退きあそばし、当主も禄も失い、身ひとつで商家に丁稚奉公へ出て十年」

ひとつ息を、大きく吸う。

「ようやく、ひとつ大きな商いをわての手ぇで成し遂げるためだす」

再び、心の奥底から吐き出した。夏だというのに、ぶるりと震えが来た。

一瞬なのか、それとも数分なのか。錬一郎には永遠のようにも感じられる沈黙。

「おはん、良か目をしちょっど」

菊池が再び鷹揚に肯く。横の「半どん」が腰元から手を放す。時任の亭主がせき込む。時が再び動き出したようだった。

「良か二才じゃっど」

菊池の声が一回り大きくなる。

「おいも二才ン頃があった。竹馬ン友と己の夢を追うて、鹿児島でん、京でん、大坂でん、江戸でん、駆けずり回っちょった」

それは錬一郎が生まれる前の、御一新など影も形もなく、江戸の公方様の御代がずっとずっと続くのだと誰もが薄ぼんやりと思っていた、それほど大昔の、菊池の思い出なのだろう。

「何事か為さん、何者かに成らん、ち、泳ぐが如く前へ前へともがいちょった」

薩摩という、御一新を成し遂げた一大勢力の志士として大勢を殺し、錬一郎やその父母、松岡や三木や沢良木や堀など数多の武家の人生を狂わせるほどの邁進《まいしん》力をもって、あがいていた頃の遠い記憶。

「おいは、あの頃が懐かしくて懐かしくて、堪らん」

熱いものに満ち溢れた眼は行燈の光をよく照り返して、夜空の綺羅星のように見えた。

「おはんを見ちょっと、おいは、そいを思い出して仕方がなか」

この男こそは。

「貴方は」

カラカラに干からびた喉から辛うじて言葉が出たが、それ以上は声にならなかった。言えば、目の前の綺羅星の輝きが失われるような気がした。

菊池が、巨体の陰から貧乏徳利を持ち出した。

「二才どん。一献受けてくいやんせ」

菊池の軟膏臭い手が渡してきた茶碗を受け取ると、有無を言わさず注がれる。いつぞやに三木の嫁の家で飲んだ清酒と違う、強烈な酒臭さが鼻を突く。これは薩摩の芋焼酎か。

「おいはあと何度、こげな酒を飲み交わせるか分かりもはん」

菊池が、今度は己の分の茶碗に焼酎を注ぐ。横にいた「半どん」が無言で立ち上がり、客間を出た。まるで気配が薄い男であった。続いてはっとした時任の亭主が慌てて後を追う。

「おはん、名は」

「大阪府士族、志方錬一郎でござる」

ふたりきりの客間で、菊池と錬一郎は互いの手の茶碗を軽く挙げ、ぐいっと焼酎をあおった。清酒にはない強烈な雑味が喉を襲う。

「おいは」

再び焼酎をあおる菊池。

「ただの吉之助でごわす」

こちらからは、二度と「菊池」に素性を問うことはなかった。

○

その後の記憶は曖昧である。

次に錬一郎の意識がはっきりしたのは、蟬の喧《かまびす》しい鳴き声に起こされた時である。目を開くと既に客間には陽光が差していた。身体を起こすと、ぐわんぐわんと耳元で銅鑼《どら》でも鳴らしているような酷い頭痛が襲い掛かる。思わず唸ってしまう。

「大丈夫かい」

廊下から足音がしたかと思うと、犬養が襖《ふすま》を開けて入ってきた。手には湯飲みを持っている。錬一郎はそこで初めて、客間には己しかいないことに気づいた。

「昨日、遂に君が戻ってこなかったものだから心配になって、今朝がたこちらへ来たんだ。そしたらこのざまだったというわけだ」

酒臭さに多少呆れながら、犬養は心配そうに錬一郎の顔を覗き込む。

「一体何があったんだい」

湯飲みを手渡してきた。中には冷たい井戸水が入っていた。それをぐっと一気に飲み、錬一郎は酒臭い息をぶわっと吐く。犬養が眉をひそめたのを気にする余裕はなかった。

「あの方は何処に」

「あの方？　誰もいないよ。まだ酔っているのかい？」

犬養の言葉に一瞬かっと血が上ったが、すぐに引いた。

昨晩のあのひと時は、どう言っても誰にも伝えることができる気がしなかった。

くらくらする上体を支えようと床に手を突くと、くしゃりと紙のようなものに当たる。

和紙に、何枚かの紙幣を紐で括ったものが重石のように載せられ、そして墨でこう書かれていた。

「軟膏有難く頂戴致し候」

彼は本当にいたのだ。いたのに。

「パアスエイド、でけんかったのや」

「へ？」

「わしは、パアスエイドすべきやった。せやけどでけへんかったのや。そんで今、犬養はんに、あれが何やったんかをパアスエイドすることもでけへんのや」

子供の頃に、父母に何かを訴えようとして、しかしそれを訴えられない時の、泣きたくなるようなもどかしさが、錬一郎の胸中に満ち溢れていた。

「わしは何も、何も言えへんかったのや。わしはホンマのへぼ侍や。負けたのんや」

そして項垂《うなだ》れる。

八月末の強烈な日差しが、ふたりの影を畳の上に黒く黒く、くっきりと映した。

錬一郎にとっての西南戦役は、この八月二十九日の朝、終わりを告げた。

七之章　船出の朝

七か月という月日は、季節が初春から晩秋に移ろいゆくだけでなく、世情も何もかもを塗り替えてしまう。

巷では、終結を迎えた戦について話題にする者はめっきり減った。コレラの流行がようやく沈静化したという安堵の声や、東京で内国勧業博覧会がいかに盛り上がっているかについて話す声が、梅田停車場に降り立った錬一郎の耳に入ってくる。

十月二十日のことである。

停車場を出ると、肌寒い風が吹き抜ける。梅田から曽根崎にかけての繁華街を行く人々は皆秋の装いだが、壮兵は三月からの着た切り雀だ。夏は夏で羊毛が暑くて堪らなかったが、秋になる頃には生地がすり切れて防寒にならず、散々であった。

正面玄関には何十人かの出迎えがいた。遊撃歩兵第一大隊の兵士の、誰かの家族だろう。

「よう帰ってきた」

「無事で何よりや」

そんな温かい声に兵も応える。

「おう、手柄立ててきたで」

「まだまだ戦い足りひんのう」

どの顔も、見知った懐かしい大阪の街に戻ってきたという、安堵感で満ちていた。

「鎮台に戻るまでが戦だ。もう少し格好つけておけ」

壮兵小隊の先頭にいる堀が後ろを振り向くと、壮兵はガハハと笑いながらどこか威張って肩をいからせて行進し始める。その行軍を面白がってか、道々で見物人がちらほら見える。

戦地から戻ってきた己が、生まれてから十七年過ごしてきた大阪に戻って、違和感なく溶け込んでいることが、錬一郎には夢でも見ているかのように現実味がなかった。

梅田停車場から三十分ほどで、見慣れた大阪鎮台へ到着する。半年以上前に己らが寝泊まりしていた兵舎は、今は別の隊が駐屯しているが、別にそれで困ることもない。

「貴様らよく戦った。これでこの遊撃歩兵第一大隊も解散だ」

鎮台の練兵場に整列した彼らの前で、あの三好大隊長が弁舌を振るう。やれ勇猛果敢だったの、忠君愛国の魂だの、小難しい話をしていたが、それを聞き流しているうちに演説も終わり、後は銃や背嚢や軍服などの兵装一式を返納し、俸給を受け取るための事務的手続きが残るのみだった。

一気に数百人が手続きをするものだから、遅々として進まない。諦めた錬一郎が練兵場の端で座っていると、堀が洋煙草を手にやってきた。

「すんまへん、前に貰ろた分は、吸い尽くしてしもて。また貰えまへんか」

「その年で高級煙草の味を覚えやがると、後々苦労するぞ」

「そら気ぃつけますわ。この先、大金の入る目途《めど》なんぞあらしまへんさかいに」

遠慮なくマッチと共に頂戴すると、横に座った堀が苦笑する。

肺腑に甘い紫煙を溜め込み、ふうと吐く。軍隊で貰える俸給のほとんどを、宇土の鈴の一件で前借りしていて、手元に残ったのはほんのわずかだ。

これまでは戦うことだけを考えていればよかった。だが戦いは終わり、この先を考えなければならない。今さら山城屋に戻ることもできず、さてどうしたものかと己が身を振り返ったところで、ようやく実感がわいてきた。

「戻って、来たんやなあ」

兵の列を眺めながら呟くと、同じ方向を見ながら堀も煙草を咥《くわ》えて火をつける。

「そうだ、生きて戻ってきたぞ。上出来だ」

この戦で唯一「戦死」した者のことを、ふと思い出した。

堀が神妙な顔で、手塚軍医殿が赤痢に罹《かか》って長崎の陸軍病院で亡くなったと告げたのは、鹿児島から神戸へ向かう船中でのことだった。医者の不養生と言いたくもなるが、手塚軍医は五十を超えてなお戦地で激務に追われていたのだから、命をすり減らしていたのだろう。

考えてみれば、この半年強の戦場暮らしで、錬一郎が官軍で見知った人間で死んだのは、手塚軍医が初めてだった。

「どないしたんか知らんけども、生き残ってしまいました。何でわしが生きてて、死んだモンが何で死んだんか、わしには分かりませんわ」

あの夏の夜に小林で出会った「菊池」は、ひと月もせずに鹿児島市中の城山で最後の決戦に臨み、そして完膚《かんぷ》なきまでに敗北し、自決を遂げたに相違ない。隣にいた「半どん」も、城山で戦場の露と消えたのだろう。

「志方。お前、木原山でも人吉でも武功を挙げて、最後には城山で選抜攻撃隊にも入ったというのに、随分と弱気だな」

小林から遊撃歩兵第一大隊に帰参した錬一郎は、そのまま大隊と共に城山の包囲戦に参戦した。最後の総攻撃で、各隊からの選抜攻撃隊にも志願して最前線に赴いたのも、どこかで彼らと再び邂逅《かいこう》できるのではという思いがあったからである。

結局のところ錬一郎にできたのは、竹矢来で幾重にも防御線を張った薩軍に対し、土嚢の背後からツンナール銃を何度も何度も、数え切れぬほど撃ち続けることだけであった。

そして、さらに選抜された斬り込み隊が薩軍首魁を討ち取ったことで、戦は終結した。あのふたりにまみえることは遂になかった。世間では、先月突如現れた赤い星明りを指して、彼らは星になったと囁かれていた。

「小林で何かあったんだろう」

あの日の事は結局、堀にもその上にも何も報告していない。

もう一息煙草を吸い込み、吐く。

「悪い夢を見たんですわ。それだけですわ」

「彼」をその場に留めおくことも出来ず、身近にいたはずの犬養にすら「彼」がいたことを信じさせることが叶わなかった。それを、あの場からさらに遠くにいた人々に、どうやって信じさせることができるというのか。恥の上塗りのように感じられた。

何より、錬一郎自身に「彼」を捕えたくないと思う気持ちが芽生えたことを、大阪に戻った今ではハッキリと自覚もしていた。


——何事か為さん、何者かに成らん、ち、泳ぐが如く前へ前へともがいちょった。

——おいは、あの頃が懐かしくて懐かしくて、堪らん。


「彼」の言葉が今も耳に残る。

徳川を倒して新しい時代を作り上げたはずなのに、古い武士の時代にどうしようもなく取り残された、あの愛嬌のある男——「菊池」を、己の功名や復讐心のために倒すべき敵だとは、もはや思えなかった。それは己自身でもあり、あるいは沢良木や三木、そして松岡とも左程変わらないように感じられた。

戦が終わってしばらく経つのに、夢から醒めたような虚脱感がいまだ消え失せなかった。

「夢か。戦場ではままある話だ」

堀はそれ以上を聞かなかった。

「だがな、そもそも戦稼業それ自体が、負け続ける博打を延々と続ける悪い夢のようなもんだ。それに付き合ってもいいことはない」

続く「松岡のようにな」という堀の言葉に身体を固くする。

「あいつは戊辰の頃に既に骨の髄から、己をかたに賭けて戦う、乱世でしか生きられない性分になっちまった。もう手遅れだ。どこへ行っても上手くやれず、どこかで野垂れ死ぬまで博打に突き進むしか道がねえんだ」

松岡の骸《むくろ》が見つかったという話はついぞ聞かなかった。薩軍の虜囚になった者の中にもいなかった。生きていれば今頃どこで何をしているのか。

「俺も松岡のことは言えん立場だな」

非藩閥の辛酸を舐めながら、それでもなお軍に残り続ける堀は、松岡と表裏なのかもしれない。戦いを求めて彷徨《さまよ》うか、戦う場所を手放せずしがみ付くか。

誰もが「菊池」の映し鏡だ。

「お前はこうなりたいか」

「わしは……」

己の心の内をどう堀に「パアスエイド」したものか。錬一郎がたどたどしく言葉を紡ぐ。

「わしは幼い頃に負けた側でっさかいに、次は必ず勝つんやと思うて、ひたすらに武人になることを目指しとりましたわ」

堀は黙って聞き続ける。

「この戦で色んな人に会うて、色んなモンを見てきましたわ。勝った負けたやなくて、目の前にあるもんと何とか上手いこと折り合いつけて、ひいひい生きてるさまを見とったら、勝った負けたいうのんは、何や阿呆らしなりましたわ」

列もそろそろ短くなり、除隊手続きを終えていない者のほうが少なくなってきた。

「勝ちであれ負けであれ、それを越えていくために、わしはパアスエイドの力を手に入れたいんですわ」

「パアスエイド？　なんだそりゃ」

「勝ったモンも負けたモンも得心のいく答えを、それで見つけますのや」

「良く分からんことを抜かす」

堀は首をひねるが、じきに短く笑い、懐から何かを取り出す。

「餞別《せんべつ》だ。熊本で撮った写真が鎮台に届いていた」

白黒の写真には、椅子に座って軍刀を構える堀の後ろで、背筋を伸ばして立つ錬一郎が写っている。

「写真というのは、時をそのまま閉じ込めたようだよな」

今から半年前、戦というものを多少知り、しかしまだ「夢」を抱いていた頃の己。他人のようですらある。

「今のお前さんが何を見つけたいのやら、皆目見当もつかんが、お前自身もそれを見失うようなことがあれば、その写真を見てあの戦の日々を思い出してみろ」

堀は、吸いきった煙草の吸殻を草むらに捨てて立ち上がる。

「さ、俺はまだまだ宮仕えの身よ。やらねばならん仕事もたんまりある。お前たちのような気軽な身分じゃねえんだ。勝つにしろ負けるにしろ、納得いくまでやれや」

背中を向けて立ち去ろうとした堀を、錬一郎が慌てて呼び止める。

「小隊長殿。最後に、もうひとつふたつ、餞別が欲しゅうおます」

振り返る堀は、呆れたような、愉快気な顔だった。

「流石に浪速商人だ。しゃぶれる物は、ただでは手放さんか」

○

「旦はん、番頭はん、山城屋の軟膏薬にはエライお世話ンなりました」

抹香臭さが立ち込める山城屋に挨拶に行ったのは、錬一郎が大阪鎮台に到着して除隊手続きをした翌日であった。

「戦場で役に立ったんか。そらよろし」

久左衛門は目を細めて鷹揚にうなずいた。

「こいさんも言うたはったが、阿呆は治せへんけども、傷につけたらナンボか効く薬やさかいにな」

政吉は相変わらずの辛口だが、今日は普段錬一郎に見せていた、丁稚手代を取り仕切る番頭としての顔ではなく、如才なく取引先を品定めする商売人の顔を向けていた。

「で、商売の話ということやったな」

「さいです」

昨日、志方の家で出迎えてくれた母や、これまで縁遠かった癖に錬一郎の武勇を聞きつけて駆け付けた親戚一同の前でぶち上げたのと同じ話を、再びふたりにし始めた。

「わては戦場をこの目で見て、この先は剣や銃やのうて、弁舌で戦う時代が来ると確信しました。せやさかいその武器を磨くべく、東京へ遊学したろうと思てます」

昨日、親戚一同の出迎える目の前で口にした時の、母や親戚らの驚きぶりと言ったらなかった。彼らは口々に「これで武門の面目も立つ」「軍に仕官が叶う」「士錬館道場の主として警察の師範にというお呼びもある」と、勝手に錬一郎の進路で盛り上がっていたのに、それを当の錬一郎本人がひっくり返したのだ。

その言葉を聞いて驚かなかったのは、あの同居人たる船越くらいのものであった。

「若い衆は前途洋々でええのう。剣が役に立たないと見極められただけでも、剣術を身に着けた意義は十二分じゃろう」

まるで仙人のような捉えどころのないあの御仁も、若い頃に剣の道に何かしら悩みがあったやに思われたが、それを聞くのは憚られた。

目の前にいるふたりは流石に手練《てだれ》れの商売人だ。親族一同のように右往左往することもなければ、同居人のように仙人じみた鷹揚さを見せるでもなかった。

むしろ、この話を持ち掛けたことで何を求めているのか、と錬一郎に無言で問いかけていた。それに正直に答える。

「しかし、わてには先立つモンがおまへん。それで、ここの軟膏薬をあんじょう売らせてもろて、その足しにしたいんですわ」

親戚一同の支援など望むべくもなく、「アンタがそう言うならどないもしようがないわ」と諦め口調の母も出せるものなどまったくない。役人の伝手を辿れば東京で官員の書生くらいにはなれそうでもあったが、錬一郎はあえて山城屋に足を運んだ。

政吉が気難し気に眉を顰める。

「聞くまでもないが、お前はんが売薬行商やら香具師《やし》やらやるっちゅうわけではないな」

毎年同じ村々を回る売薬行商は、越中富山など徳川時代からの産地が、旧藩主家の支援もあって製造から販売まで一貫した強みを握っている。また、市井で大道芸と共に薬を売り歩く香具師商売は、神農を奉ずるやくざ者が束ねるところである。そこへひとりで斬り込むなどと錬一郎が言いだそうものなら、おそらく政吉は鼻で笑うだろう。

「ちゃいます。そもそも、わてが売るわけでもおまへん」

「どういうこっちゃ」

怪訝《けげん》な表情が、失望に変わるのではないかと内心密かに怯えつつも、この日この話を持ち込んだからには、ひとつ驚かせたかった。

「わては、ここの軟膏を日向小林であの大西郷に売りましたのんや」

「ほう」

政吉が細い眉をピクリと上げる。大西郷の名前は流石に日ノ本津々浦々に鳴り響いている。ただ、この場でその名が出ることの意味を、政吉も見定められていなかったようだ。

「その話を煽り文句にした引札《ひきふだ》で、ここの軟膏薬売らはってはいかがだすか」

引札、後の世で言うチラシ広告である。江戸期には既に江戸や大坂の大店では、当代随一の浮世絵師たちに発注をかけて大いに活用していた。チラシという呼び名が一般化するのは、大正期の京阪地区からと言われる。

理解が及びつかなかったらしく、政吉がしばしポカンとしていた。その表情が見られただけでも、今日ここへ来た甲斐があったというものだ。

もうひとつ、呆気に取られた顔を見てやろう。

「山城屋の軟膏薬は、薩摩戦役佳境の頃に日向山中に在りし、かの英傑大西郷に献上せるもので御座候。満身創痍の大西郷、これを使いて驚き曰く『これなる軟膏は我が傷を癒すのみならず日ノ本に世直しをもたらすもの也』と。薩摩城山にて玉砕せる前、最後の英気を養えり。皆々様方の傷を癒し日ノ本の傷を治すは、この山城屋久左衛門謹製の軟膏薬也」

外連味《けれんみ》たっぷりの語り草は、己で言いながら、犬養のそれに似ているように思えた。

「香具師商売のように口上で言うのもよろしおまっしゃろが、そうではおまへん。これを錦絵と文字を刷り上げた引札にして街中で配りまんのや。それで興味を持った客に買いに来てもらうっちゅう寸法でおま」

「それだけか」

口を挟んだのは、政吉ではなく久左衛門であった。柔和な当主の相貌の奥に、怜悧な目が鋭く光った。そのさまに錬一郎だけでなく、隣の政吉も居住まいを正している。

「坊も知らんわけやないやろう。うちかて既に引札は仰山作っとる。それだけの話をわてにしてるのンやったら、うちもエライ舐められたモンや」

言葉も今までになく辛辣である。それはかつての商い先であった士錬館道場の倅に対しての言葉でも、また十年面倒を見た奉公人に対しての言葉でもなかった。

久左衛門が、商売人として己を見極めている。

背筋がぞくりとした。これが武者震いか。

「もちろん、もうひとつおます」

前のめりになって床に手をつく。汗ばんだ掌に床の冷たさが心地よい。

「引札は少なくとも二種類。外で配るモンと、薬を買うてくれた客に渡すモンでおま」

「ふん」

久左衛門は先を促すように短く唸る。

「大西郷の話をふたつに分けて、前の半分を描いたモンを外で配りま」

政吉が必死に何かに思案を巡らせながら問いかける。

「なんで、そんなまどろっこしいことをするのや。全部一気に読みたいやろう」

政吉にしてみれば、普段は主人から商売の委細を任されているのに、この場ではかつての丁稚と主人が直接交渉をしており、まるで蚊帳の外である。奪われたお株を何とか挽回しなければならない、という焦りもあろう。

その追及はしかし、錬一郎にとっては我が意を得たりであった。

「その通りでおま。その前半分だけ手ぇに取って、続きを読みたいモンはどないしたらよろしいか」

そこまで言われれば、政吉も合点し、あっと小さく声を上げると黙り込んだ。

久左衛門が二重顎を撫でながら、静かに尋ねる。

「続きを読みたければ、うちの軟膏買いなはれ、ほしたらお渡ししまっせ、ちゅうことか」

「さいでおま」

久左衛門は腕を組み、十秒ばかり目を瞑《つむ》り、天井を仰ぐ。

錬一郎は追い打ちをかける。

「もし恩義ある山城屋でこの話買うてもらえなんだら、仕方あらしまへん、別の薬屋に持ち込んでもエエやろうと思うとります」

試すような言いぶりに政吉は微かに色をなしたが、久左衛門が細い溜息を吐き出して、制した。

「長谷川貞信の二代目でどないや。あれが、戦の錦絵なんぞ描いとらんかったか」

久左衛門は、大阪で人気の高い浮世絵師の名を口にする。それは、錬一郎より政吉に対しての言葉だった。

「貞信を手配できるんか、できたらできたでナンボかかるか、今すぐに算用しといてんか。政吉はん」

「へ、へえ」

政吉はすぐに立ち上がり、足早に駆けていった。

久左衛門が居住まいを正し、手元の煙草盆の引き出しから小切手を取り出して署名した。

「志方はん。これは手付金や」

この店に丁稚奉公で入って以来、初めて久左衛門から名字で、しかも「はん」付けで呼ばれた。

手渡されたのは、これまでこの山城屋で十年働いて得た小遣いや給金をすべて合わせたよりも、何十倍も大きな額である。

「アンタはん、一皮も二皮も剝けはった。わてがどうこうするまでもなかった。これであの世の先代はんにも申し訳が立つ」

錬一郎を志方の当代と認めた言葉に、錬一郎の胸が熱くなる。

「ただ、古い人間のわてにはアンタはんが何者になるんかよう分からん。商人なんか武人なんか、今ひとつよう見えん。それを見極められるだけの時間もないやろうな」

既に六十を過ぎ、隠居していてもおかしくない年頃である。後は末の時子の婿を探すだけ、と誰もが噂していた。

「そこでや。アンタはんを見極めるのは、時子に任せようと思うのや」

「えっと、こいさんにでっか？」

「坊、時子の婿にならんか」

「へ」

思わず言葉に詰まる錬一郎を見て、久左衛門が破顔した。

「今日は坊に驚かされてばかりやったさかいに、ようやく驚かせたわ」

愉快気に笑い声を上げるなか、襖が急に開いた。

「ちょっとお父はん、何言うてはるのん！」

隣の客間から時子が今までに見たこともない狼狽の表情を浮かべて出てきた。

「何やお前、盗み聞きしとったんかいな。不調法やで」

「誤魔化さんといてや！　どういうこと？」

普段は気の強い時子が久左衛門を振り回す立場だが、この時だけは逆転していた。

「聞いとったなら分かるやろう、志方の錬一郎っちゅう男はんは、もうへぼ侍やない。ひとかどのモンやと。こないなモンをお前の婿に迎えたいとわては常々思うとったんやで」

「なんでウチが手代風情を婿に取らなアカンの！」

「もううちの手代やない。坊は立派な武人で、これからは東京で書生になる言うとるで」

「そういうことやのうて！」

何かしら反論を、必死にこねくりだそうとしているが、頭が茹だったのか、顔が真っ赤になる時子。そのさまを呆気に取られて横で眺める錬一郎も、恥ずかしくなってきた。

「そもそもお前かて、坊を嫌うとらんやろう。昔から何かと気になって突っかかってからに。今日かて坊が戻ってくるて聞いてから、ずうっとソワソワしとったやろうが。可愛らしいやっちゃのう」

久左衛門が笑うと、時子は顔を両手で押さえてその場にへたり込む。

「もう嫌やわ」

その時子の潤んだつり目が妙に艶めかしく見え、ドキリとしていた錬一郎に、久左衛門は畳みかける。

「まあ、おいおい考えとくんなはれ。いずれ東京から錦を飾りに戻った暁にでも、どうや」

「旦はん」

「何や」

「浪速の商人いうのんは、まだまだ懐が深うおまんな」

「せやろう」

大商いを手にしたというより、してやられたという気持ちのほうが強かった。しかし悪い気はしなかった。

○

大阪の北東から市中に入った淀川は、一度南下してから大きく西に流れを曲げる。名も、市中に入った辺りでは大川、中之島で南北に二分されるとそれぞれ土佐堀川と堂島川、そして再び合流して河口に至ると安治川と変わる。

古代から歴史に名を遺すこの大河川は、時たま氾濫を引き起こして甚大な被害を与えてきた。これより数年先には近代的な大改修工事が始まり、明治四十三年（一九一〇）には、淀川の本流は市中北部に移されることとなる。

その移される前の安治川が、大阪湾に注ぐ地帯は川口と呼ばれ、徳川時代から船番所が置かれて大阪の海の玄関口として栄えていた。開港地となって街は洋風の煉瓦造りに変わり、外国人居留地が設置されるだけでなく大阪府庁舎もこの地に置かれるなど、大阪の文明開化の拠点として華やいでもいた。

とはいえ、神戸の開港地を見た錬一郎の目には、見劣りもした。淀川の運んでくる土砂のせいであまり水深が深くないらしく、大型汽船の出入りに難儀するために外国人も多くが神戸へ拠点を移しているそうだ。

「そういう異人はんにな、京の雅な食べ物をお出ししまんのや。昔にお付き合いのあった料亭はんが神戸で店出すいうて、声かけてくれましたんや」

その川口の一角にある牛鍋屋。青い葱を笊《ざる》から鍋へ移しながら語る声からは、高揚感も感じる。錬一郎にとってはやはり、聞き慣れた福々しさが耳に心地よい。

狒狒《ひひ》と狐と狸を引き連れた桃太郎とかつて喩《たと》えた面々が、狒狒を除き揃っていた。

「さよか。そらええ商売かもしれん。じきにあそこも大阪以上に商売人が集まる土地になるやろし、日本人相手にも難儀せんやろ」

そのどこかつっけんどんな物言いも、ないと寂しく感じるのだから不思議なものだ。当初はあれだけ莫迦にされていたというのに。

「わしもぜひ、食べに行きたいですわ」

沢良木と三木、ふたりと話すのは随分と久方ぶりに感じられた。八月中頃に延岡でバラバラになってからまだ四か月で、そもそも出会ってまだ一年と経っていなかった。

十二月の末、堀に頼んで復員の時期と連絡先を聞いた錬一郎が、ふたりを牛鍋屋に招待したところ、返事はすぐに来た。

牛鍋もそれなりに値の張る料理であるが、山城屋での引札の一件がようやくまとまった頃には、小切手で渡された額のさらに何倍もの契約金を手にしていた。三人分を錬一郎が出しても左程痛い金額ではなくなっていた。時子の婿にという久左衛門の申し出はいまだに決着していないが、ひとまず大阪でやるべきことは終わっていた。

母との別れも済ませ、そして彼らに別れを告げ、錬一郎はこの翌朝に汽船に乗って横浜経由で東京へ向かう手筈であった。

「しかし寒うおまんな」

ぶるりと震える錬一郎。牛鍋屋の中にも海からの寒い風が吹きこむ。客たちは畳の上に置かれた鍋に近付いて、暖を取るように牛鍋を口に入れる。流行りの食べ物とはいえ、獣の肉に慣れない老人や婦人は、その獣臭さに眉をひそめもしていた。だが錬一郎らは軍隊にいる時点で牛も鶏も何度も口にしており、一向に気にならない。

「ほれ、たんとお食べ」

まして沢良木が鍋奉行を務めているのである。不味いはずもない。茶色く煮詰めた熱々の牛肉と葱が、小鉢に入れられて渡される。口に入れると、醤油と砂糖の甘辛さと牛肉の脂身の甘みが絶妙に交じり合う。これが文明開化の味だというのもさもありなんである。

「やっぱり肉はええのう。うちの女房はこないなもんはよう作らんさかい」

「そういや三木はんの御新造はんは、近頃はどないしたりますのや」

　舌鼓を打つ三木に、錬一郎が尋ねる。かつてひと騒動の種にもなったので気になっていた。

　三木は多少得意げに、幾分か自嘲気味に話す。

「軍から戻ってきた所で、やれ武家の面目躍如や、やれ男ぶりが上がったの、掌をくるっと返しよったで。せやけど、わしが軍に残らんいうたらまたひと悶着あってなあ」

「え、ほな三木はんはどないされるんだす」

　沢良木の問いに、三木は事もなげに答える。

「わしな、今度北浜で株式取引っちゅうもんに手ぇ出そう思うとるんや」

　他のふたりは「はあ」とよく分からずに相槌を打ちながら牛鍋を口に運ぶ。

「来年あたりに株式取引所いうんが大阪にもできるらしいんや。堂島の米会所のようなモンや。薩摩の五代友厚が中心になっとる。せやけど株式みたいなモンを商える者が大阪にはまだまだ少ないらしい、いうてバンク時代の同僚が株式を扱うカンパニーを立ち上げるらしい。それに一枚嚙むつもりや」

　バンクのように金に絡む話のようだが、一体どういうものなのか、丁稚上がりの錬一郎にも、その横文字だらけの言葉が指し示すところは、さっぱり分からなかった。

三木が、自嘲の中にどこか余裕を感じさせる笑みを浮かべた。

「あない戦場で戦ってみて、その後に延岡で主計に回されてようやく分かったが、悲しいかな、わしは算盤勘定のほうが性に合うとった。才覚はあるモンを発揮すべきやと思たんや」

かつて灘で必死に戦うことを説いた当時と比べると、まるで憑き物が取れたようである。それは錬一郎や沢良木も同じなのかもしれない。

「女房にも言うたった。わしは恥じるところなんぞないと。銭での戦いをお前に見せたる、てな。まだ女房は得心いっとらんところもあるようやが、何、じきに分からせたるわい」

言葉の端々から自信を感じさせていた三木が、急にしおらしくなる。

「その、せやから悪かったな、沢良木はん。あの時はわしも変なところで意固地になったと、今にしてみれば分かるわ」

それは、最後に延岡で喧嘩別れに終わった時のことを言っているのだろう。

「何ンも何ンも、気にせんでおくれやす」

沢良木も、あの時は何か悲壮なところがあったが、それも今では感じさせない。

「あても、何かしらお殿はんに、天朝はんに、面目を立ててたらないかんとその一心で軍隊にご奉公したもんやけども、やっぱり、お殿はんの時みたいにしたらアカン、いうて気負うとったところもありましたわ」

戦いなど性に合わなそうな上方の武家ふたりが、戦いの日々を自ら目指していた錬一郎の前であの戦を振り返る。不思議な光景だった。

「そんなことよりも、またこないして志方はんの戻ってきた時には、腕によりをかけた美味いモンをたらふく食べさせまっさかいに。今はそちらのほうが余程大事でおま」

そら楽しみや、と相槌を打つ三木に続けて、錬一郎がぽつりと言った。

「できれば、四人で食べとうございますな」

いっとき、黙り込む三人。鍋の煮立つ音が妙に耳につく。

あの延岡の和田越の会戦以来、誰ひとり行方を知らぬ、生きているか死んでいるかも分からないあの豪放磊落の男が、この場にいれば何と言ったろうか。

——辛気臭え話はやめだやめだ。それよりも博打と酒と女だ。

「あ、肉が堅くなるで。どんどんお食べぇ」

随分煮立ってしまったことに気づいた沢良木が、慌ててふたりに肉をよそう。

その日は、夜遅くまで、川口で語り、呑み、そして潰れた。

○

徳川時代から変わらぬ、蔵の並ぶ川沿いに、菱垣廻船が何艘も泊まっている。そのすぐ横に、洋館と真新しい洋式桟橋がこさえられている。

そこから小舟に乗って沖に停泊する汽船に乗り込むと、四日ほどで横浜港に着くはずだ。

朝の十時過ぎ、錬一郎は汽船に乗りつける小舟を待っていた。吐く息は白い。風呂敷包みの荷物を置いて、手に息を吐いて暖を取る。

ふっと振り向くと、そこは和と洋の建物が入り混じっており、錬一郎が知る大阪が少しずつ変わりつつある気配を感じられた。

「変わってもうたなあ」

大阪が大坂と書かれた頃から見知っていた錬一郎には、悲しいことのようにも思えた。しかし錬一郎の人生のなかで、既に大坂よりも大阪である時期のほうが長くなりつつあった。

時代の流れは止めようがない。その流れに乗ろうが取り残されようが、己自身も否応なく変わってしまう。なら、変わった己から見る風景もどんどん変わっていくだろう。せめて今の大阪の光景は、目に焼き付けておきたかった。

そんな感傷に浸っていたところである。

「旦那様！　旦那様！」

若い娘が叫んで誰かを探している声がした。その声が近づいてきた時、

「あっ」

思わず声を上げた錬一郎に、その若い娘が気づく。

「旦那様、うちね。鈴ね」

「なんでここに」

宇土で一夜ならぬ二夜を共にした鈴であった。出会った当時より、着物も随分綺麗になっている。手には、別れた際に手渡した天満宮の勝守が握られていた。

「今朝がた天満の道場に行ったら、旦那様が東京に発たれる、ち聞いたけん、急いで来たと」

「いやそういうことやなくて」

なぜ大阪にいるのか。そして今までどこでどう生きてきたのか。無事だったのか。聞きたいことは沢山あったが、驚きで言葉が出てこない。

鈴は誇らしげに胸を張る。

「あの後、貰ったお金で久留米の街に出たら、官軍で飯炊き女を募集しとったけん、うちは『旦那様が官軍で戦っちょる』ち言うたら、すぐ採ってもらって随分よかお給金ば貰えて、家も住まわせてもらったち。こんなことなら、最初から官軍で働いてたらよかったとよ。あ、でも旦那様に逢うとらんかったら、採ってもらえんかったかもしれんとね」

矢継ぎ早に話す鈴の勢いに、錬一郎は気圧される。そうこうしているうちに桟橋に小舟が到着した。船頭が、間もなく出ると大声で叫ぶと、周囲の客が足早に小舟を目指す。

「なあ、鈴。わし、今から東京行くんや」

「東京行くん？　うちも、うちも連れてって」

その大きな目で見つめられると、どうにも目を合わせづらい。

「そら無理や」

「何でね。うちを身請けした旦那様に無理なことはなかね」

隣を通り過ぎる客が驚いてこちらを見てきた。身請けという言葉に反応したのだろう。恥ずかしくなって顔が熱くなってきた。

「いや、その」

狼狽しながら、目の前の鈴をどう「パアスエイド」したものか必死に言葉を紡ぐ。

「わしは、此度の戦は負け戦やった。へぼ侍やったんや。次こそは、次こそはキチンと勝てるような男にならなアカン。せやから武者修行をせなアカンねや。堪忍や」

熱を込めて語るうちに思わず目の前の鈴の肩を両手で抱く。その柔らかい感触にびっくりしてしまったのは錬一郎のほうで、一瞬で手を放してしまう。

鈴も目を白黒させながら、下を向きながら頰を搔く。

「お武家様やものね。何やよう分からんばってん、確かにへぼ侍はいかんたい。武者修行なら女がついていっても仕方なかね。うちは旦那様が、へぼやなくなるまで、大阪で待たせてもらうばい」

「大阪で？」

「志方のお家で女中ばさせてもらうとよ」

「ええ？」

一体母をどう口説き落としたのか。

「九州で旦那様に助けてもらった、御恩を返したい、ちお母上様に言うたら、ここで働いたらいいと。旦那様のお役に立てるんなら、うちはどこでもよか」

屈託ない笑顔で答える鈴に、錬一郎はどこかおかしくなって笑ってしまう。

「こら立派なパアスエイドや。わしもまだまだやな」

「ぱあ？」

「せや。それがわしの武者修行や」

船頭が他に客はいないかと声を張り上げる。もう行かねば。

「パアスエイドできるようになって、わしも戻ってくるさかいに」

桟橋から小舟に飛び乗ると、待ちわびたように船頭が漕ぎだす。

「せや。わしは」

段々離れていく大阪の街並みを、桟橋で手を振る鈴を、目に焼き付けながら、

「わしはパアスエイドで戦うのや。これがへぼ侍の武士道や」

沖でぼうっと汽船の汽笛が鳴った。

終章　また負けたかへぼ侍

日の丸の小旗が波のように揺れ、青々としたプラタナスのならぶ幅二十四間（約四三メートル）の大通り沿いを埋め尽くす。五月に大改造工事が完成したばかりの、真新しい御堂筋を包む八月の陽気は、ますます熱を帯びる。

蟬の喧《かまびす》しい鳴き声を掻き消すのは、万歳三唱の大合唱と勇ましいマーチである。黒く光る小銃を肩に担いだカーキ色の歩兵の隊列が、軍楽隊のマーチに合わせ、ひとつの生き物のように行進していく。「暴支膺懲《ようちょう》、蔣介石何するものぞ」と勇ましい掛け声が聞こえてくる。「何某君出征万歳」と書かれた旗を手にした父母や妻子や兄弟らが兵隊を見送る姿は、切実に無事を祈るようであり、また誇らしげでもあった。

昭和十二年（一九三七）七月七日、支那の北平（北京）の盧溝橋で勃発した衝突は、日本と国府（国民党政府）の全面的な軍事衝突に拡大しつつあった。

五月から満洲に駐留していた大阪第四師団隷下の歩兵第八聯隊は前線に投入され、近隣府県から後備役の補充兵を大陸に送り出すこととなった。大阪城の駐屯地からは連日のように、召集された補充兵の隊伍が梅田の国鉄大阪駅へ向かった。

流行に聡いモダンな浪速っ子たちは、ＪＯＢＫ（日本放送協会大阪中央放送局）のラジオ特番に耳をそばだて、大朝《だいちょう》（大阪朝日新聞）や大毎《だいまい》（大阪毎日新聞）の現地特派員による迫真のルポに読み入り、千日前の映画館で届きたての最新ニュース映像に驚愕した。茶の間や井戸端にはいつも、遠い海の向こうの冒険活劇として戦争の話題が上がった。

その戦況を、浪速の商人たちはことさら目を皿にして追いかけた。

北浜の大阪株式取引所では、鉄鋼や毛織など軍需関連銘柄の株価が右肩上がりで、土佐堀川沿いの証券会社では株屋が独特の符牒《ふちょう》で驚くような大金を動かしていた。上海や広東に工場を作った三井などの紡績業者は、現地の国府軍による接収や排日運動で工場に損害が出るのではないかと、現地駐在員の情報を逐一確認していた。船場の綿花商社は敵国となった支那綿の代わりに、安全に取引できる英領インドからの輸入ルートの確保に大忙しだった。

十年ほど前に自殺したある文豪が唱えた「ぼんやりした不安」を、力強く払拭するような明朗さ、清々しさがそこにはあった。

娯楽であり一大好況であり、何より正義だった。

すべてがないまぜになった熱狂。

そんな分かりやすく強そうなものが、果たして良いのか。

兵隊の隊伍とすれ違う市電に、麻の着物を兵児帯で結んだ老人が乗っていた。麦わらのカンカン帽を被った頭を項垂れ、体重をステッキに載せる。

行進曲に合わせた調子外れな大声が、老人の耳に届いた。

吾は官軍我が敵は天地容れざる朝敵ぞ
敵の大将たる者は古今無双の英雄で
之に従う兵《つわもの》は共に剽悍《ひょうかん》決死の士
鬼神に恥じぬ勇あるも天の許さぬ叛逆を
起こしし者は昔より栄えし例有らざるぞ
敵の亡ぶるそれ迄は進めや進め諸共に
玉散る剣抜き連れて死ぬる覚悟で進むべし
（「陸軍分列行進曲」シャルル・ルルー作曲、外山正一作詞）

「敵の大将たるものは」

老人はその一節を口ずさむと、ふっと笑った。

「せや。古今無双の英雄やった」

あれから何年経ったか数えると、丁度六十年になる。文明開化と因循姑息が入り混じったあの時代は、もはや昔話の世界だ。

ましてて、あの日向小林の一夜の邂逅《かいこう》を知る者は己しか残っていない。

「年を経るいうんは、寂しい話や」

大阪有数の出版社、天満志方書院の創業者として、大阪財界に名の知られた志方錬一郎は、この年七十七歳になっていた。

○

市電の恵美須町停留所から、近頃の繁華街である新世界へ辿り着く。

映画館や演芸場、芝居小屋に赴く大勢の客の只中に、香ばしい香りが漂ってくる。昭和九年（一九三四）に創業した、欧風珈琲を飲ませると評判の丸福珈琲店である。舶来物好きからの評判も高く、この日も混雑していた。

待ち合わせ人の名をボーイに告げて案内された席で、三十歳頃の男が立ち上がる。

「志方さん、御足労いただきありがとうございます。ご自宅へも参りましたが……」

「ええ、ええ、折角やし流行りの珈琲を飲みたいと思うとったんや」

先日来、取材をさせてほしいと手紙のあった、大毎の井上という記者である。年を取ると外へ出ることも減るため、こうして錬一郎のほうから場所を指定していた。井上がボーイに珈琲をひとつ注文すると、座って鉛筆と帳面を取り出す。

「この度、過去の戦争に従軍なさった方々からお話を聞いて、当時の武功などを雑誌に連載したいと思っております。大毎の先輩記者から、我が社とも縁の深い志方さんが西南戦争に少年兵として従軍なさっていたと伺いまして」

大毎とも付き合いは長い。自由民権運動華やかなりし頃、民権派の政論新聞だった時から、共に政府攻撃の論陣を張ったものである。

「志方さんは士族として志願して従軍し、宇土や延岡などの最前線で戦ったと。やはり士族兵というのは、当時は鎮台兵よりもまだまだ強かったんですかね」

鉛筆を握る井上。

「いやいや。もうな、わしかて刀なぞ使うとらんかった。紀州の銃兵らと、最新鋭のツンナール銃を使うとったんや。銃を使うたら薩兵も鎮台も壮兵も左程変わらん」

思い出しながら、そうそう、そんなこともあった、あんなこともしたと語りだすと、口は止まらない。一時間ほどと聞いていたが大きく過ぎてしまい、そろそろ夕日が赤くなり始めていた。珈琲を口に運ぶ回数も増え、二度お代わりしていた。

最後に、と言って井上が、横の鞄から紙を取り出した。

「実はこちらを先日入手しまして」

「ほう、これはまた懐かしい」

それは山城屋の引札だった。二代目長谷川貞信の描いた錦絵で、西郷隆盛と桐野利秋が、軟膏薬を使いながら回復していく姿が描かれていた。

「山城製薬の資料庫に残っていたものの写しです。この話を持ち込まれたのが、当時手代として働いておられた志方さんだと伺いましたよ」

　錬一郎の持ち込んだ話をもとに、手を替え品を替えいくつか種類を用意して引札で宣伝したところ、軟膏が飛ぶように売れたものである。その資金を元手に、それまで漢方薬商いをしていた山城屋は西洋薬の取り扱いを始めた。

「ホンマに懐かしおまんなあ。わし、あそこのこいさんを貰うっちゅう話もあったんや」

「そうしたら、あの会社は志方さんのものだったかもしれないんですか」

「そっちのほうが実入りがよかったかもしらんな」

　自分で言って笑い、そして遠い目をする。時子との縁談という話も、結局は己から断った。

「パアスエイドっちゅうもんを、まだ東京で極めなあきまへん。わしはそれまでは大阪には戻れませんよって、そう長々とお待たせするわけにはいかんのだす」

　その旨を直接山城屋まで伝えに行ったときの、久左衛門以上に悔しそうな表情の時子を見て、多少後悔の念は残った。

　時子が誰と結ばれたか、錬一郎には定かではない。確かなのはその相手は山城屋を継がず、代わりに番頭の政吉に暖簾分けされた店が本家の事業を継承し、さらに製薬にも手を出して発展させたのが今に残る山城製薬である。

　ふっと懐かしい人を思い出していた錬一郎を、井上が現代に引き戻す。

「本当に、この引札にあるように西郷隆盛と出会ったんですか」

鍊一郎は外に目をやった。

「言うたら、うたた寝しとった時の泡沫《うたかた》の夢のようなもんや。ホンマなんか嘘なんか、もうわしも分からん」

あれから六十年である。世も己もすっかり変わった。外に広がるのはまさしく「新世界」で、かつて鍊一郎が小林で邂逅した人のことも、東京へ旅立った日に目に焼き付けた光景も、もうぼんやりとしか思い出せない。

「わしも大阪も日本も、えらい変わってしもうた。もう何がホンマやったんか分からんのう」

ふたつ三つ、世代が変わった。かつて共に戦った沢良木も三木も、既に鬼籍に入った。沢良木が営んだ神戸の料亭は、今も京の味を引き継いでいる。三木が設立した会社は、証券会社として北浜に立派なビルを構えている。堀はそのまま日露戦争まで軍人稼業を続け、少佐を最後に退役して故郷へ戻ったと聞いている。

松岡の行方は今も分からない。ただ、日露戦争の講和を巡って大阪でも市中で反対派が騒がしくなった際、松岡とよく似た大男を見かけたことがあった。声をかけようにも大男は群衆の中に紛れていき、真偽は今でも分からない。きっと西南の戦を生き抜いて、その後もどこかで暴れ回っていたに違いないと今ではそう思っている。

子孫であれば、戦病死した手塚軍医の息子が関西大学の創立者のひとりで、大阪で一度会った。もし手塚軍医が九州の地で没しなければ、己は東京で手塚家の世話になっていたかもしれないと話すと、手塚軍医の息子は「手塚の医師稼業を貴方が継いでくれていたかもしれれんのですな」と笑っていた。彼の息子も写真家で、唯一の望みの孫も絵描きの才能を見せつつあり、これまた望み薄だとか。

そして、

「犬養はんは熊本以来、わしの盟友やった。あの御仁もあないなことになった」

あの事件の記憶は、錬一郎にも井上にもまだ生々しい。

西南戦役で出会い、そして東京で再会して以来、共に慶應義塾に学び、そして自由民権の世界へ足を踏み入れた犬養とは、彼は東京で議会に、己は大阪へ戻って出版の世界にと道を分かったが、共に歩んできたつもりだった。

その犬養が紆余曲折を経て、宰相の大命降下を受けた時、既にこの国は大きな難局に直面していたが、犬養は飄々としていた。

『なあ志方君。我々は西南の戦役で出会ってからというもの、野に官に、自由民権と国権の拡張に勤《いそ》しみ、大正デモクラシーを成しえてきた。その結果が今の華々しき昭和の御代だ。あの激動の日々に比ぶれば、今の世の難事など小さい小さい』

東京で最後に会った時にそう笑い飛ばし、こう付け加えた。

『パアスエイドだよ。今時はもう「説得」なんて言葉になっちまったが、これに尽きる。僕と、そして「へぼ侍」の立派な武器じゃないか』

それが叶わなかったのが五年前の事件である。

――話せばわかる。

――問答無用。

「わしは、あれで隠居を決意したんや。心の支えがぽっきりと折れたような心持ちや」

犬養や己が半生を投じて実現してきた立憲政体は、昨年二月に起きた帝都不祥事事件も含めて、今やパアスエイドなどせずとも銃口でどうにでもなる時代となっていた。

若い将校や学生が「昭和維新」と呼ぶ新たな時代が、力強く台頭してきた。再び幕末のような乱世がこの国に戻りつつあるのだろう。その時に一掃されるのは、既に喜寿となった錬一郎ら古い世代だ。かつて勤王の志士が幕府を倒したように。

「せやけど井上はん。こない言うた手前やが、わしらがこないな世を作ったかもしれんで」

犬養が郵便報知新聞の記者だった時、彼の寄稿していた連載では、悲惨な戦場と同時に勇猛果敢な軍人の姿を描き、読者を盛り上げた。その題材となったのが他ならぬ己である。

「わしも威勢のええ話を、仰山、仰山、書いて送り出したもんや」

あれから多くの戦があった。そのたびに世論を盛り上げたのは、錬一郎ら出版人だった。死んでも喇叭を離さなかった木口二等卒、旅順で杉野はいずこにと探し回った広瀬中佐、遼陽会戦で首山堡を死守した橘中佐、潜水艇事故を陛下に詫びた佐久間大尉、上海で敵陣突破を敢行した爆弾三勇士……そういった英雄の話は、何より飛ぶように売れた。

かつて熊本の地で会った乃木中佐は、今や日露戦争の軍神である。明治天皇崩御の際に自決したとの報が届いた時は、華々しく大々的に取り扱ったものである。

「そないして武ばったモンを格好よう描いて、それに憧れたモンが力強い世の中を作ったんやったら、それはわしらのなせる技や。それをどない言い訳もでけへん」

新聞が連日のように支那の戦線から英雄譚を送り続けていることを、目の前にいる井上も知っているだろう。それまで黙って聞いていた井上の顔に、少し影が差す。

「私事ですが私も召集令状が来まして、九月に入営することになりました」

今日初めて出会ったとはいえ、手紙のやりとりを数日来していた相手から、そのような話を聞かされると錬一郎も神妙な顔になった。

「これは御目出たい話でんな。立派に御奉公なさることやろう」

居ずまいを正して頭を軽く下げると、井上は静かに語りだした。

「兵隊になる前に、戦争とはどういうものかキチンと分かっていきたい、とそう思っています。満洲、支那、とこの数年来続いている戦争を、我々はどう戦うべきか、そしてどう伝えるべきなのか、ここで一度、振り返るべきだと思っています」

井上の帝大卒らしい知的な語り口に、長引く戦時体制への複雑な心中が滲み出ていた。

それは先ほど錬一郎が感じた、明快なものへの疑念に通じるところがあるかもしれない。

錬一郎は、息子よりも若い井上記者の悩みをほぐすように諭す。

「時代っちゅうもんは、すぐにころっと変わる。特に戦から戻れば、世の中は大概変わっとる。見えるモンも変わる。あんたはんのような物書きはんにはそれこそ好機や。ちゃんと御奉公して戻ってきたらよろし」

「流石、激動の明治を生き抜いた男の言葉は、違いますね」

影が差していた井上の顔が、緩む。夕日は益々赤みを増して、店の中に差し込んできた。

「明治は遠くなりにけりや」

○

南森町電停から、天満宮のほうを見やると、民家の屋根の少し先に、モダンな五階建てのコンクリートのビルヂングが見える。錬一郎が所有する天満志方書院で、かつては士錬館道場であった土地に建っている。

大正の頃に己の出版社を設立した際、志方の屋敷地に最新鋭のビルヂングを建てた。その頃には母も既に亡く、間借り人だった船越もとうの昔に東京に戻って官界の要人となっていた。武家の面目を説くものなど、大正の世には誰もなかったので思い切ってやれた。

そうして己で築いた出版の城は、次世代に明け渡して久しい。今では社主として口を挟むくらいしかすることはない。そして家督を息子に譲った今では、家の中でもただの置物同然のご隠居であった。子も孫も、今の錬一郎より余程立派な日々を送っている。

その成長を共に見守り、時折思い出したように「まだへぼ侍たい」と言ってきた女は、数年前に位牌の中へ入り、仏壇に草臥《くたび》れた勝守が供えてある。

停留所からは喜寿の足でもすぐに帰りつくが、九州の地でののひりつくような日々の残滓《ざんし》が蘇った今の心持ちでは、すぐに帰る気もしなかった。あまり遅くなれば心配した家人が探しにくるかもしれない。我儘《わがまま》ができるのももう少しだろう。

天神橋筋を、あてもなくふらりと南へ歩む。間もなく日も沈むが大八車や自転車の往来は盛んだ。商売人はまだ稼業に精を出しており、通りの上から下まで賑やかであった。

道端では、煌々《こうこう》と灯された店の明かりの下、和服に学帽を被った小学生が遊び回っていた。遊ぶ子供というのはいつの世も変わらない。己が七つになる頃までは志方の家はまだ父も健在で、与力のお役目もあって裕福だったので、あの小学生と同様に幼友達と遊び歩いていた。そこから父を失い、丁稚奉公に上がり、軍隊に入り、そして東京へ遊学し……。

どっと大声が響いてきた。明治の末年に天満宮の横に設けられた、吉本興業の演芸場の方面から歓声が響く。昔はこの辺りも閑静な武家地と町人地であったが、明治の御代には殖産興業の一大拠点となり、そして今では演芸場を中心に大阪有数の繁華街となっていた。

「ここも、もう変わってしもうた」

六十年前と同じ土地でありながら、まるで別の国に来たような隔世の感がした。

通りすぎた書店で、一心不乱に書物を読みふける制服姿の中学生を見つけた。店員にはたきで叩かれても、一向に構わず立ち読みを続けていた。東京で遊学していた頃、神保町などで同様の真似に励んだが、それだけの知的好奇心は体力の減退と共に失われていた。

「変わったんは、わしのほうかいな」

喧騒が一段落し、天神橋の架かる大川沿いに出た。つい六年前に再建されたばかりの大阪城の天守閣は夕日に染まっていた。かつて錬一郎があの城の中の鎮台にいた頃には、天守閣などなかった。

川沿いに腰を下ろし、着物の懐から一枚の写真を取り出す。かつて熊本で堀とともに撮影したものだ。随分色褪せた写真の中の己は、幼さを残した面構えに、武人になるという夢をまだ抱いていた。

「思えば遠くへ来たもんや」

奇しくも前年発表された中原中也の詩の一節と同じ言葉を口にする。老眼も進み、若い頃のように書物を読むことはなくなっており、この詩を読んでいたわけではなかった。己の衰えは、錬一郎自身がひしひしと感じていた。

もう、何かに思い切って飛び込むことなど。

「へーぼ鎮台、へーぼ鎮台」

子供の声に顔を上げると、道を駆ける小学生たちが、道を行く将校ふたりを囃し立てた。

「まぁた負けたか八聯隊《やれんたい》
それでは勲章九聯隊《くれんたい》
敵の陣屋も十聯隊《とれんたい》
大阪鎮台へーぼ鎮台」

あの乃木中佐——のちの軍神乃木大将が口にしていたあの囃子歌だ。将校は苦笑いしながらも悪童を叱りつけず立ち去った。どこかその歌を受け入れているようであった。

その小憎たらしい歌詞に、口が緩む。

「へぼ鎮台か」

肩肘を張らず、格好よくもなく、口も悪い、いつもどこかに遊び心を持った上方侍たちが、かつてあの地で戦った。そこに己はいた。その心を悪童の囃子歌と、それを受け入れる将校の中に見出した。

「わしはへぼ侍や」

その言葉を、あの戦までは罵りと受け止めていた。周りはそのつもりで言っていたろう。その呼び名はあの戦の後、己自身で名乗り、その後の長い人生で戦った盟友たちも、そして永く苦楽を共にした女も、その名に親しみを込めてくれた。

「わしらのへぼぶりは死んどらん」

黄昏《たそがれ》は益々暗闇に近付いてきた。

立ち上がり、今来た道を引き返して家へ戻る。煌々と明かりを灯す通りは賑やかで、家路につく勤め人でごった返していた。先ほどの書店の前で、立ち読みを止めるよう言われた中学生が「そのうちここで仰山本を買うたるさかい」と減らず口をたたいて反論する。

屁理屈じみていながらも、どこかクスリと笑わされる小憎らしさ。その心はこの地にまだ生きている。

己は上方侍の末裔《まつえい》だ。煩《うるさ》がられようとも、小憎らしく思われようとも、阿呆と笑われようとも、手練手管を使って彼らにパアスエイドすることを続けなければならぬ。

歩む下駄の音に合わせて、錬一郎はこう口ずさんだ。

「まぁた負けたか大阪侍、大阪侍へぼ侍」

そのしわがれた声色が、大川から吹き抜ける熱気を孕《はら》みつつある風の中に消えていった。

【参考文献】

大谷正「木造昶『鹿児島役従軍日誌』：西南戦争に従軍した政府軍・別働第二旅団遊撃歩兵第一大隊兵士の日記」、専修大学学会『専修人文論集』九二号、二〇一三年三月、一―四七頁
深瀬泰旦「史料との出合い：歩兵屯所医師取締手塚良仙とその一族」、日本医史学会『日本医史学雑誌』三六巻四号、一九九〇年一〇月、四一三―四三三頁
渡邊忠司「大坂町奉行所における与力・同心体制の確立」、佛教大学文学部『文学部論集』九〇号、二〇〇六年三月、二七―四四頁
歩兵第八聯隊史編纂委員会編『歩兵第八聯隊史』歩兵第八聯隊史編纂委員会、一九八三年八月
中野公策編『大阪と八連隊：大阪師団抄史』中野公策、一九八五年一一月
長野浩典『西南戦争民衆の記：大義と破壊』弦書房、二〇一八年二月
小川原正道『西南戦争：西郷隆盛と日本最後の内戦』中公新書、二〇〇七年一二月
石牟礼道子『西南役伝説』講談社文芸文庫、二〇一八年三月
司馬遼太郎『翔ぶが如く』[全十巻] 文春文庫、二〇〇二年二月～六月

また当時の「郵便報知新聞」「讀賣新聞」を参照しました。

解説

末國善己

二〇一〇年代以降、歴史時代小説の世界は、今村翔吾（一九八四年生まれ）、谷津矢車（一九八六年生まれ）、簑輪諒（一九八七年生まれ）など、三十代の若手が牽引するようになっている。この列に新たに加わったのが、本書『へぼ侍』で第二十六回松本清張賞を受賞（応募時の『明治大阪へぼ侍　西南戦役遊撃壮兵実記』を改題）してデビューした坂上泉（一九九〇年生まれ）である。

松本清張賞は、ミステリ、歴史時代小説の両方のジャンルで名作を残した清張の業績を記念して設立された賞だけに、現在は「ジャンルを問わない広義のエンタテインメント小説」を対象にしている。ただ歴代の受賞者を見ると、岩井三四二、山本兼一、葉室麟、梶よう子、村木嵐、青山文平、川越宗一など、実力派の歴史時代小説作家を輩出していることに気付く。著者は確実に、この列にも加わってくるだろう。

本書は、西南戦争を舞台にしている。江戸幕府を倒し、明治という新しい時代を作り政府の要職に就いた薩摩、長州を中心とする武士たちは、一般国民を兵士にする徴兵令、帯刀を禁止する廃刀令、実質的に士族の給与の支払いを打ち切る秩禄処分など、武士の特権を奪う形で急速な近代化を進めた。特に新政府軍として戊辰戦争を戦ったものの利権を得られなかった士族の不満は大きく、佐賀の乱、秋月の乱、神風連の乱、萩の乱などの不平士族の反乱は、いずれも明治維新〝勝ち組〟の藩で発生している。そして一八七七年、最大の〝勝ち組〟だった薩摩藩（鹿児島県）で、明治維新の立役者・西郷隆盛が率いる不平士族が蜂起して起きたのが、西南戦争である。

徴兵令で集められた民兵が、戊辰戦争を転戦するなどして練度も高い士族だけの薩軍と互角に渡り合った西南戦争は、武士の時代の終焉を象徴する内戦とされる。この解釈に間違いはないのだが、明治初期は徴兵と並行して士族などが志願する壮兵の募集も行われており、この壮兵は西南戦争にも投入されている。また西南戦争は、新聞各社が派遣した記者が、報道規制を行いつつも政府軍が記者を保護し便宜をはかった従軍制を使って最前線を取材し、東京から長崎まで開通した電信、九州各地に張り巡らされた電信網で遠く離れた戦地の情報を瞬時に大阪、東京に届けたため、新聞の発行部数が飛躍的に伸び、日本で新聞を読む習慣を定着させたとの評価もある。こうした知られざる史実とフィクションを鮮やかに融合した手腕は、東京大学文学部日本史学研究室で近代史を研究した著者の面目躍如といえる。当時は使われていない用語だった明治維新を「御一新」、幕府を「御公儀」と表記するなどした細やかな時代考証にも注目して欲しい。

大坂東町奉行所与力で、町の剣術道場も営む父・志方英之進の跡を継ぎ、幕臣の剣術師範になるはずだった錬一郎の人生は、「御一新」で一変する。英之進が鳥羽伏見の戦いで戦死し、役職も禄も失い、道場の門弟が去っていく時代の変化に耐えられず母の佐和は病がちになった。窮地の志方家に手を差し伸べてくれたのが、道修町の薬問屋・山城屋の主で、英之進に剣を学んだ久左衛門だった。幼くして山城屋の丁稚になった錬一郎は、武士の矜恃が捨てられず暇さえあれば木刀を振り回していたことから、久左衛門の娘の時子に「へぼ侍」と揶揄され、この仇名が定着していた。

錬一郎が丁稚入りして十年、十七歳の時に西南戦争が勃発した。「徴兵平民」では精悍な「鹿児島士族」と十分に戦えないと判断した政府は、「戊辰の動乱」を戦った士族を壮兵として「徴募」することを決める。幕臣ゆえに「御一新」の〝負け組〟になった錬一郎は、武勲を挙げ一発逆転を狙うため壮兵になる決意を固める。

ところが、壮兵になるには「軍務ニ服」した経験が必要で、「戊辰の動乱」の頃は幼く、その後は商家勤めの錬一郎には応募資格がなかった。この不利な状況をあっと驚く策略で覆した錬一郎は、九州へ向かう直前に消えた同じ部隊の一人をタイムリミットまでに捜すことを迫られたり、最前線では戦友と共に薩軍が発行した軍票「西郷札」を使って謀略を進めたりと、随所に配置されたミステリ的な仕掛けが物語をスリリングにしていくので、ミステリファンも満足できるはずだ。

清張のデビュー作は、西南戦争で再起をはかろうとするも果たせず東京で車夫になった没落士族の樋村雄吾が、高級官僚・塚村圭太郎の妻になっていた父の後妻の連れ子で密かに想っていた季乃と再会し、塚村から聞いた西郷札の投機話に巻き込まれていく

『西郷札』である。主人公が西南戦争に従軍して逆転を狙うところや、西郷札をめぐる陰謀が描かれるところなど、本書には『西郷札』を彷彿させるエピソードもあるので、まさに松本清張賞に相応しい作品だったといえる。

錬一郎と同じく大阪鎮台で壮兵になったのは、「戊辰の動乱」を箱館まで転戦した歴戦の勇者というが、賭け事が好きで借金取りに追われる松岡、幕末に尊王攘夷派の公家に仕えた青侍で、「天朝はん」への忠義も厚いが、四条流庖丁道を学び、鉄砲より包丁を持つ方が得意な沢良木、元姫路藩の勘定方で、維新後は得意の算盤を活かして「バンク」に勤め十分な給料を得ているが、女房には新政府の役人にならなかったことを批判されている三木と、いずれも「御一新」の〝負け組〟で、一癖も二癖もある男たちばかりだった。三木の女房の考え方は現代人には分かりにくいかもしれないが、明治時代は官僚が国を支配し、民間企業は国の指揮命令に従うという官尊民卑の社会だったので、立身出世を重視する人間が「バンク」勤めを嫌うのは一般的な感情だった。それは、官吏だった内海文三が免職になった途端、互いに憎からず想っていたお勢も、二人の仲を認めていた母のお政も冷淡になる二葉亭四迷『浮雲』からもうかがえる。何とか壮兵になった錬一郎は、最年少なのに、なぜか堀中尉によって分隊長に任じられ、神戸から蒸気船「玄海丸」で激戦が続く熊本に送られた。

錬一郎が支給された最新式の「普式ツンナール銃」（発明者の名前からドライゼ銃。プロイセンの名称〝Zündnadelgewehr M1841〟から日本の公式文書は「普式ツンナール銃」とした）ほどではないが、薩軍も洋式の銃を装備しており、大砲の弾、銃の弾が飛び交い、銃撃が止まると白兵戦が始まる西南戦争が圧倒的な迫力で活写されている。一撃必殺の示現流で切り込んでくる薩軍兵士には、仕事の合間に学んだ錬一郎の剣術は通用せず、「普式ツンナール銃」の性能に助けられることもあった。

ただ著者は、戦闘シーンを描くだけでなく、時間があれば賭け事に興じ、現地で食材を調達した沢良木が作る絶品の料理に舌鼓を打ち、危険を承知の上で最前線の近くで商売をする地元の人たちと交流する錬一郎たちの何気ない日常も丹念に追っている。ごく普通の若者が、戦場に立つと生き残るために敵を殺すギャップが戦争の悲惨さを際立たせており、特に戦争で体を売らざるを得なくなった十五歳の娘に、錬一郎が客と遊女を超えた感情を抱くようになる展開は、せつなく思えるのではないか。

熊本に着いた時はまったくの新兵だったが、激戦をくぐり抜け薩兵との渡り合い方を学んだ錬一郎は、戦後の身の振り方を模索するようになる。そんな錬一郎に影響を与えるのが、「郵便報知新聞」の記者・犬養仙次郎（毅）と、軍医の手塚である。

「東京日日新聞」の福地源一郎（桜痴）が担当した「戦報採録」が、田原坂の戦いなどを血湧き肉躍るスペクタクルとして報じたのに対し、犬養が書いた「戦地直報」は「我が軍夜半に襲ひ、賊の寝覚めるに乗じ、一斉に切り入り、当るを幸ひ切り伏せ、薙ぎ倒し、累々と積みし死骸は其儘台場の穴へ投げ込み、少しく土を掩ひたるのみなれば」、「田原坂は死屍爛臭の気鼻を撲ち、掩はざれば頭脳へ迄薫し一歩も進み難き程なり」

（「郵便報知新聞」一八七七年四月六日）とするなど、尊厳が奪われモノとして扱われる大量の死者を生み出す近代戦のリアルを伝えた。

といっても犬養は、社会を変えるために記者になったのではない。苦学生だった犬養は、藤田茂吉が主筆の「郵便報知新聞」で働きながら福澤諭吉が創立した慶應義塾で学び、藤田に西南戦争を取材すれば卒業までの学費を出すといわれ、現地に行っただけなのだ。決して新時代の〝勝ち組〟ではない犬養から、大学で社会のシステムを学ぶことの大切さと奥深さを聞いた錬一郎は、改めて勉学に励むのも面白いと考え始める。

軍医の手塚は、〝漫画の神様〟手塚治虫の曽祖父にあたる良仙である。手塚は、適塾時代に福澤と交流を持っており、『福翁自伝』には、身持ちが悪く「北の新地」で遊び歩いていた手塚を諭したとの記述がある。薬問屋で働いた経験がある錬一郎は、手塚と話をするうち、医者になるのも悪くないとも思うようになる。

犬養の師の福澤は道修町の近くにあった適塾で学び、同じ時期に手塚も通っていたなど、錬一郎はホームグラウンドで暮らしていた人物から薫陶を受けており、一つ一つの設定にも緻密な計算が施されていることが見て取れる。終盤には、前半の何気ない一文を伏線に用いたどんでん返しも用意されているだけに、衝撃を受けるのではないか。

明治初期は「賊軍」だった旧徳川方にも武官の道が開かれていたが、錬一郎は陸軍幼年学校や海軍兵学校に入学できる時期に、商家の丁稚になっていたので時流に乗り遅れたと感じていた。バブル崩壊後の就職氷河期は、高校、大学を一九九〇年代半ば頃に卒業した世代から始まるが、その最初期は、遊び歩いていた先輩たちが楽に就職先を決めるのを見ていたので〝なぜ自分たちだけが〟という不満も大きかったようだ。

ただ、わずか一年どころか数ヶ月の差でまったく違った状況になるのは珍しくはないので、自分の力ではどうしようもないタイミングと、押し留められない歴史の流れに翻弄され〝負け組〟になった錬一郎たちの不安と鬱屈に、我が身を重ねる読者は少なくないように思える。人生の逆転を賭け壮兵になった錬一郎たちは、激戦を経験するたびに成長し、沢良木がさらに料理の道に邁進し、三木が女房から軽蔑された金勘定で時代を切り開くなど、それぞれの得意分野で西南戦争後を渡っていこうとする。

「御一新」の〝勝ち組〟だった薩兵が「逆賊」になる皮肉な戦争に参加した錬一郎たちは、勝／敗があざなえる縄のように曖昧であると痛感し、真っ直ぐに目標に進めなくても、まわり道した先で積んだ経験は絶対に無駄ではないと知る。この展開は、〝負け組〟になっても諦めなくていいし、再チャレンジに遅すぎることなどないと教えてくれるので、現代を生きる「へぼ侍」たちに、前向きに新たな一歩を踏み出す勇気と希望を与えてくれる。その意味で、少子高齢化による人手不足などもあり就職活動が空前の買い手市場だったのが、二〇二〇年の新型コロナウイルス感染症の拡大で一転、先行きが不安になった時期に本書が文庫化された意義は大きいのである。

旧徳川時代の武士のように武で世渡りしたかった錬一郎だったが、犬養に「パアスエイド」（説得）の大切さを教えられ、戦場では役に立たないと考えていた商人の交渉術で危機を脱したこともあり、剣や銃ではなく、弁舌で闘う新たな武士道に活路を見出す。近年は、事実や証拠を示さない極論を主張し、論理的に反論する人間は徹底的に揶揄して回答はスルーするなど、「パアスエイド」が存在しない言論空間がネットを中心に広がっている。それに影響されたり、実践したりする政治家も現れ、「パアスエイド」なき社会がこの国の将来を左右する危険が出てきた今、著者が錬一郎の導き手に犬養を選んだ理由も含め、本書のメッセージは真摯に受け止める必要がある。

著者は二作目として、一九四九年から一九五四年まで実在した大阪市警視庁を舞台に、中卒で叩き上げの新城と東京帝大出のエリート・守屋という対照的な相棒が、被害者が頭部に麻袋をかぶせられる連続殺人の謎を追う本格派の警察小説『インビジブル』を発表、惜しくも受賞は逃したが第一六四回直木賞の候補になり、第二十三回大藪春彦賞と第七十四回日本推理作家協会賞の「長編および連作短編集部門」を受賞した。短期間で飛躍的に成長した著者の今後の作品にも、注目して欲しい。

（文芸評論家）

文春文庫

へぼ侍《ざむらい》

定価はカバーに表示してあります

2021年6月10日　第1刷

著　者　坂《さか》上《がみ》泉《いずみ》
発行者　花田朋子
発行所　株式会社　文藝春秋

東京都千代田区紀尾井町 3-23　〒102-8008
TEL 03・3265・1211(代)
文藝春秋ホームページ　http://www.bunshun.co.jp

落丁、乱丁本は、お手数ですが小社製作部宛お送り下さい。送料小社負担でお取替致します。

印刷・萩原印刷　製本・加藤製本

Printed in Japan
ISBN978-4-16-791706-7